전규호 에세이 제5집

깡촌놈 이야기

全圭鎬 著

明文堂

들어가는 말

수필4집 《느리고 불편함이 보약이다》를 2019년 1월에 출간하였으니, 벌써 3년이 흘렀다. 이후에 필자가 생활하는 중에 혹 느낀 바가 있으면 핸드폰의 메모란에 기록하고 돌아와서 수필을 썼으니, 이 것이 쌓여서 어느덧 한 권의 책이 되었다.

책명은 '세상에서 가장 위대한 사랑'과 '깡촌놈 이야기'에서 뽑았으니, '깡촌놈 이야기'를 채택하게 되었다. 그러나 '세상에서 가장 위대한 사랑'도 아직도 필자의 뇌리에 아물거린다.

요즘은 유튜브시대라고 한다. 남녀노소 할 것 없이 모두 핸드폰을 끼고 다니면서 유튜브를 본다. 필자 역시 한가한 시간이면 핸드폰의 유튜브를 꺼내어 새로운 뉴스도 보고 남들이 겪었던 이야기도 종종 열어서 시청을 한다.

그러나 필자가 존경하여 마지 않는 공자께서는,

"눈으로는 사특한 색(色)을 보지 말고, 귀로는 음탕한 소리를 듣지 말라.(目不視邪色, 耳不聽淫聲.)"

3

라고 《논어(論語)》에서 말씀하시었다. 그러므로 너무 음사(陰邪)한 이야기는 되도록 보지 않으려고 노력한다.

그런데 수필의 서언(序言)에서 웬 유튜브냐고? 필자의 생각으로는 수필은 깨달음의 순간을 제공하는 글이니, 교육적 측면이 있으므로 필자가 좋아하는 측면이 있고, 그리고 수필은 선비가 세상에 하고 싶은 말을 기록하는 것이며, 또한 책으로 출간하면 오랜 세월이 흘러도 없어지지 않는다는 이점(利點)이 있어서, 이런 점이 유튜브보다 나은 점이라 생각한다.

선비는 모름지기 자신이 주장하는 고집이 있으니, 누가 무슨 말을 해도 이 고집은 꺾이지 않는다. 필자 역시 시종일관 이런 고집을 지니고 지금까지 살아왔으니, 고희를 넘긴 지금 이 고집을 변경할 수는 없는 것이다. 그럼 이렇게 주장하는 고집은 무엇인가! 바로 정의로운 삶이니, 이런 정의로움이 모이면 나라도 구하고 사회도 변화시키는 것이다.

이곳에 쓴 필자의 수필은 아무쪼록 이 세상에 정의로움이 쌓이도록 하기 위하여 쓰는 것임을 알아주었으면 한다.

2022년 7월 20일
순성재循性齋에서 홍산鴻山 전규호全圭鎬는 지識하였다.

차례

5. 한시(漢詩)

✫ 1. 순수 수필 ✫

땅속을 들여다보니

땅속을 어떻게 들여다볼 수가 있는가! 땅은 하늘의 반대이니 하늘을 보면 알지 않겠는가? 음양의 이론으로 보면 하늘은 양(陽)이고 땅은 음(陰)이니 반대가 되고, 하늘은 텅 비어 있으니 그 반대인 땅은 꽉 차있을 것은 정한 이치이다. 그러면 하늘은 비었기 때문에 새도 날아다니고 구름도 오가고 비도 내린다. 그러나 땅은 꽉 찼기 때문에 다른 물체가 돌아다닐 수는 없다. 그렇다면 땅속에는 무엇이 들어있을까!

동양학의 이론 중에 오행(五行)이라는 이론이 있으니, 오행은 곧 목화토금수(木火土金水)이니, 땅속에는 목(木)의 기운도 들어있고, 화(火)의 기운도 들어있으며, 토(土)의 기운도 들어있고, 금(金)의 기운도 들어있으며, 수(水)의 기운도 들어있다고 한다. 그래서 땅에서 나는 산물(産物)에는 위에서 말한 목화토금수(木火土金水)의 맛이 들어있으니, 목은 신맛이고, 화는 쓴맛이고, 토는 단맛이고, 금은 매운맛이고, 수는 짠맛이다. 그렇기 때문에 땅에서 나는 산물 중에 어떤 것은 달고, 어떤 것은 시며, 어떤 것은 쓰고, 어떤 것은 맵고, 어떤 것은 짜다.

과일을 하나하나 지목하여 말한다면, 수박과 참외는 달으니 토기(土氣)의 성분을 받은 것이고, 사과는 시니 목기(木氣)를 받은 것이며, 채소 중에서 머위는 쓰니 화기를 받은 것이고, 어성초는 짜니 수기를 받은 것이며, 고추는 매우니 금기를 받은 것이다. 그리고 오미자라는 약초의 열매는 금목수화토 다섯의 기운을 모두 받았기 때문에 달고 시고 쓰고 짜고 매운 맛이 모두 들어있는 것이다.

좀 더 확대하여 말한다면, 화기인 불이 들어있어서 화산이 터지고, 수기가 들어있으니 바다가 뭍에 붙어있으며, 금기가 들어있으니 땅에서 쇠가 나오고, 목기가 들어있으니 땅 위에 많은 나무가 산다. 이러한 이론을 전개해보면 끝이 없을 정도로 많다.

음양으로 보면 하늘은 아버지이고 땅은 어머니가 되니, 하늘은 비를 주어 생물을 기르고 뇌성벽력을 쳐서 훈계를 하기도 하고, 별을 비춰서 앞으로 나갈 방향을 알려주기도 하며, 넓은 공간을 보여주어서 이 세상의 이치가 끝없이 넓음을 보여주고 사람의 마음을 끝없이 넓혀주기도 한다.

그렇다면 어머니가 되는 땅은 어떤가! 땅은 이 세상의 모든 것을 받아들이고 모든 것을 나누어주니, 어머니의 품속과 같다. 이 세상에 사는 생물은 모두 땅을 의지해서 먹고 살아가니, 식물은 모두 땅에 뿌리를 내리고 살아가고, 짐승들 또한 땅에서 나는 열매, 또는 풀잎을 먹고 살아간다. 하늘을 나는 새들도 또한 몸은 하늘을 날지만 먹는 음식은 땅에 있고, 반대로 땅속을 기어 다니는 두더지도 먹는 것은 땅속의 벌레들이다.

이렇게 땅속에는 대략 다섯 가지의 성분이 들어있는데, 이를 세분하여 보면 철, 망간, 흑연, 희토류, 석탄, 가스, 석유, 바위, 물, 불 등 이루 헤아릴 수 없을 정도로 많은 것이 들어있다. 필자는 과학자가 아니기 때문에 이를 일일이 다 말하지는 못한다.

대체로 땅의 성분을 흠뻑 받은 식물이 밖으로 나와 하늘의 기를 받으며 자란다. 그러므로 결국에는 천지(天地)의 기를 모두 받고 자라는 것이고, 땅 위에 사는 동물들은 그 음양의 기를 받고 자란 식물의 열매와 잎을 먹고 사는 것이니, 이는 결국 천지의 기를 받아먹고 살아간다고 해야 옳은 말일 것이다.

이러므로 사람과 금수(禽獸) 모두 이 지구를 떠나서는 살 수가 없는 것이고, 죽어서도 결국 한줌의 흙으로 돌아가게 되는 것이며, 한줌의 재가 된 금수의 유해 또한 결국에는 하나의 땅의 성분으로 돌아가고 마는 것이다.

자연의 소리 천상의 소리

예부터 '닭은 축시(丑時:오전 1시부터 3시까지의 시간)에 운다.' 고 하였으니, 이 시간이 되면 닭은 일제히 운다. 새로운 날이 돌아왔음을 알리는 울음소리이고, 시계가 없던 예전에는 닭의 울음소리를 듣고 새날의 일을 준비하였던 것이다.

필자는 도회지에 살지만 수락산 아래에 사니, 이른 아침이 되면 참새들이 일찍이 일어나서 서로 부르며 짹짹거린다. 그런데 이렇게 짹짹거리는 소리가 심히 크게 들리는데도 공해처럼 들리지 않고 맑고 신선한 음악소리로 들리는 것은 무엇 때문인가. 이는 아마도 자연의 소리이기 때문이 아닌가! 하고 생각한다.

등산을 하거나 일이 있어서 산속에 들어가면, 울창한 숲속에서 가지각색의 산새소리가 들리는데, 참새는 '짹짹' 하고, 뻐꾸기는 '뻐꾹뻐꾹' 하며 산비둘기는 '꾸꾸구 꾸구 꾸꾸구 꾸구' 라고 울고, 휘파람새는 '휘-이 휘-이' 하고 운다. 모든 새들의 울음소리가 각기 다르고,

하늘에서 나는 소리는 우레의 소리이니, '우르렁 쾅' 하고 운다. 번개가 번쩍 비춰고 우뢰가 '우르렁 쾅' 하면, 이때는 천하 모든 사람들의 마음이 한마음이라고 옛사람들은 말씀하였는데, 필자는 여기서 한 발 더 나가서 천하에 생각을 하는 동물들까지도 한마음일 것이라고 생각한다. 아니 천하의 동식물의 생각은 모두 한가지일 것이라 생각하니, 이는 잡념이 없는 본래 마음으로 돌아오기 때문이다.

또한 바람이 '휘휘' 하고 불면 모든 나무는 너울너울 춤을 추고 사람은 그 시원함에 웃옷을 벗는다. 그리고 나무와 나무가 부딪치는 소리가 있고 땅의 구멍에서 나오는 기이한 소리도 있으니, 이런 소리를 들으면 나의 마음과 하나가 되어서 나의 마음에 기쁨이 찾아온다.

그래서 옛적 사람들은 이를 본받아서 음악을 만들었다고 한다. 한시(漢詩)도 이 자연의 소리를 본받아서 음율(音律)의 고저(高低)를 넣는 방법을 찾아내지 않았나 하고 생각한다. 그리고 음악이 생기니 예(禮)가 생겼다고 한다. 음악은 음율이 있어야 하는데, 이 음율이 곧 시를 짓는 방법이니, 이것이 예(禮)가 되는 것이고, 그리고 사람은 만물의 영장이니, 행위에 있어서도 다른 동물보다 바름을 보여주

어야 한다는 의미에서 예(禮)가 생긴 것이다.

그리고 사람의 행위는 절도가 있어야 하므로 의(義)가 생겼으니, 사람은 첫째로 비굴하지 않아야 하고 다음은 바른 사람이 되어야 한다. 또한 국가를 위해 살고, 사회를 위해 살며, 남을 위하여 살아야 하니, 이런 행위를 의(義)라고 하는 것이다.

우리들이 '이순신 장군' 께 열광하는 것은 조선 백성을 위하여 죽음을 무릅쓰고 왜병과 싸웠기 때문이고, '세종대왕' 께 열광하는 것은 그가 배워서 쓰기 쉬운 한글을 창제했기 때문이다.

사람이 세상을 의롭게 살려면 지혜가 있어야 하므로, '지(智)'라는 것이 오상(五常)에 들어가는 것이니, 세상을 바르게 잘 살려면 '지혜' 가 있어야 한다.

이렇게 자연의 소리에서 사람이 바르고 정당하게 살아가는 '인의예지(仁義禮智)'가 생겼고 음악이 생긴 것이며, 음률이 생겼으며 고저(高低)가 생기고 음양이 생긴 것이니, 사람에 꼭 필요불가결한 것이 모두 자연의 소리에서 생긴 것이라고 해도 좋을 것이다.

세상에서 가장 위대한 사랑

예부터 이 세상에서 가장 위대한 사랑은 부모님의 사랑이라고 하니, 《시경(詩經)》에 보면,

"아! 부모님이시여! 나를 낳고 기르시느라 힘드셨도다. 그 은혜를 갚으려 하지만 하늘처럼 높아서 끝이 없도다.〔哀哀父母! 生我劬勞. 欲報之德, 昊天罔極.〕"

고 하였으니, 어머니께서는 나를 잉태하여 열 달 동안 몸 안에서 기르시고, 또한 아픈 배를 부여잡고 힘겹게 낳으셨으며, 진자리 마른자리 싫다고 않으시고 길러주신 은혜가 하늘처럼 높고 바다처럼 넓다는 의미에서, 《시경(詩經)》에서는 위의 말씀과 같이 노래한 것으로 안다.

옛적에 순(舜)임금이라는 제왕이 있었으니, 순(舜)의 완악한 부친은 후처의 말을 듣고 세 번이나 아들인 순(舜)을 죽이려고 하였으나, 순(舜)은 이를 슬기롭게 넘겼고, 그 뒤에도 부모님에 대한 효도를 극진히 하였으므로, 나중에는 완악한 순의 아버지 '고수(瞽瞍)'라는 사람도 회개를 하고 아들의 효도를 인정하였으니, 맹자께서는 《맹자》라는 책에서 '대효(大孝)'라고 말씀하였으며, 그 뒤에 요(堯)임금의 뒤를 이어서 중국 천하를 다스리는 제왕의 자리에 올랐으니, 정말로 대단한 입지전적인 인물이다.

또한 맹자께서,

"순(舜)은 저풍(諸馮)에서 출생하고 부하(負夏)에 이사하였으며 명조(鳴條)에서 운명하였으니, 동이(東夷)의 사람이다."

고 하였으니, 알고 보면 순(舜)은 우리와 한핏줄인 고조선의 사람으로 단군과 한민족인 동이족(東夷族)인 셈이다.

사랑에는 이성적인 사랑이 있고, 감정적인 사랑이 있다.

일례로, 이순신 장군이 임진왜란에 수백 척의 일본 병선을 물리치고 조선을 구한 것은 이성적인 사랑으로, 장군께서는 오직 조선이라는 나라와 조선의 백성을 구해야 한다는 대의(大義)에 충실한, 무조건 주기만 하는 큰 사랑이고, 요즘 젊은이들이 이성(異性) 간에 하는 사랑은 감정적인 사랑이니, 이는 나의 사적인 감정을 충족하려는 아주 사소한 사랑인 것이다.

그런데 위에서 열거한 이성적인 사랑보다 더 큰 사랑이 있으니,

이는 이 세상에 너무 많이 꽉 차있어서 사람이나 금수가 그 사랑 안에서 살고 있는데도 불구하고 전혀 느끼지 못하고 지내고 있으며, 이것이 이 세상에 몇 분만 없어져도 사람은 물론 이 지구상에 있는 금수와 파충류 등 모든 생물이 몰살하게 되니, 이는 자연이 주는 공기 즉 산소이다.

이 공기는 자연이 주는 선물이다. 만약 이 공기가 없으면 사람은 잠시도 살 수가 없는 귀중한 것이다. 이렇게 귀중한 것을 돈을 받고 주는 것이 아니라 자연은 그냥 무조건적으로 무한량으로 준다.

이 공기에 들어있는 산소는 깊은 바닷물 속에도 들어있어서 그 안에서 살아가는 어패류들이 이 산소를 들이마시며 살아가고, 하늘에 떠다니는 조류들도 모두 이 산소를 들이마시며 살아간다. 그러나 이렇게 귀중한 산소는 절대로 돈을 받고 팔지를 않고, 자연은 이 지구상의 모든 생물에게 무조건 아무런 조건 없이 주니, 이렇게 큰 사랑이 어디 있겠는가!

다시 한 번 자연의 무조건적으로 주기만 하는 거대한 사랑을 생각하며, 우리들도 이를 본받아서 아무런 조건 없이 주기만 하는 큰 사랑을 본받아 실행에 옮기려고 노력해야 할 것이다.

부언하면, 사람이 이런 큰 사랑을 알고 자신도 이를 본받아서 이 세상에서 실행에 옮기는 사람은 반드시 복을 받는다고 공자께서는 《주역》곤괘(坤卦) 문언(文言)에서 말씀하였으니,

"선(善)을 쌓은 집안에는, 그 후손에게 반드시 경사(慶事:좋은 일)가 있게 마련이고, 불선(不善)을 쌓은 집안에는 그 후손에

게 반드시 재앙이 돌아오게 마련이다.〔積善之家, 必有餘慶, 積
不善之家, 必有餘殃.〕"

라는 말이 나온다. 요즘사람들은 본원(本原)을 잊고 산지가 오래되
었다. 뭣이 중요하고 무엇이 급선무인지도 잊은지 오래되었다. 오직
나의 이익만을 위하여 매일 혼신을 다하는 것이 아닌지 묻고 싶다.

산야에 자생하는 풀과 나무도 그 근원을 알고 매일 최선을 다하
여 살아간다. 무엇을 말하는가 하면, 풀과 나무는 주어진 여건 하에
서 봄에는 꽃을 피워서 열매를 맺고, 여름에는 무성하게 자라서 온
지구를 푸르게 만들며, 가을에는 탐스럽게 익은 열매를 사람과 금수
에게 넘겨주고, 상설(霜雪)이 내리면 다음의 해를 기대하며 없어지
는데, 이것이 풀의 일생이며, 비가 내리면 그 습기를 받아 윤택하게
살고 혹 비가 내리지 않아도 자신이 있는 자리를 떠나지 않고 묵묵
히 지키면서 비가 내릴 날만을 기다린다. 이런 삶이 자연적인 삶인
것이고 하늘과 땅에 보답하는 길인 것이다.

사람들은 어떻게 사는가! 매일 소리(小利)에 집착하다 보니, 나의
본원인 조상이 있는 것도 망각하고 오직 나만 잘나서 이 세상에 사
는 것으로 생각한다. 또한 사람이 살아가는데 아무런 보탬이 없는
보석이나 금은에 현혹은 되기는 하여도, 나의 삶에 지대한 영향을
주는 하늘과 땅에 대해서는 감사할 줄도 모르니 안타까울 따름이다.
모쪼록 천리(天理)를 다 알지는 못할지언정 단순하게 나에게 공기를
부여하는 천지의 고마움을 조금은 알면서 살아야 하지 않을까!

화성의 명소(名所) 화림원(花林園)이 건축되기까지,

경기도 화성시 비봉면 삼화길 242번지에 날아갈 듯 세워진 한옥이 있으니, 이 집이 곧 그 유명한 '화림원'이다.

화림원(花林園) 전경

2021년 1월 중순에 해동한문번역원에 어느 여인의 전화가 와서 받으니, '저는 화성에 사는 박○○ 라는 사람인데요, 한옥을 한 채 지으려고 합니다. 더 자세한 내용은 찾아뵙고 말씀드리겠습니다.' 고하였다.

다음날 박○○여사가 남편과 아들과 딸을 대동하고 서울 낙원동에 있는 필자의 사무실을 찾아왔으니,

"어떻게 나를 알고 찾아왔습니까?"

"네, 한옥의 건축설계를 전문으로 하는 하오건축설계사무소의 김세원소장님의 소개로 찾아왔습니다."

"어떤 일로요?"

"제가 한옥을 한 채 지으려고 김소장님께 설계를 부탁하여 지금 설계가 거의 마무리단계이고요, 그 김소장님의 소개로 선생님을 알았으며, 제가 짓는 한옥의 이름을 짓는 일과 그리고 한옥에 대한 여러 가지를 문의하려고 해서 왔습니다."

고 하여, 한옥을 지으려는 특별한 목적이나 동기가 있습니까?

"네, 딸과 함께 맛 집을 다니던 중 수원의 행궁동으로 놀러갔다가 '경안당'이라는 한옥을 보고 그 멋지고 우아함에 마음을 빼앗겼으며, 내가 사는 화성에도 전통한옥이 있다면 주위에 사는 사람들이 와서 보고 우리전통의 한옥문화를 느끼고 즐길 수 있겠구나!"

고 하였는데, 집에 와서 누워있으면, 그 멋있는 한옥이 계속 뇌리에 아른거려서 결국 제가 한옥을 짓게 되었다고 하였다.

이렇게 하여 나를 찾아온 동기를 알게 되었다.

사실 여사께서 말씀한 김소장이라는 분은 예전에 필자가 운영하는 서예학원에서 서예를 공부한 사람으로, 지금은 한옥설계사무소를 운영하면서 모대학교에서 한옥설계에 대하여 강의하는 교수이다.

필자가 본 김교수는 수락산 아래 과천에서 조상 대대로 살아온 과천의 토박이인데, 조상을 잘 섬길 줄 아는 요즘 보기 드문 선비이고, 여기에 더하여 스승을 존중할 줄 아는 사람이니, 필자에게 서예를 배운 기간이 그렇게 길지 않지만, 지금까지 수십 년간 부덕(不德)한 필자를 스승으로 모시고 지내는 보석 같은 제자이다.

이때부터 박여사는 한옥을 지어서 작은 결혼식, 또는 돌잔치를 하는 사람에게 대여도 하고, 또한 멋진 한옥카페도 운영하겠다는 꿈을 키웠는데, 어느 날 자동차부품을 제작하여 판매하는 남편 박사장이 부인에게,

"건축 자금을 지원해 줄 테니, 한 번 해보시오."

고 하여, 우선 '하오건축설계사무소'에 설계를 맡기었고, 설계가 끝나고 경기도 화성시 비봉면 삼화길 242번지 1,000여 평의 대지에 100여 평의 건축공사를 시작하여 이제는 상량식이 며칠 남지 않았으니, 상량문을 쓸 서예가를 알아달라고 하오건축사무소 김세원소장에게 부탁하였고, 김소장이 필자에게 연락하여 연결이 된 것이었다.

상량문이 쓰인 들보

이런 연유로 인하여 서울 종로구 낙원동에 있는 본인의 사무실을 찾아왔으니, 방문한 연유는, '첫째, 상량문을 쓰는 일, 둘째, 한옥 전체의 이름을 짓는 일과 안채의 이름과 바깥채의 이름 등을 지어서 멋진 글씨로 써서 현판을 만드는 일 등이었다. 그래서 필자가,

"그렇다면 주련까지 달아야 합니다."

고 하니,

"네, 그럼 주련도 달도록 글을 짓고 글씨도 써서 주세요."

고 하였으니, 이렇게 하여 상량하는 날에 필자는 그곳에 직접 가서 상량문을 썼으니, 건축현장 소장이 하는 말,

"지금까지 상량문을 쓰는 사람을 많이 보았는데, 떨지 않고 쓰는 사람을 처음 봤습니다."

고 하면서 찬사를 늘어놓았다.

우선적으로 한옥 전체의 이름을 '화림원(華林苑)'이라고 지었으니, 그 연유는 다음과 같다.

"원래 화성은 많은 꽃이 만발하는 지역이고, 그리고 비봉(飛鳳)은 길조(吉鳥)가 날아오는 형상이며, 또한 인근에 매화리 연화리 이화리 등 삼화리가 있으니, 그러므로 이곳은 많은 꽃을 피우는

화림원

경승처(景勝處)이다. 신축년 어느 날 박모씨가 이곳에 효명당 및 만덕루를 건축하였고, 그리고 그 안의 원림에는 많은 꽃이 활짝 피어서 아름다우며, 또한 많은 새들이 날아와서 서로 울어대니, 이 경치 역시 선경이다. 그 밖에 인근의 선남선녀들이 찾아와서 온종일 놀면서 한 주의 피로를 해소하는 곳일 것이니, 그러므로 이곳이 곧 화성의 선경(仙境)이다.〔元來華城 則萬花滿發之域 而飛鳳則吉鳥飛來之像 又有隣近梅花里蓮花里梨花里等三花里 故此地則景勝處也 辛丑年 何日 朴某於此地 建曉明堂及萬德樓 而其裏園林中 則有百花滿發之 美 而又有千鳥飛來 以互相應鳴 此景亦瑤地也 其外訪隣近之善男善 女 盡日逍遙 而爲解消一週之疲勞處也 故此地則 爲華城之仙境也〕"

효명당(曉明堂)

이고, 다음 안채의 이름은 '효명당(曉明堂)'이니, 그 뜻은,

"효명(曉明)은 곧 여명(黎明)과 뜻이 같고, 그리고 초승달과 같은 뜻이 있으며, 그리고 또한 주역 복괘(復卦)[1]의 뜻도 있다. 그러므로 동쪽 하늘에 해가 떠오르는 모습을 기대하게 되

1 복괘(復卦) : 순음(純陰)의 달인 10월을 지나 동지가 되면 밑에서 일양(一陽)이 시생

28

는데, 조금 지나니 갑자기 붉은 해가 떠오르는 것이 보인다. 이런 뜻을 내포한 효명(曉明)은 해가 떠오르는 희망의 모습을 포함하고 있으니, 그러므로 이 집은 선남선녀가 모여서 담소(談笑)하는 집이고, 또한 요사함을 물리치고 복을 받는 집이 된다. 〔曉明則如黎明也 故有晦日之義 而又有易經復卦之義也 故爲期待東天日昇之像 而過頃則忽見浮上紅日也 含此意曉明則 內含昇日的希望之像也 故此堂則會善男善女談笑之堂也 又爲辟邪受福之堂也〕"

고 하였으며, 다음 바깥채는 '만덕루(萬德樓)'이니, 그 뜻은

　"만덕은 덕(德)을 많이 쌓은 것을 말하고, 누각은 많은 사람들이 왕래하는 누각이며, 그리고 경치가 아름다운 곳에 있다. 그러므로 이곳에서 사업을 하면 만덕을 쌓게 되는 장소가 된다. 또한 만덕은 옛날 제주에 사는 거상의 이름이니,

만덕루(萬德樓)

(始生)하는 지뢰복괘(地雷復卦)를 이루게 되는데, 이는 땅속에서 우레가 울리는 것을 상징한다. 그리고 《주역》〈산지박괘(山地剝卦) 상구(上九)〉에 "큰 과일은 먹히지 않는다.〔碩果不食〕"라고 하였는데, 이는 다섯 개의 효(爻)가 모두 음(陰)인 상태에서 맨 위의 효 하나만 양(陽)인 것을 석과로 비유한 것으로, 하나 남은 양의 기운이 외로운 것처럼 보이지만 결코 끊어지지 않고 계속 이어진다는 뜻을 보인 것이다. 이 박괘를 거꾸로 뒤집으면 바로 복괘(復卦)가 되기 때문에 이렇게 말한 것이다.

당시 극심한 한발을 만나서 만여 명의 제주백성이 굶어죽을 운명에 처했는데, 거상 만덕이 만여 석(石)의 곡물을 희사하여 제주백성을 구하였다. 이 소식이 조정에 들리니, 정조대왕께서 만덕을 불러서 치하하고, 또 포상으로 의녀(醫女)라는 벼슬을 제수하였다. 그러므로 만덕루의 요지는 주인은 사업이 대성함을 기대하고, 그리고 또 이곳을 왕래하는 자도 만복을 받고 소기의 목표를 달성하는 곳이기도 하다.〔萬德則謂積德多也 樓則衆人往來之樓 而有景勝之處也 故因此處事業 而爲積萬德之所也 又萬德 昔時濟州巨商之名也 時遭旱魃極甚 故萬餘人濟州百姓 適遭餓死之命而 巨商女萬德 喜捨萬餘石穀物而救民 聞朝廷而正祖大王 招致萬德而致賀 又爲襃除醫女也 故萬德樓之要旨 主人則期大成事業而 又爲此地往來者 亦爲受萬福 而所期目標達成之處也〕"

주련

고 하였으며, 또한 주련에 쓸 한시(漢詩)는 칠언율시(七言律詩)로 지었으니, 한시의 전체내용은 다음과 같다.

"화성의 산천에 파란 싹이 자라는데
삼화리에는 꽃이 만발한 봄이라네.
젊은 남녀들 찻집을 찾아오고

30

손잡은 부부는 만덕루로 달려간다네.
화창한 요즘 구름처럼 모여드는 사람들
날아갈 듯한 한옥과 식당도 아름답다고 한다네.
인근의 습지에는 새와 나비 날아다니니
아름다운 이 공간 한 폭의 시라네.

郡內山川草綠姿 군내산천초록자
三花村里滿花時 삼화촌리만화시
靑春男女覓茶院 청춘남녀멱다원
攜手夫妻萬德馳 휴수부처만덕치
和暢昨今雲集人 화창작금운집인
飛檐韓屋食樓宜 비첨한옥식루의
近隣濕地禽虫走 근린습지금충주
美好空間一幅詩 미호공간일폭시"

고 하였다. 이제 현판과 주련에 대한 문장을 짓고 붓글씨로 썼으니, 이제는 현판과 주련을 각(刻)해야 하는데, 잘하는 사람을 소개해 달라고 하여서, 충남 홍성에서 각(刻)을 전문으로 하는 정명세라는 서각가에게 연락하여 조각을 부탁하였다. 이렇게 하여 화림원을 이루는 모든 것이 완성되었고, 2022년 3월 중에 영업을 시작하였다.

개업한지 수개월이 지난 2022년 8월에 필자가 박여사님께 전화하여 잘되느냐고 물으니,

"네, 아들이 맡아서 운영하는데, 월 매출이 생각보다 많아서 만족하고 있습니다. 요즘은 차(茶)마니아(mania)들이 멋진 찻집을 찾아다니며 차 맛을 음미하기 때문에 저희의 카페는 화성의 변두리에 있지만, 손님이 차고 넘쳐서 즐겁습니다."

고 하였다. 이에 필자가

"한 번 찾아가서 차 한 잔 마시고 싶네요."

고 하니,

"네, 김소장님과 같이 한 번 오시면 제가 식사와 차는 대접하겠습니다."

고 하여, 김소장과 필자는 추석이 지난다음 길일을 골라서 한 번 찾아가기로 약속을 하였다.

차 한 잔의 여유

필자는 아침에 출근하여 책상 앞에 앉으면 우선 커피 한 잔을 엷게 타서 마시고 일을 시작한다. 이런 행위가 어쩜 '차 한 잔의 여유'가 아닌가 하고 생각한다.

그러나 일생을 통하여 여유 있는 생활을 꼽으라고 한다면, 나이 고희(古稀)가 넘은 지금을 조금 여유 있는 생활을 하고 있다고 말할 수 있을 것이다.

어떤 사람인들 유복한 가정에서 태어나서 여유 있는 생활을 영위하고 싶지 않을까마는, 아마도 인생은 그렇지 못한 경우가 더 많을 것이라 생각한다.

필자의 인생 노정을 생각해보면 할 말이 많다. 필자는 원래 농사를 업으로 하는 농부의 아들로 1948년에 태어나서 밥은 굶지 않고 살았지만, 궁색한 가정 환경으로 중학교에 진학하지도 못하고 서당에서 한문을 배웠으며, 군대를 제대하고 겨우 직장을 잡았으나, 학력이 부족하므로 회사의 최 말단에서 근무할 수밖에 없는 실정이었다.

결혼을 하고 자식을 나은 뒤에는 딸린 식구가 셋이나 되었다. 관인 하담서예한문학원을 운영하였는데, 당시 학원에 대한 정부의 정책은 오직 예능과 체육 분야만 과외학원을 인정하였고 다른 분야는 법을 제정하여 막았기 때문에 그런대로 학원 분야의 사업은 잘 되었다.

뒤에 노태우 정권과 김영삼 정권이 들어서면서 영어와 컴퓨터를 초등학교 교과목으로 채택한 뒤에는 제일 먼저 서예학원이 타격을 받았으니, 필자는 과감히 서예학원을 폐업하고 나니, 할 일이 없어서 이때부터 책을 집필하기 시작하였다.

지금까지 필자는 단행본 책 60여 권을 출판하여 시중에 팔고 있지만, 요즘의 세태는 책을 읽지 않는 세태여서, 재판 3판을 찍는 경우가 드물기 때문에 이도 많은 돈을 버는 데는 한계가 있었다. 다만 책을 많이 쓴 사람으로 전국에 이름을 올린 것은 하나의 성과라 할 만하다.

그 뒤에 고문(古文)을 번역하는 '해동한문번역원'을 열고 많은 고서를 번역하였으니, 이렇게 번역 작업을 열심히 하여 두 아들을 결혼시키어서 사회에 내놓았는데, 이도 겨우 이름만 지었다고 할 수 있을 것이다.

한때는 고문을 번역하는 일이 많아서 아침, 낮, 저녁 할 것 없이 번역 일을 하여 돈을 벌어서 자식들 결혼하는데 많은 보탬이 되었지만, 너무 열심히 하다 보니, 목에 디스크가 와서 많은 병원을 찾아다녔고, 그 뒤로는 번역을 열심히 하면 목이 아프므로 한의원에 가서 침을 맞은 뒤에라야 일을 할 수가 있다.

　필자가 고문 번역을 하는 것은 어려서 서당에서 한문을 4년간 배웠고, 사회에 나와서도 명동에 있는 한서대학교 동양학연구소에서 십수 년간 연마하였기 때문에 가능한 것이다. 그러므로 이는 누구나 하고 싶다고 해서 되는 일은 아니다.

　필자 나이 고희(古稀 : 70세)가 넘은 뒤(2021)에 문재인 정부를 만나서 집값이 폭등하였으니, 마침 필자는 새로 짓는 재개발 아파트에서 본인 지분으로 아파트 2채를 분양받았기에, 이 집의 가격이 폭등하여 하루아침에 작은 부자는 되었다고 해도 될 것 같다. 이러한 행운을 안았기에 이제는 조금 여유를 찾았다고 해도 과언이 아닐 것이다.

　이제는 아파트 한 채는 우리 부부가 살고, 한 채는 월세를 놓았으니, 흡족하지는 않지만 우리 노부부가 굶지 않고 살아갈 수는 있으니, 다행 중의 다행이고 또한 하늘이 내려준 복이라고 생각한다.

　그러므로 고희가 넘은 나이에 여유가 조금 생겼으니, 이제는 진정한 '차 한 잔의 여유'를 즐기고 싶다.

모발론(毛髮論)

《내경(內經)》에 보면,

"모발(毛髮)은 신장에서 주장한다."

고 하였고,《의학입문》에서는,

"혈액이 성(盛)하게 잘 흐르면 모발이 윤택하고, 혈액이 노쇠하면 모발도 쇠하며, 혈액에 열이 있으면 모발은 황색이 되고, 혈액이 퇴패(頹敗)하면 모발은 희게 된다."

고 하였으며,《영추(靈樞)》에서는,

"아름다운 눈썹을 가진 것은 태양경(심장에 흐르는 경락)에 혈액이 많은 것이고 수염으로 통하며, 수염이 긴 자는 소양경〔담(膽)〕에 혈액이 많은 것이고, 아름다운 수염을 가진 자는 양명경〔위(胃)〕에 혈액이 많은 것이다."

고 하였다. 또《의설(醫說)》에 보면,

"머리는 심장에 속하였기 때문에, 위에 있는 두상(頭上)에 나는 것이니 화(火)의 기운을 받은 것이며, 눈썹은 간(肝)에 속한 것이기 때문에 옆으로 나고 목(木)의 기운을 받았으며, 수염은 신장에 속했기 때문에 아래에 나고 수(水)의 기운을 받았다."

고 하였고,《의감(醫鑑)》에 보면,

"사람의 머리와 눈썹과 수염이 모두 털의 종류이나 주장하는 장부(臟腑)는 각기 다르기 때문에, 사람이 늙으면 수염은 희나 눈썹과 머리는 희지 않고, 어떤 사람은 머리는 희나 눈썹과 수염이 희지 않은 자도 있으니, 이는 장부가 한쪽으로 치우침이 있기 때문이고, 남자는 신장의 기운이 밖으로 돌아서 위로 올라가서 수염이 되고 아래로 내려가는 기세를 취하는데, 여자와 환관은 이런 기세가 없기 때문에 수염은 없으나 눈썹과 머리는 남자와 다름이 없으니, 곧 이들은 모발이 신장에 속하지 않았음을 알 것이다."

고 하였다. 그럼 부인이 수염이 없는 것은 무엇 때문인가!《영추(靈樞)》에 보면 황제와 기백[2]의 대화가 나오는데, 황제가 묻기를,

"부인들은 수염이 없는데, 그것은 혈기가 없어서 그런 것인가?"

고 물으니, 기백(岐伯)이 대답하기를,

"부인은 충맥(衝脈)과 임맥(任脈)이 모두 자궁에서 시작되었는데, 위로 뱃속을 따라 올라가서 경락(經絡)이 모이게 되고 겉으로 나와 배의 오른쪽을 따라 위로 올라가서 목구멍에 모였다가 갈라져 나가서는 입술과 입안에 얽힙니다. 혈기(血氣)가 성하면 피부가 충실하

---

2 황제와 기백 : 영추경(靈樞經)은 제왕인 황제와 신하인 기백의 대화로 의술을 펼치는 책이다.

고 살이 덥습니다. 혈(血)만 혼자 성(盛)하여 피부로 스며들어가면 털이 납니다. 부인은 기가 넉넉하고 혈이 부족한데, 그것은 자주 피를 흘리기 때문입니다. 그러므로 충맥과 임맥이 입과 입술을 영양하지 못하기 때문에 수염이 나지 않습니다."

고 하였다. 다음은 환관도 수염이 없음에 대하여, 황제가 말하기를,

　"남자가 성생활을 지나치게 하여 음기(陰氣)가 약해져서 음위증(陰痿證)이 생겨 성생활을 하지 못하게 되어도 수염은 없어지지 않는데, 이것은 무엇 때문인가? 그리고 환관이 수염이 없는 것은 무엇 때문인가?"

고 물으니, 기백이 대답하기를,

　"환관은 종근(宗筋)을 떼어 내어 충맥(衝脈)이 상하였으며, 피를 흘린 것이 회복되지 못하고 피부 속에 뭉쳐있기 때문에 입과 입술을 영양하지 못합니다. 그러므로 수염이 나지 않습니다."

고 대답하였다. 그러자 황제가,

　"뱃속에서부터 고자가 된 사람은 생식기를 떼어내지도 않아서 피를 흘린 일도 없는데, 왜 수염이 나지 않는가!"

고 물었다. 그러자 기백이,

　"그것은 선천적으로 부족한 것으로서 충맥(衝脈)과 임맥(任脈)이 왕성하지 못하여 종근(宗根)이 제대로 이루어지지 못하였고, 또 충맥과 임맥에 기(氣)는 있으나 혈(血)이 없어서 입술을 잘 영양하지 못하기 때문에 수염이 나지 않습니다."

고 대답하였다.

이상은《동의보감》을 번역한 내용이다. 이 외에도 모발에 대하여 상세하게 설명한 말씀이 많은데, 이는 전문서적에 맡기고, 본 수필에서는 다음으로 넘어가기로 한다.

하여튼 쉽게 말해서 양기가 많은 사람은 수염이 많이 나니, 이런 사람은 무인(武人)으로 갈 확률이 많고, 양기가 적은 사람은 수염이 적게 나는데, 이런 사람들 중에는 문인(文人)이 많은 것을 볼 수가 있다.

필자는 어려서 머리가 쫑긋쫑긋 서있어서 보기에 안 좋아서 차분하도록 머리를 아래로 빗어보아도 도대체 차분해지지 않았으니, 이는 젊은이의 기세가 너무 성해서 그런 것이 아닌가 생각한다. 그런데 고희를 넘긴 요즘은 머리가 차분해져서 그냥 빗으로 빗기만 해도 된다. 확실히 노쇠해지니, 머리도 기세가 죽은 모양이다.

하여튼 사람들의 모발을 보면, 어떤 사람은 수염이 아름답고 순하게 아래로 내려간 사람이 있는가 하면, 어떤 사람은 양쪽의 수염이 둘로 갈라져서 지저분하게 보이는 사람도 있다. 전자는 성격이 온순하고 사리가 온당한 사람이고, 후자는 성격이 까칠하고 사리에 타당하지 않은 일을 제 마음대로 할 수 있는 사람으로 보면 된다.

눈썹은 간에 속한 기관이니, 간경이 성(盛)한 사람은 눈썹이 미려하여 보기에 아름다우나 간경이 좋지 않은 사람은 눈썹이 끝까지 내려가지 못하고, 그리고 반달처럼 길게 그어지지 못하고 들쑥날쑥하여 차분하지 못하다.

머리털이 빠져서 민들 머리가 된 사람은 아마도 신장의 기운이 부족하여 그렇게 되었을 것이고, 젊어서 흰머리가 난 사람 역시 신장의 기운이 부족하여 그렇게 되었다고 봐야 한다.

그러므로 사람의 모발의 상태를 보면, 그 사람의 성격과 건강 등 여러 가지를 알 수가 있는 것이다. 여기에 관상학을 더하여 본다면 인체의 신비함이 더욱 흥미진진할 것으로 사료된다.

고희의 치질 수술

2000년, 동네의 항외과에서 치질수술을 받았는데, 요즘에 또 대변을 보면 항문이 쭉 빠져나오고, 또한 괄약근이 잘 닫히지 않아서 혹 변이 새는 것을 경험하였으므로, 올해(2018. 11)에 일본에 가는 관광을 신청은 했지만, 접을 수밖에 없었다.

필자는 항문의 이상한 징후를 치질로 알지 못하고 그저 나이가 많아 그런 것인가 하고 생각하면서 전에 치질 수술을 한 항외과의원에 가서 진찰을 받았으니, 의사가 하는 말,

"이런 중한 증세를 우리 같은 작은 의원에서 어떻게 봅니까! 큰 병원으로 가보세요."

하였다. 이에 필자는 속으로 생각하기를,

"매우 중한 병인가! 어쩌면 고칠 수 없는 병인가!"

하고, 많은 걱정을 하기에 이르렀다.

그도 그럴 것이 요즘은 소변도 쾌하게 나오지 않고, 대변은 하루에 4차례 정도를 보니, 갑자기 많은 걱정이 몰려왔다.

2018년 11월 말 경에 시간을 내어 대한민국에서 대장과 항문의 병에는 제일로 잘 치료한다는 약수동에 있는 송도병원을 찾았다. 순번을 기다려서 비로소 진찰을 하였으니, 의사가 말하기를,

"치질입니다. 분변이 옆에 묻은 것이 보입니다."

"수술하면 치료가 가능합니까!"

"예 가능합니다. 수술을 하시겠습니까!"

"예 수술을 하겠습니다."

이렇게 하여 수술일자를 정하였고, 그날이 되어서 필자는 입원수속을 밟고 수술할 시간을 기다리게 되었다.

드디어 수술실에 들어가니, 아줌마 같은 간호사가 옆에서 말하기를,

"팬티를 벗어서 호주머니에 넣고 수술대로 올라가세요."

"여인이 옆에 있는데 어떻게 팬티를 벗어요!"

"괜찮아요. 우리는 매일 하는 일이 이 일이니, 아무 걱정 말고 빨리 팬티를 벗으세요."

이렇게 너스레를 떨었다. 이에 필자는 팬티를 벗고 가운만 입은 채 수술대에 올라갔고, 그리고 하체의 척추에 마취주사를 놓았다. 이제 하체는 마비되고 상체는 온전한 상태에서 엎드려 누웠는데, 수술의사가 들어오니, 간호사가 갑자기 음악이 흘러나오는 이어폰을 두 귀

에 끼어주면서

　"노래를 듣고 계세요."

하고는 의사와 간호사 등 몇 사람이 수술도구를 주고받으면서 열심히 수술을 하였다. 조금 있으니, 수술이 끝났고, 인부 한 사람이 들어와서 수술대 위에 있는 필자를 끌고 밖으로 나왔다.

　그래서 필자는,

　"수술한 시간이 어떻게 됩니까!"

　"40분 정도 됩니다."

하였다.

　이렇게 하여 수술이 모두 끝나고 입원실에 들어왔는데, 하체의 마취가 풀리지 않아서 움직일 수가 없었다. 오른쪽 다리는 침대에 닿는 감각이 전혀 없고 그냥 붕 떠있는 것 같았다. 이렇게 누워있기를 8시간이 되었고, 그런 뒤에 마취가 다 풀리었다.

　마취가 풀리기 전에는 반듯하게 침대에 누워있어야지, 만약 머리를 위로 들어 올릴 경우에는 마취약이 머리로 올라가게 되므로, 머리가 아프게 된다고 하였다.

　밤 10시 반이 되어서 소변을 봐야 하는데, 도대체 소변이 나오지 않았다. 간호사가 와서 아랫배에 투시하는 기계를 대고 소변이 신장에 얼마나 찼는가를 살펴보고는,

　"소변이 염통에 가득 찼어요. 조금 기다려보고 그래도 소변을 보지 못하면 기구를 넣어서 빼내야 합니다."

고 하였다. 이에 나는 소변이 염통에 차서 배는 묵직하고 소변은 나오지 않으니, 이러다가 죽을 수도 있겠구나! 하고 생각하였다. 사실 일찍이 필자의 주위에 몇 사람이 소변이 갑자기 나오지 않아서 병원에 가서 억지로 소변을 빼냈다는 말은 들었으나, 필자는 그런 일은 아직 없었는데, 이제는 어찌할 수 없이 억지로 소변을 빼낼 수밖에 없겠구나! 생각하고 간호사를 불러서,

"소변을 빨리 빼내주세요."

하니, 기다리라고 하였는데, 도대체 의사는 오지 않았으니, 또 간호사를 불러서,

"소변을 빨리 빼줘요."

"네! 조금 기다리세요. 담당 의사가 올 것입니다."

드디어 의사가 와서 필자의 신경(腎莖)에 줄이 달린 기구를 넣고 조금 있으니 아랫배의 뻐근한 증세가 사라졌다. 소변이 모두 나왔기에,

"왜 이 소변 줄을 빼지 않나요."

하고 간호사에게 물어보니,

"지금 빼면 안 됩니다. 내일 아침에 봐서 뺄 것입니다."

하였다.

하루 종일 굶었는데, 배 안에 가스가 차고 그 가스가 이리 왔다 저리 갔다 하면서 항문을 통하여 밖으로 나오려고 하는데, 마취하고 수술을 받은 항문은 도대체 열리지 않았다. 이에 가스가 계속 좌우로 부글대며 오가니 잠을 잘 수가 없고 속이 불편하여 죽을 지경이

었다. 이에 나는 계속 몸을 좌우로 뒤틀면서 잠을 청하였지만 잠을 자지는 못하였다. 드디어 새벽 5시가 되니, 이윽고 가스가 항문을 통하여 배출되었으므로, 드디어 잠을 조금 잘 수가 있었다.

새벽 6시쯤에 간호사가 소변 줄을 뺀다고 하기에 그렇게 하라고 하였는데, 간호사가 갑자기 소변 줄을 급히 잡아당겼으니, 나는 아파서 깜짝 놀랐다. 뒤에 생각하니, 이 간호사는 정식 간호사가 아니고 간호보조사인지라 소변 줄을 처치하는 방법을 몰랐기에 그렇게 한 것으로 이해를 하였다. 뒤에 안 일이지만 이 일로 인하여 소변을 보는데 작은 핏덩이가 빠져나오는 것을 볼 수가 있었다.

필자가 생각건대, 소변 줄의 처치는 원래 의사가 와서 해야 하는데, 간호보조사한테 미뤘으므로 의학을 제대로 배우지도 못하였을 것이고, 또한 어린 여자인 간호보조원이 남자의 소변 줄을 빼는 처치를 해야 하니, 얼마나 난처했을까를 생각하게 되었다.

7시에 아침을 먹고 퇴원을 해야 하는데, 필자는 소변을 억지로 뺐었기 때문에 반드시 병원에서 소변을 한 번 봐야만 퇴원을 할 수가 있다고 하였다. 그래서 소변을 보려고 화장실에 갔는데 소변은 나오지 않았으니, 이를 어쩌는가! 그러나 조금 기다려서 다시 화장실에 가서 소변을 보니 찢어지는 듯 아프면서 소변이 나와서 퇴원수속을 마치고 집으로 돌아올 수가 있었다.

다음날 대변을 봐야 하는데 이도 또한 나오지 않았으니, 이도 또한 걱정이었다. 대변을 보려고 힘을 주면 항문이 아파서 힘을 줄 수가 없었으니, 이는 탈장이 된 직장을 자르는 수술이었으므로, 쉽게 나을 수 있는 상태가 아닌 것이다. 그래서 일요일인데도 약국에 가서 관장약을 사와서 관장을 하고 겨우 대변을 볼 수가 있었으니, 고희의 노구(老軀)에 큰 아픔이 아닌가 하고 생각하였다.

오늘 수술 후 4일이 되어서 사무실에 나왔는데, 아직 소변 보기도 좋지 않고 대변보는 것도 좋지 않다. 아마도 며칠 더 있어야 완쾌가 되지 않을까 하고 생각한다.

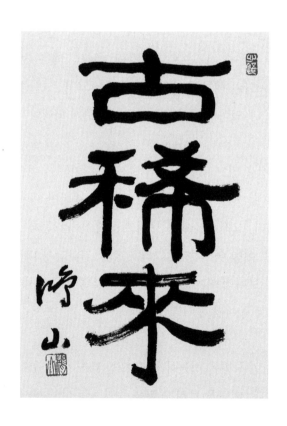

강아지 엄마

필자가 어렸을 적에 개구쟁이로 천둥번개처럼 뛰어놀던 시절은 아마도 1950년대 말부터 1960년대라 할 수 있다.

이때는 겨우 6.25사변을 겪고 난 뒤였으므로, 필자가 태어난 농촌은 무척 살기가 어려운 시절이었다.

요즘처럼 빵, 과자, 우유, 요구르트, 과일 등이 풍부한 것과는 정반대로 우유와 요구르트는커녕 빵과 과자도 팔지 않는 시대였으니, 우리들 어린이들은 간식을 찾아서 산과 들을 헤매면서 자연에서 자라는 먹을거리를 찾았으니, 그것은 다름 아닌 잔디 풀에서 나오는 삘기, 보리가 병들어서 만들어지는 보리깜부기, 소나무 껍질을 벗기고 그 속에서 나오는 달착지근한 진액, 또는 봄에 찔레나무에서 나온 새순인 찔레, 산기슭에 많이 나는 신맛의 시엉, 뽕나무에 여는 오디, 벚나무 열매인 버찌, 산딸기 등이 있었으니, 우리들 어린이들은 이를 찾아서 산과 들을 헤매는 것이 매일의 일상이었다고 해도 과언이 아닐 것이다.

이렇게 돌아다니다 보면 갑자기 나타나는 뱀이 제일로 무서웠다. 풀 속에 숨어 있는 개구리는 부지기로 많았으니, 우리들이 풀밭을 내달리면 그 속에 숨어있던 개구리들은 펄쩍펄쩍 뛰어나와 달아났다.

이제 필자의 나이 고희(古稀)하고 2년인 2019년이다. 우리나라는 세계 11위의 경제대국이 되었으니, 요즘은 마트와 가게에 빵과 과자 등 먹을 것이 즐비하여 돈만 주면 얼마든지 살 수가 있으니, 참으로 풍요롭고 살만한 세상이 된 것이다.

이렇게 국민 모두 잘사는 풍요로운 자유의 나라 대한민국에서 마음껏 자신의 뜻을 펼칠 수 있는 세상이 되었으니, 참 좋은 세상이 된 것이다.

우리는 지금 이런 풍요로움 속에서 토요일과 일요일이 되면 산에 오르는 등산객이 넘쳐나고 강과 바다에 나가서 낚시를 하는 조사(釣士)들로 넘쳐난다. 오죽하면 낚시꾼이 고기를 모이게 하려고 던져주는 낚싯밥이 강물을 오염시킨다고 하여, 이를 단속하는 제도까지 만들어 놓았겠는가!

이런 풍요로움 속에 애완견을 기르는 사람들이 점점 늘어나서 이제는 애완견만 전문으로 치료하는 병원이 생기고, 애완견 먹이를 만들어서 파는 기업이 생겼으며, 애완견 사료만 전문으로 파는 가게까지 버젓이 운영되고 있고, 강아지를 전문으로 다루는 방송까지 등장하였으며, 그리고 강아지호텔까지 생겼다고 한다.

심지어 개가 죽으면 장례를 지내고 기리는 '개 추모공원' 까지 생기었고, 개의 영혼을 모셔놓은 개 영안실까지 운영된다고 한다.

물론 개는 사람을 잘 따르니, 좋아하지 않을 수가 없다. 그러나 좋아하는 것도 정도가 있는 것이다. 특히 사람과의 관계에서는 매끄럽지 못한 사람들이 개를 좋아하는 경우가 특히 많은 것으로 안다. 그리고 늙은 부모는 잘 보살피지 않으면서 자신이 기르는 개에게는 돈을 펑펑 쓰는 경우도 많다는 것을 잘 안다.

사람을 사람이라 하는 것은 사람다운 행위를 하기 때문이니, 이런 것을 예(禮)라고 하는 것이다. 부모는 부모의 노릇을 해야 하고, 자식은 자식의 도리를 다해야 사람이라고 하는 것이다. 만약 사람의 도리를 다하지 못하는 자가 자신이 기르는 개에게는 자식처럼 여기면서 안아주고 빨아주고 한다면, 이는 정도를 넘은 행위가 된다. 즉 사람의 족속이 아닌 개의 족속이 될 수도 있다는 것이다.

필자는 지난날 뒷산인 수락산을 혼자 오르는데, 어떤 젊은 부부가 강아지의 목줄을 잡고 내려왔으니, 부인이 개의 목줄을 채우면서 하는 말,

"엄마가 이걸 채울 때는 가만히 있어야 해!"
고 하는 소리가 필자의 귀에 들렸으니, 당장 필자의 뇌리를 스치는 생각은,

"개의 엄마라고 하니, 저 부인은 개년이네."

이런 생각이 불현듯이 스쳐갔다.

우리들이 이 세상을 아름다운 세상으로 만들려면 아름다운 말을 주고받는 세상이 되어야 한다. 물론 본인은 개가 사랑스러워서 하는 말일 것이다.

그러나 말은 신중하게 생각하고 해야 한다. 옛말에,

"사람의 한마디 말은 천금보다 귀하다."

고 하지 않았는가! 부디 '개년과 개놈'이 되지 않도록 말은 신중히 골라서 해야 할 것이다.

엿보기

동화 「나무꾼과 선녀」에 보면, 하늘의 선녀가 깊은 산속 작은 연못에 내려와 목욕하는 것을 나무꾼이 엿보는 장면이 나온다. 이는 현대의 법체계에서 보면 엄연히 불법이지만, 옛날 우리의 풍습에서 보면 그냥 아름다운 이야기이다.

이어서 나무꾼은 선녀가 벗어놓은 옷을 가져와서 숨겼으니, 선녀는 이 옷을 입어야 하늘나라로 올라갈 수 있는데, 옷이 없어졌으니 하늘에 오르지 못하였다. 결국에는 나무꾼과 결혼하여 자식을 낳고 살게 된다.

이제 나무꾼과 선녀는 아들딸 낳고 알콩달콩 잘 살게 되었다. 나무꾼은 아내인 하늘나라의 선녀가 이곳에서 사는 것을 측은하게 여기고 숨겨놓은 선녀 옷을 내어주었고, 선녀는 옷을 받아 입고 하늘나라로 올라간다는 이야기이다.

이 이야기는 처음에는 목욕하는 선녀의 나신(裸身)을 엿보는 나쁜 행위로 시작하였지만, 결과는 가난하여 장가를 갈 수 없는 나무꾼이 장가를 들어서 자식을 낳고 행복하게 살게 되었으니, 아름다운 이야기가 된 것이 아닐까 한다.

또한 조선의 풍속화가 신윤복이 그린 그림을 보면, 어느 시골마을의 여인네들이 무더운 여름에 사람이 다니지 않는 후미진 계곡에서 목욕을 하는데, 그 마을의 개구쟁이 총각들이 언덕 넘어서 목욕하는 장면을 몰래 엿보면서 별 것이라도 본 것처럼 '히히' 하고 웃는 장면이 나온다.

아마도 조선시대에 살던 사람도 마음은 요즘 사람과 똑같았던 모양이다. 평상시에 볼 수 없는 신비한 여인의 나신을 엿보았으니, 얼마나 즐거웠겠는가!

조선의 여인들은 지금처럼 대중목욕탕이 있는 것이 아니니, 무더운 여름날에 맑은 시냇물이 흐르는 곳, 그리고 비교적 사람의 눈에 띄지 않는 후미진 곳에서 목욕을 하였는데, 그 마을에 사는 총각들은 이미 여인들이 목욕하는 장소를 잘 알고 있었기에 숲속에 숨어서 몰래 여인들이 목욕하는 모습을 엿보면서 즐거워한 것이다. 화가 신윤복은 이미 이런 풍습을 잘 알고 있었으므로, 이를 그림으로 그려서 희화화한 것이다.

풍수지리에 보면 '규봉(窺峰)'이라는 용어가 있으니, 이는 묘지 뒤쪽의 산 옆에 살짝 올라온 산봉우리를 말하는데, 풍수적으로는 꽤나 좋지 않은 봉우리이다. 만약 내가 사는 집에 규봉이 보이면 도독을 맞을 수가 있고 손재(損財)를 당할 수도 있다.

현대사회에서도 이런 규봉의 역할을 하는 것들이 많으니, 단적으로 말해서 몰래카메라가 이런 유형의 물체라 하면 될 듯싶다.

사람이 젊었을 적에는 왕성한 성욕을 주체할 수가 없는 것인데, 이럴 때에는 이성적으로 성욕을 잘 달래서 범죄에 접근하지 말아야한다. 만약 이 성욕을 주체하지 못하고 몰래카메라를 공중화장실에 달아놓고 엿보다가 탄로가 나기라도 하면 당장 관련 법률에 의해 영어(囹圄)의 몸이 된다.

오늘날은 이런 감시카메라를 범죄가 많이 생기는 우범지역에 달아놓고 왕래하는 사람을 매일 찍고 있다. 이는 범죄를 줄이는 중요한 역할을 하기도 한다.

그러나 이런 경우에도 사람의 사생활을 감시한다는 측면에서 보면 썩 좋은 일은 아니지만, 요즘처럼 범죄가 상상을 초월하여 발생하는 곳에서는 혹 필요한 면이 있다고 생각한다.

하지만 이런 카메라를 설치해 놓는 것도 진정 시민의 안전을 생각해서 꼭 설치할 곳에만 설치해야 한다. 절대로 경찰은 자신들의 편의만을 생각하여 모든 시민을 감시해야 한다는 생각으로 감시카메라를 길거리 요소요소에 무작위로 설치해서는 안 된다.

송무백열(松茂栢悅)

송무백열(松茂栢悅)의 의미는 '소나무가 무성하게 자라고 있으면 옆에 있는 잣나무가 기뻐한다.' 라는 말이다.

소나무와 잣나무는 모습이 거의 비슷해서 분별하기가 용이하지 않다. 필자는 농촌 출신 중에도 깊은 산골 출신이기에 나무 이름과 풀 이름, 그리고 산나물 같은 것은 비교적 소상하게 잘 안다.

소나무와 잣나무를 구별하는 방법은 첫째 잎으로 구분이 가능하니, 소나무 잎은 한 잎에 두 개의 촉이 나오고 잣나무는 한 잎에 다섯 개의 촉이 나오며, 소나무 줄기의 빛은 붉고 잣나무 줄기의 빛은 흰색에 검은색을 띤다. 다음은 껍질로 구분하니, 소나무는 껍질에 골이 생기는데 반하여 잣나무는 골이 생기지 않는다.

이 송백(松栢)이 자라면서 서로 기뻐하는 것은 다름이 아니니, 소나무, 잣나무 모두 하늘을 향하여 높이 올라가는 습성이 있어서 옆의 소나무가 하늘을 향하여 높이 커 올라가면 잣나무 역시 소나무에 지지 않으려고 하늘을 향하여 높이 올라가기 때문이니, 이는 선의의 경쟁을 하면서 자라는 행위이고, 그리고 송백(松柏) 모두 크게 자라서는 훌륭한 재목이 된다.

필자는 오늘 새벽에 주말농장에 가서 옥수수가 하늘을 향하여 한없이 커가는 것을 보고 '송무백열(松茂栢悅)'을 생각하게 되었으니, 이 옥수수 역시 옆의 옥수수와 같이 한데 어울려 무성하게 자라서 2m 정도 자란 뒤에 하얀 꽃을 피우고 있었으니, 그 파란 잎이 바람에 한들거리는 것을 보면서 마치 아무런 걱정이 없는 태평한 세계가 끝없이 펼쳐진 것과 같아 기쁜 마음 그지없었다.

만약 넓은 땅에 소나무 한 그루를 심어 기른다면 잘 자라지 못하는 것을 볼 수가 있으니, 이는 첫째로 경쟁자가 없으니 크고자 하는 의욕이 없어서이고, 둘째로 혼자 자라니 주위에서 부는 바람을 혼자 막아내야 하므로 힘이 들기 때문일 것이다.

'마중봉생(麻中蓬生)'이라는 말이 있으니, 즉 삼대〔麻木〕 가운데에 있는 쑥대는 삼과 같이 쑥쑥 자란다는 말로, 인재를 기르는 것 역시 공부를 잘하는 사람들 가운데서 함께 공부하면 자질이 조금 부족해도 옆의 벗과 함께 공부가 일취월장(日就月將)하게 된다는 것이다.

요즘 자녀를 교육하는 부모들이 모두 강남으로 이사를 한다고 한다. 왜냐면 강남에 좋은 학교가 많기 때문이다. 그리고 좋은 학교에는 훌륭한 학생들이 모여드니, 이곳에서 공부를 하면 소나무와 잣나무처럼 서로 보완이 되어서 모두 공부를 잘하는 인재로 자랄 수 있다. 이러므로 학생 자녀를 둔 전국의 부모들이 서로 경쟁하듯 모여드니, 학교와 무관한 집값이 천정부지로 오르는 것이다.

그러므로 강남의 학부모들이 자녀를 훌륭하게 가르치려고 강남으로 모여드는 것은, 맹자의 어머니가 아들 맹자를 가르치려고 3번이나 이사를 다닌 것에 비교가 되니, 현대판 맹모(孟母)들이 강남에 부지기수로 많이 산다고 봐야 한다. 그리고 의도하지 않았겠지만 집값이 올라 재산이 불어났으니, 일석이조(一石二鳥)의 이익을 얻었다 할 수 있을 것이다.

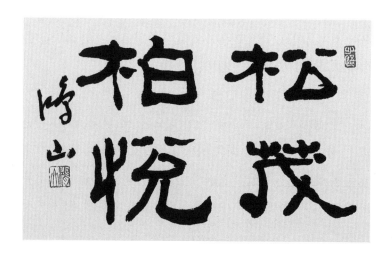

천사의 집

필자는 30살이 되던 1978년 봄에 결혼을 했다.

우리 가정이 처음 둥지를 튼 곳은 미아리고개 넘어 길음동이다.

당시 전세로 들어갔는데, 전세 계약은 6개월을 기한으로 하였고, 6개월이 지나면 전세금을 올려 다시 전세 계약서를 쓴 것으로 기억한다. 이어서 상월곡동으로 이사를 하였으니, 이 집은 한국전력에 다니는 형님이 산 집이니, 이곳에서 다년간 살았다. 그리고 형님이 집을 판 뒤에 하월곡동의 두 사람의 집에서 전세를 살았고, 그 뒤에 석관동으로 이사를 왔고, 다시 한 번 이사를 하여 전세를 살다가 장위동 동방고개 중턱에 있는 40평짜리 집을 사서 살았다. 이곳에서 큰아들과 작은 아들이 장위초등학교에 입학하여 학부형이 되었다.

필자가 서울 금천구 독산동에 서예학원을 개설한 해는 1980년대의 초로 기억하는데, 당시는 정부에서 예체능과목만 과외교습을 허락하였으므로, 필자가 운영하는 서예학원도 제법 잘 운영된 것으로 생각한다. 그러나 장위동에서 독산동으로 출퇴근을 하였으니, 출근에 1시간 30분이고 퇴근에 1시간 30분이 소요되었다.

이런 불편함을 덜기 위해서 장위동의 집을 팔고 직장이 있는 관악구 신림 11동 난곡 입구에 있는 건영아파트 25평을 사서 이사를 하였고, 이곳에서 12년을 살았다.

1988년에 취임한 노태우 대통령이 '주택 50만호 건설'의 기치를 들고 일산과 분당에 아파트를 대대적으로 건설하고 분양을 하였다. 당시 우리도 아파트청약 1순위로 청약신청을 할 수가 있었지만, 마침 아들들이 초등학교와 중학교에 다니었기에, 만약 이사를 하면 학교를 옮겨야 하는데, 혹시 아들들에게 학교를 옮긴 부작용이 있을 것을 우려해서 분양신청을 포기하였다.

그 뒤에 아들들이 모두 서울 한강이북에 있는 대학에 다닐 때에 이사할 계획을 세웠고, 이곳저곳을 알아보니, 필자의 형편에는 서울과 맞닿아 있는 의정부 장암단지에서 현대산업개발이 아파트 분양을 하기에 이곳이 좋다고 생각하고 분양신청을 하여 당첨이 되었다. 더욱이 필자가 운영하는 학원이 성북역 옆에 있었기 때문에 의정부 신곡동으로 이사를 하게 된 것이고, 이때부터 의정부 시민이 된 것이다.

어느덧 의정부에서 산 지도 20여 년이 되었다. 신곡동 현대아파트에서 약 15년 정도 살다가 너무 한 곳에서 오래 사는 것 같아서 집을 팔고 장암동에 있는 푸르지오 아파트 24평을 사서 이사를 하였다.

자식들은 모두 결혼하여 직장을 따라 큰아들은 대전에 살고, 작은아들은 세종시에 산다. 우리 집에는 나와 마누라 둘이 사는데 32평은 너무 큰 것 같아서 24평 아파트를 사서 살았고, 이곳에서 6년 정도 살았는데, 의정부 3동 재개발지역의 집을 한 채 샀다. 이 집의 조합원 목으로 2채의 아파트에 청약할 자격이 되었으므로, 2채를 청약하여 당첨이 되었다.

필자는 이제 70살이 갓 넘었으니, 아파트 분양을 받으면 은행에서 대출을 해주지 않을 것 같다. 그러므로 필자 같은 사람은 현찰을 가지고 아파트 분양을 받아야만 한다. 이에 현찰을 마련하기 위해서 현재 사는 집을 팔았고, 그리고 전세를 얻었는데, 이 집이 천사의 집인 '1004호' 이다.

아내가 아파트 전세 계약을 하고 와서 하는 말이 우리 집은,

"천사집이에요."

라고 하였다. 그래서 그게 무슨 말이냐고 물으니, 이사하는 현대 2차 아파트의 호수가 '1004호' 란다. 순간 나는 기분이 좋아졌다.

"살다 보니 천사의 집에서도 살게 되었네."

하면서 아내와 농담을 나누었는데, 어느덧 계약일이 다가와서 '1004호' 에 이사를 와서 살고 있다.

이상이 필자가 장가를 들고 살았던 집들이다. 이제는 천사의 집에 이사를 했으니, 천사의 마음으로 아름답게 말년을 보내고 싶다.

거꾸로 생각하기

시를 난해하게 쓰기로 유명한 김춘수 시인의 시 '꽃'을 아래에
기록하고 이야기를 하자.

내가 그의 이름을 불러주기 전에는
그는 다만
하나의 몸짓에 지나지 않았다.
내가 그의 이름을 불러주었을 때
그는 나에게로 와서
꽃이 되었다.

내가 그의 이름을 불러준 것처럼
나의 이 빛깔과 향기에 알맞은

누가 나의 이름을 불러다오.
그에게로 가서 나도
그의 꽃이 되고 싶다.

우리들은 모두
무엇이 되고 싶다.
너는 나에게 나는 너에게
잊혀지지 않는 하나의 눈짓이 되고 싶다.

김춘수 시인의 시에 의하면, 원래 꽃은 꽃이라는 이름이 없었다.
내가 꽃이라고 이름을 불러주었을 때에 비로소 꽃은 꽃이 되었다는
것이니, 누가 나에게도 내게 알맞은 이름을 지어달라는 시이다.

시는 원래 난해한 말을 먹고 살아간다. 난해하지 않으면 너무 싱
거워서 재미가 없다. 그러므로 시를 짓는 데는 '낯설게 하기' 라는
명제가 붙는다. 낯설게 시를 써야 읽는 사람이 읽고 또 읽는 것이다.

수일 전에 경북 예천에 있는 '초정서예연구원' 에 갔었다. 이곳에
여초(如初) 김응현(金膺顯) 선생께서 좌수(左手)로 쓴 적벽부(赤壁賦)
의 작품이 있었으니, 명작이었다.

원래 여초 선생께서는 우수(右手)로 글씨를 쓰셨는데, 말년에 수
전증이 와서 우수(右手)를 쓰지 못하게 되었고, 이때부터 좌수로 글
씨를 쓰셨다. 평생 우수(右手)로 글씨를 써서 작품을 만들었는데, 어
느 날 갑자가 수전증이 와서 좌수로 글씨를 쓰니, 과거 우수로 쓰던

그런 스타일을 뛰어넘어 예전에 쓰던 글씨와 전혀 다른 작품이 되었으니, 이 세상에서 하나뿐인 명작이 된 것이다.

서예나 미술이나 모두 나를 가르쳐준 선생님의 스타일로 작품을 만들면, 아무리 세련된 작품을 만들어도 그 선생님의 아류(亞流)에 지나지 않는다.

그러므로 나의 작품을 만들 때는 반드시 '거꾸로 하기'를 해야 한다. 한마디로 말해서 남들이 가던 길을 접고 나는 나만의 길을 만들어서 가야만 감상자들이 깜짝 놀라서 눈을 크게 뜨고 보는 것이다.

이렇게 하는 것을 "별벽혜경(別闢蹊逕)"이라고 하는 것인데, 해석해 보면 '특별히 오솔길을 낸다.'라는 말이니, 이렇게 하는 것이 작품을 창작하는 첩경(捷徑)인 것이다. 그러므로 추사 김정희 선생의 예서 작품이 별벽혜경(別闢蹊逕)이고, 안진경의 해서가 별벽혜경(別闢蹊逕)이며, 왕희지의 난정서가 별벽혜경(別闢蹊逕)인 것이다.

그렇다면 어떻게 해야 별벽혜경(別闢蹊逕)을 만들 수가 있는가! 누구나 하고 싶다고 해서 별벽혜경(別闢蹊逕)이 찾아오는 것은 아니다. 이는 다년간의 독서와 학습, 그리고 수련을 쌓아야 비로소 찾아오는 것이니, 즉 노자(老子)나 장자(莊子)와 같이 오랜 기간 수련하여 깨달음이 있는 사람이어야 가능한 것이다.

이제 별벽혜경(別闢蹊逕)이 되어서 이름도 드날리고 작품도 잘 팔리어서 많은 재물을 쌓았다고 하면, 그 다음은 어떻게 해야 하는가!

필자는 홍길동 소설의 주인공인 홍길동에게서 그 해답을 제시하려고 한다. 길동은 산으로 들어가서 훌륭한 도인(道人)을 만나서 하루빨리 무술을 익히려고 하였는데, 이 도인은 길동에게 매일 나무를 해 와서 부엌에서 군불만 때라고 한다. 길동은 하루빨리 무술을 익혀야 하기 때문에 신경질이 많이 났지만, 그러나 참고 부엌에서 군불만 때기를 3년 동안 하였고, 참고 또 참기를 수천수만 번을 참아 이를 견디어내니, 도인은 이후에 무술을 가르쳐주어서 당대에 당할 자가 없는 고수가 되었던 것이다.

이후 길동은 활빈당을 만들고, 가렴주구를 일삼는 관료를 습격하여 그의 재물을 빼앗아 가난한 인민들에게 나누어주었으니, 이것이 길동이 하는 일이었다.

여기서 '길동은 왜 가렴주구하는 관료들의 재물을 빼앗아 가난한 인민에게 주었는가!'가 핵심이 되는 내용이니, 이는 자신이 평생을 통하여 이룬 무적의 무술을 가난한 인민에게 이로움(利)을 주는 것으로 승화시킨 것이니, 여기에서 천하무적 길동의 활동이 빛을 발하는 것이다.

백성들에게 이로움을 주는 행위는 무술뿐만이 아니고 예술, 체육, 학문, 음악 등 모든 분야에 있는 사람들에게도 모두 적용이 되는 것이니, 자신이 있는 곳에서 이름이 나고 재물도 많이 모았으면, 그 재물을 가지고 구두쇠처럼 살지 말고, 가난한 사람을 도와주어야 비로소 빛을 발하게 된다는 이야기이다.

홍산(鴻山)이 걸어온 길

　필자의 고향은 충남 부여군 내산면 마전리〔삼바실〕이니, 마을이 온통 산으로 둘려있어서 하늘만 빤히 보이는 곳이다. 좀 더 자세하게 말하면, 우리 동리의 산은 보통 해발 400m~500m이니 아주 야산도 아니고 그렇다고 아주 높지도 않은 중간 높이의 산들에 둘려있다. 이곳에서 1948년 음력 5월 3일에 농부의 둘째 아들로 태어났다.

　우리 집은 100호가 갓 넘는 마을에서 비교적 잘 사는 집이라고 하였으니, 이는 모두 부친께서 부지런히 농사를 지어서 이룩한 노력의 결과이다.

　필자는 초등학교를 다니면서 염소와 토끼를 키운 기억이 있다. 그리고 돼지에게 줄 꼴을 베어다 돼지우리에 넣어주기도 하고, 아침이면 소와 염소를 풀이 많은 곳에 매어두어서 하루 종일 풀을 뜯어 먹게 하고, 저녁이 되면 그 소와 염소를 집으로 끌고 와서 외양간에 매어두는 것이 일과였다.

　필자가 초등학교에 다닐 때에는 아침이면 책보를 메고 학교에 가서 수업을 듣고 집에 와서는 책보를 안방에 던져놓고 즉시 밖으로 나가 친구들과 놀기도 하고 냇가에 가서 물고기를 잡아오기도 하고 산에 가서 토끼 덫을 놓아 토끼를 잡기도 하였으며, 겨울에는 노란 콩의 속을 파내고 그 속에 독약을 넣고 양초로 막은 뒤에 새벽이 되면 이 콩을 꿩이 잘 다니는 산 아래에 있는 밭에 놓고, 저녁이 되면 꿩이 그 약이 든 콩을 먹고 죽었는가를 확인하는 것이 일과였다.

　초등학생으로서, 위에 기록한대로 했다는 것은 그만큼 생활이 어려웠다는 것을 말한다. 요즘 같으면 초등학생은 공부하고 놀기에 바쁜 시기이지만, 그때는 모두 형편이 어려워서 비록 보리밥이라도 삼시세끼 배부르게 먹고사는 것이 소원이었다. 오죽하면 겨울이 되어 눈이 내리면 참새들이 마당 옆에 있는 짚 누리를 찾아와서 짚더미에 남겨져있는 벼를 쪼아 먹었는데, 우리들은 그 참새를 잡으려고 덫을 놓고 참새가 잡히기를 학수고대했던 기억이 있다. 그러나 필자는 영리하게 날아다니는 참새를 단 한 마리도 잡지를 못했다.

　초등학교를 졸업한 뒤에는 서당에 입학하여 4년 정도 유학(儒學)의 경서(經書)인 사서(四書)와 삼경(三經)을 배웠는데, 이렇게 서당에 다니는 중에도 시간을 내어 농사일을 거들었으니, 밭을 맬 때가 되면 밭을 매고, 논을 맬 때에는 논을 매었으며, 모내기를 할 때에는 못줄을 잡았고, 타작을 할 때에는 논에 있는 벼를 지게에 지고 와서 탈

곡기를 돌려서 타작을 하기도 하였으며, 무더운 여름날 보리타작을 할 때에는 도리깨로 보리 단을 후려쳐서 보리타작을 하기도 하였다.

그뿐 아니라 담배를 재배하여 전매청에 팔기도 하였고, 밭에 참외와 수박을 심고 그 옆에 원두막을 짓고 원두막에서 잠을 자면서 참외밭을 지키기도 하였다. 이때는 돈을 받고 참외를 파는 것이 아니고 갓 타작한 보리를 받고 참외를 판 기억이 생생하다. 즉 물물교환을 하던 시절이었던 것이다.

봄이 되면 논에 물을 대고 논두렁에 흙을 이개어서 발랐으니, 이렇게 해야 물이 아래로 빠지지 않고 논 안에 갇혀있게 된다. 벼는 물이 가득한 논에서 자라는 작물이기 때문에 이렇게 물이 아래로 빠지지 않도록 힘을 쓰는 것이다.

그리고 보리논에 가서 풀을 뽑아주어야 보리가 잘 자라서 많은 수확을 할 수가 있었으므로, 그 뜨거운 여름날에 땀을 줄줄 흘리면서 온 종일 보리논에 앉아서 풀을 뽑기도 하였고, 볏논에 분무기를 지고 하루 종일 농약을 뿌리기도 하였다.

또한 선친께서는 한약재인 천궁을 밭에 심고 재배하여 그 뿌리를 캐서 팔면서 하시는 말씀이,

"작물을 재배하여 밭 한 평에 10,000원만 나오면 좋겠구나!"

고 하시었으니, 하여튼 돈이 되는 작물은 모두 논밭에 심어서 재배하였다고 하면 된다.

농사일이 모두 끝나고 겨울이 되어 눈이 내리면 산에 가서 생솔

가지를 베어 와서 아궁이에 넣어 불을 지피기도 하고, 또는 추위에 얼어붙은 참나무를 톱으로 잘라 지게에 지고 와서 도끼로 뽀개어 아궁이에 넣어 군불을 지펴서 추운 방을 따뜻하게 하기도 하였으니, 이는 늙은 조부님과 부모님이 계신 방을 따뜻하게 달구어서 추운 겨울을 따뜻하게 지내시도록 하는 자손 된 도리를 하는 하나의 행위이었다.

6.25가 바로 지난 1950년대에, 선친께서는 동리 사람들과 함께 산속에 들어가서 숯을 구워서 마차에 싣고 논티장에 가서 파는 것을 보기도 하였으니, 아마도 숯을 구워서 파는 것은 이때가 마지막이었을 것이다.

혹 산전(山田)을 일궈서 그곳에 참깨를 심어 가꾸기도 하였고, 산에 가서 유독이라는 풀을 베어가지고 와서 새끼를 꼬아서 인삼을 재배하는 사람들에게 팔기도 하였다.

필자가 열여덟 살쯤 되었을 때에는 동리 청년들이 4-H그룹을 만들어서 운영하기도 하였는데, 이 4-H그룹은 군의 농촌지도소에서 관장하였다. 사실 국가 차원에서 농촌에 사는 젊은 청년들에게 농사 기술을 가르쳐서 농가 소득을 올리자는 슬로건 아래 조직된 농촌청년들의 조직이었다. 필자는 이때에 부여군 내에 있는 구룡면, 내산면, 외산면 등 3개면의 4-H그룹의 연합회 회장을 역임하기도 하였다. 이렇게 농촌에서 젊은 시절을 지내다가 1969년 8월에 논산훈련소에 입대하여 1972년 7월 말쯤에 제대를 하였으니, 꼭 3년간 군대

생활을 하였다.

　군대를 제대한 뒤에 서울에 올라와서 보령제약에 입사하여 관리
부에서 약품을 배달하기도 하고 지방 발송도 담당하면서 수년 동안
근무하였고, 이곳에 근무하면서 전남 광주에 사는 아름다운 여인인
마누라와 결혼을 하고 아들 둘을 낳아서 기르면서 인사동에 있는 동
방연서회에 입회하여 다년간 서예를 공부하였다.
　동방연서회에서 서예를 공부한 이력을 가지고 '관인 하담서예학
원'을 차리고 경리와 운전수를 두고 다년간 학원을 운영하기도 하
였다.
　필자가 학원을 운영할 때는 전두환 대통령의 시절이었는데, 당시
에는 정부에서 사교육을 엄격히 제한하였고, 다만 예술 분야와 체육
분야만 과외를 허락하던 시절이었기에 학원 운영을 비교적 성공적
으로 운영할 수 있었으나 세월이 흘러 노태우 대통령 때에 컴퓨터가
초등학교 교과목에 편입되고, 김영삼 대통령 때에 영어가 초등학교
교과목에 편입되면서 서예를 배우는 학생이 줄어들기 시작하여 서
예학원은 결국 사양길로 들어섰고, 필자는 서예학원을 그만두게 되
었다.

　필자의 학력은 참으로 너무 특이하다. 초등학교를 졸업하고 녹간
서당에서 4년 정도 한문공부를 하였으며, 결혼을 하고 나서 검정고
시로 중·고등 과정을 필(畢)하고, 38세에 한국 방송통신대학교 국
문과에 입학하고, 6년 뒤에 졸업하여 문학사가 되었고, 60이 넘은 나

이에 성균관대학교 유학대학원에서 '유교경전 동양사상'을 전공하여 문학석사가 되었으니, 이것이 필자의 학력이다.

한문 과목으로 도봉구가 운영하는 문화센터와 노원구가 운영하는 문화센터에서 수년간 강의를 하기도 하였고, 경기대학교에서 운영하는 문화강좌에서 한문 주임교수로 수년간 강의하기도 하였으며, 안동 KBS와 국학진흥원이 공동으로 운영하는 경북 북부지역 문화강좌의 서예담당강사로 발탁되어 예천군에서 강좌를 열기도 하였다.

MBC와 국제서법예술연합 한국본부에서 운영하는 전국휘호대회의 심사위원을 맡기도 하였고, 대한민국 미협에서 주관하는 전국서예공모전의 심사위원〔감수위원〕을 맡기도 했으며, 강원도 도민일보가 주관하는 '임의침묵서예공모전'의 심사를 맡기도 하였다.

2006년 7월 7일부터 13일까지 중국 섬서성미술관초대 전규호 서예전을 열었고, 2006년 11월 9일부터 22일까지 대한민국 경찰청초대전을 열었으며, 2007년 5월 7일부터 10일까지 중국 사천성미술관장초대 전규호 서예전을 열었고, 2019년 봄에는 서울 인사동 백악미술관에서 '홍산 이제 쓰다' 전을 열었다.

지금은 서울 낙원동에 사무실을 열고 '해동한문번역원'을 운영하면서 전국에 있는 고문서를 받아서 번역하는 일을 한다.

필자는 이곳에서 정말 많은 고서와 고문서를 번역하였고, 그리고 많은 책을 출판했으니 장르별로 분류하면, 번역서로는 《인봉전승업

선생유고집》·《의암문집》·《저암만고》상하권·《백파만고》·국역
《청강소와》상하권·《운정유고》·《초산유고》·《유촌 한형길선생문
집》·《수사공일기》·《매당만영》 등이고,

　한문 분야로는 《에세이 논어》·《에세이 맹자》·《에세이 명심보
감》·《에세이 천자문》 전, 후·《초서완성》·《서묵보감》 등이며,

　서예 분야는 《사군자매첩》·《사군자난첩》·《사군자국첩》·《사군
자죽첩》과 추사 선생의 《추사해서첩》·《추사예서첩》·《추사행초
첩》·《추사서간첩》과 《예서장법》·《행초장법》·《서예창작과 장
법》·《서예감상과 이해》·《서예장법과 감상》·《광개토왕비첩》 상하
권·《한간당시자첩》·《서보(書譜)》 상하권·《영종동궁일기》·《집자
성교서》 등이며,

　문학 분야는 한시집 《겨울이 봄날처럼 따뜻하기를》을 문고판으
로 출간하였고, 수필집으로 《똥장군》·《안경쓴 장승》·《행복의 씨
앗》·《느리고 불편함이 보약이다》 등을 출판하여 시중에서 판매하
고 있다. 그리고 서예집으로 《홍산 이제 쓰다》라는 책을 출판하였으
며, 곧 출간하는 《금강산 가는 길》이 있고, 출판사에 상재(上梓)한
《조선에서는 노비도 초서를 썼다》라는 책이 출판 준비중이다.

　이상이 홍산 전규호의 간략한 이력이다. 지금 필자의 나이 71세
이니, 낙원동에 있는 작은 오피스텔에서 사무실을 열고 열심히 번역
하면서, 혹 시간이 나면 붓글씨도 연마하고 또는 글을 쓰면서 소일
하고 있다. 옛 선인들이 말하는 유유자적(悠悠自適)하면서 살아간다
고 하면 될 듯싶다.

한 달이 길면 한 달이 짧다

사람은 어울림 속에서 살아간다고 본다.

우리가 살아가는 요즘 세계의 인구수는 2017년 12월 기준 76억 명이라고 하고, 우리나라 인구수는 2019년 4월을 기준하여 약 51,000,000명이라고 한다. 그런데 그 많은 사람들의 성품이 모두 다르고 모습도 모두 다르다.

나무의 가지에 나온 잎이 수없이 많은데, 그중에 똑같은 잎은 하나도 없다고 한다. 사람의 모습과 성품이 각기 다른 것도 이 나뭇잎과 같다고 하면 이해가 되리라 생각한다. 물론 외모가 비슷한 사람도 있고, 성품이 비슷한 사람도 있는 것은 사실이나 똑같은 사람은 없다는 말이다.

사주학적으로 사람의 성품을 풀어보면, 대체로 목일주(木日柱)는 마음이 곧아서 선생님 같은 직업으로 나갈 확률이 높고, 화(火) 일주는 불꽃처럼 예민하여 예술가나 IT같은 직업이 좋으며, 토(土) 일주는 든든하고 믿음이 있으니, 공무원이 되어 국민에게 믿음을 주는 직업이 좋을 듯하고, 금(金) 일주는 단단하고 꺾이지 않으니 무인(武人), 즉 군인이 된다면 성공할 것이며, 수(水) 일주는 마음이 유연하니 장사나 연예인 같은 것을 하면 성공할 확률이 높을 것이다.

그러나 이도 똑같은 것이 아니니, 일주(日柱)가 양(陽)이냐 음(陰)이냐에 따라 천지(天地)의 차이가 난다. 만약 목(木)의 일주에 양기를 많이 받고 태어났다면, 커다란 소나무처럼 들보도 되고 기둥도 되는데 반하여, 음기를 많이 받고 태어났다면, 나무는 나무이나 서까래정도의 나무이니, 그 쓰임새가 큰 나무만은 못할 것이다.

그렇지만 양(陽) 일주라 하여 다 좋을 수는 없고 음(陰) 일주라 하여 모두 나쁘지는 않으니, 만약 양(陽) 일주가 되어 한없이 크고 넓은 마음으로 왕창 투자를 했다고 하면 이 투자가 잘 맞았다면 많은 돈을 벌 것이지만, 그러나 불행히도 잘 맞아떨어지지 않으면 많은 손해를 보는 것이고, 반면에 음(陰) 일주를 가진 사람은 마음이 좁아서 조금만 투자했는데, 이 투자가 잘 맞아서 이익을 얻었다면 좋은 일이긴 하나 투자액이 적으니 자연히 소득이 적을 것이다. 반면에 투자한 것이 맞아떨어지지 않아서 손해를 봤다 해도 손해액이 적으니 좋은 것이다.

이렇게 사람은 각기 성품도 다르고 타고난 일주(日柱)도 다르기

72

때문에 천부적으로 받은 부귀와 빈천이 다른 것이다. 그렇다고 사주가 좋다고 하여 가만히 앉아있으면서 노력하지 않는다면 무엇이 나오겠는가! 사람은 일생동안 세상을 살아가면서 부단히 노력해야 하는 것이니, 이렇게 노력할 때만이 많은 복을 받아서 누리고 살 수가 있는 것이다.

그렇다면 어느 때가 되어야 복을 받는 것인가!

대운(大運)이 와야 일이 잘 풀리고 재물도 들어오는 것이다. 대운(大運)은 한 번 들어오면 10년간 지속되는데, 이 시기를 잘 잡아서 사업을 한다면 일이 잘 풀리어서 자신에게 훈풍이 솔솔 불어올 것이다.

물론 이렇게 대운이 찾아와도 마음이 정직하지 않아서 남을 속이고 사기나 치려고 한다면 모처럼 찾아온 대운을 허송(虛送)하고 말게 되는 것이니, 사람은 대운이 왔건 안 왔건 간에 정직하게 살아야 하늘에서 주는 복을 받을 수가 있는 것이다.

필자의 경우 금년같이 집의 매매가 잘 안 되는 시기에도 부동산에 내놓지도 않은 집이 팔렸고, 그리고 우연히 202동 1004호〔천사의 집〕의 집에 들어가서 사는 것은 모두가 이 세상을 착하게 살았기에 이런 행운이 찾아온 것이 아닌가 하고 생각한다.

필자가 평생을 통하여 천사(1004)의 집에서 사는 것은 이 집이 처음이다. 뭐! 그렇다고 이 집에서 많은 복을 받아서 좋다는 것이 아니고, 그냥 천사의 집에서 산다고 생각하니, 나의 마음 한 구석이 공연히 좋아져서 기운이 생기고 힘이 솟구침을 느끼게 되어 좋은 것이다.

필자는 금년 봄에 하는 일이 잘 되어서 많은 돈은 아니지만, 1년 벌 돈을 벌었으니, 그 당시는 뭐 이쯤 벌었으면 1년 정도는 놀아도 된다고 생각했는데, 요즘 여름이 되어서 국가적으로 경기가 안 좋으니, 내가 하는 일도 한가해짐을 느낀다. 한가한 시간이 많아서 좀 걱정이 되긴 하지만, 그러나 한 달이 길면 한 달이 짧은 것은 정한 이치이니, 또 다시 복을 받는 달이 찾아올 것을 믿으면서 정직하고 건강하게 하루하루를 살아가고 있다.

이를 뒷받침하는 말씀이《주역》의 계사전(繫辭傳)에 있으니,

"하늘은 높고 땅은 낮으니 하늘과 땅의 위치가 정해졌고, 높고 낮은 것이 펼쳐졌으니, 귀하고 천함이 자리를 잡았으며, 움직이고 고요함이 항상 있으니, 강하고 부드러움이 나뉘었고, 방소(方所:지역)에서 같은 유(類)를 모으고 물체가 무리로 나뉘니, 길흉이 나온다. 〔天尊地卑, 乾坤定矣. 卑高以陳, 貴賤位矣, 動靜有常, 剛柔斷矣. 方以類聚, 物以羣分, 吉凶生矣.〕"

고 하였으니, 이 말씀이 필자가 위에 기록한 말씀을 반증해줄 것으로 안다. 주지(周知)하는 바와 같이《주역》의 계사전은 천하의 이(理)를 설명한 정말 대단한 말씀이다.

그냥 버려지는 것들

　요즘은 우리의 주변에서 쓸만한 물건이 그냥 쓰레기에 묻혀서 버려지는 것이 많다. 왜 이런 현상이 일어날까! 한 마디로 말해서 모두 잘 살기 때문이다.

　현재(2019) 우리나라의 국내 총생산이 세계 223개국 중에서 제12위라고 한다. 이 얼마나 자랑스러운 일인가! 필자는 이를 생각하면 언제나 가슴이 벅차오른다. 세계에서 유일하게 분단된 국가에서 이렇게 대단한 성장을 했다는 것에 박수갈채를 보낸다. 이러한 성장을 이룩하도록 기초를 다진 사람은 단연코 박정희 대통령이라고 생각한다. 박정희 대통령이 중화학공업을 육성하지 않았다면, 어떻게 이런 눈부신 성장을 이룩할 수 있었겠는가!

　현대를 사는 우리들은 지금 박정희 대통령께서 이룩한 경제성장

정책의 낙수효과를 톡톡히 누리고 있다고 해야 옳을 것이다. 그러므로 우린 항상 박정희 대통령께 고마움을 느끼며 살아야 한다.

아파트에서 지정한 쓰레기 버리는 날에 주부들이 버리는 물건을 보면 멀쩡하게 쓸 수 있는 물건들을 내다 버리는 경우가 많다. 특히 옷이나 신발 같은 물건은 주워다 다시 신거나 입어도 하등 손색이 없는 물건들이다.

TV프로 '이제 만나러 갑니다.' 에 나오는 어떤 사람이 하는 말,

"아파트 단지에 버려진 자전거를 북한에 가져가면 정말 긴요한 교통수단이 될 것입니다."

고 하였다. 정말이지 아파트에는 버려진 자전거가 수도 없이 많은 것을 볼 수가 있으니, 필자도 이를 보고 생각하기를,

"이 버려진 자전거를 수거하여 수리해서 파는 사업을 한다면 괜찮을 것이다."

고 생각하였는데, 북한에서 탈북한 사람들도 모두 나의 생각과 똑같다는 사실을 알게 되었다.

요즘은 의학이 눈부시게 발전하였으니, 우리가 매일 먹고사는 모든 식품의 성분을 분석하여, 이는 인체의 어느 기관에 좋다, 또는 어느 병에 좋다고 한다. 그리고 우리들이 매일 먹고사는 과일과 곡식의 껍질에 대하여 '이 껍질은 우리 인체에 유익이 되는 성분이 과일의 육질보다 더 많이 들어있다.' 라고 말한다.

일례로, 양파를 싸고 있는 붉은 껍질이 사람에게 유효한 성분이

그렇게 많다고 의사들이 누누이 말하여, 이제는 주부들이 그 양파의 껍질을 버리지 않고 잘 모아두었다가 삶아서 물을 내어 음식을 만드는 재료로 사용한다고 한다.

필자의 아내는 양파 껍질을 잘 모아두었다가 음료를 끓일 때에 그 껍질을 넣어 끓여서 음료로 마신다. 필자 역시 이런 음료를 상당히 좋아하는데, 지난날 주말농장에 가서 일을 하다가 갑자기 씨받이로 쓰는 대파 줄기가 말라비틀어져있는 것을 보고 잠시 생각하기를,

"양파의 껍질이 좋으면 대파의 줄기도 좋지 않을까!"

고 하고 마른 대파의 줄기를 주워 와서 끓여먹으니, 먹을 만한 음료라는 것을 알게 되었다. 그래서 이제는 대파차를 만들어서 매일 음료로 마신다. 성분을 조사하지는 않았지만 대파가 남성의 기력을 보충하는데 탁월한 효과가 있다고 예부터 말하고 있으니, 분명 이 대파의 마른 줄기도 남성의 정력 강화에 대단한 효과가 있을 것으로 사료된다.

단군신화에 보면, 인간이 되고 싶어 하는 곰과 호랑이에게 하늘의 신(神)이,

"마늘과 쑥만 먹고 100일을 살면 사람이 된다."

라고 하니, 곰은 이 말씀대로 하여 사람으로 화생했다는 신화가 있지 않은가! 이 신화는 지금으로부터 4352년 전의 이야기이니, 4352년 전부터 쑥과 마늘이 사람에게 너무 좋다는 것을 가르쳐준 신화이다. 그러므로 오늘날에도 마늘과 파는 동질의 강장식품으로 보고 있으니, 당연히 대파의 음료가 인체에 좋은 음료가 된다는 것은 명확

한 말씀이다.

옛말에,

"밥을 먹으면서는 농사를 지은 사람의 수고로움을 생각하고, 옷을 입으면서는 베를 짜는 여인의 수고로움을 생각하라."

고 하였다. 그런데 오늘날은 기술이 너무 눈부시게 발전하여 좋은 옷도 많고 좋은 신발도 많으며 인체에 건강을 가져다주는 과일이나 곡식도 많다. 그리고 우리나라에서 생산되지 않는 식품은 외국에서 수입하여 공급하므로, 배도 불리고 건강도 지킬 수 있는 참 좋은 세상에서 사는 것이다.

옷을 사서 입으면 도대체 옷이 헤지지 않아 멀쩡한 옷을 버리고 새 옷을 사서 입고 구두나 운동화도 너무 오래 신고 다니니, 싫증이 나서 버리고 다시 새 것을 사서 신는다. 그러므로 이렇게 버리는 옷과 신발 등을 수거하여 우리보다 경제력이 떨어지는 나라에 수출하는 회사도 있다고 한다.

옛날 필자가 어렸을 적에는 물을 샘에서 길어 와서 부엌에서 음식도 만들고 몸을 씻기도 하였다.

필자가 어려서 아침에 일어나서 대야에 물을 부어 세수를 하는데, 할머니께서 하시는 말씀, '물을 아껴 써야 한다.' 고 하시면서,

"세숫물을 너무 많이 붓고 세수를 하면 죽어서 염라대왕이 그 물을 모두 들어 마시게 한다."

고 하셨으니, 이는 펑펑 나오는 물도 아껴야 한다는 것을 가르쳐주

신 할머님의 귀중한 교훈이다. 그러므로 아무리 풍족하다고 해서 펑펑 쓰지 말고 아껴 쓰면서 남는 것이 있으면 없는 사람을 도우며 살아야 덕(德)을 쌓는 삶이 되는 것이다.

자연 치유력

하늘은 형체는 보이지 않고 이(理)만 흐르고, 땅은 그 이(理)가 기(氣)로 화하여 형체로 드러난 것이니, 하늘과 땅은 이기(理氣)가 서로 교제하면서 만물을 생육하는 것이다. 그 사이에서 생육하는 초목을 보면 많은 것을 깨달을 수가 있다.

사실 초목은 병이 나거나 상처가 나면 고쳐주는 의사가 없고 그냥 스스로 치유하면서 100년도 살고 1000년도 사는 나무가 부지기수로 많다.

누가 고쳐주지도 않는데, 어떻게 하여 스스로 치유할 수 있는가! 생각할수록 상상할 수 없는 기적이 아닐 수 없다. 그러나 천지의 이기(理氣)는 이와 같은 신비한 일을 척척 해낸다고 말할 수 있으니, 아무것도 없는 공간뿐인 하늘에서 비가 내리고 천둥이 치고 바람이 불고 눈이 내리지 않는가! 이 모든 것이 이기(理氣)의 숫자 안에서 움직인다고 하면 이해가 된다.

아침에 해가 떠서 저녁이 되면 서산 아래로 떨어진다. 이렇게 백년이고 천년이고 계속하는데, 그래도 이 해는 한 치의 오차가 없이 가고오기를 거듭한다. 만약 이 운행에서 약간의 오차가 생긴다면, 우리가 사는 이 세상에는 커다란 변화가 생겨서 천지 사이에서 생육하는 모든 생물에게도 큰 변화가 생길 것이다.

나무의 생명력을 보자, 가지를 쳐내면 그 옆에서 다른 가지가 나온다. 만약 사람이 가지를 치지 않았다면 아마도 그 옆에서 가지가 나오지 않았을 것이다. 또한 벌레가 잎을 뜯어먹으면, 그 뜯어 먹힌 외에 남아있는 잎은 상처를 자연적으로 치유하고 계속 파란 잎을 유지하고 있다. 이런 치유력이 어디에서 나오는가! 이도 또한 천지 이기의 작용으로 그렇게 되었을 것이다.

그러나 사람은 병에 걸리면 병원에 가서 의사의 진단에 따라 약을 먹고 치유를 한다. 같은 천지 사이에서 똑같이 사는데도 초목의 치료와 사람의 치료가 다르니 어쩜인가.

그래서 그런지는 모르지만 우리 집 내무장관은 아파도 병원에 가지 않고 참는 경우가 많다. 필자가 답답하게 생각하고 빨리 병원에 가서 치료를 하라고 하면 '좀 더 기다려 보다가 정 낫지 않으면 가겠다.' 고 한다. 이렇게 병원에 가지 않고 참다보면 어느새 병이 나아 '이제는 아프지 않다.' 라고 한다.

이런 것을 생각해보면 사람도 자연적으로 치유되는 인자가 있다고 본다. 사람들은 공연히 몸이 좀 아프면 호들갑을 떨면서 병원으로 달려가는 것이 아닌가 하고 생각한다.

필자가 지금까지 앓아본 병마 중에서 가장 악질의 병은 '오십견'이라는 병이었으니, 이 병이 필자 나이 60이 넘어서 찾아왔으니, 병원에 가서 X레이를 찍고 처방을 받아 약을 먹었는데, 변비가 와서 견디지 못할 지경이어서 결국 15일분의 약을 모두 버리고 말았다.

이 오십견은 뼈를 감싸고 있는 근육에 병이 든 것인데, 팔이 아파서 들 수가 없고 돌릴 수도 없으며 너무 아파서 어린아이가 나의 팔을 당겨도 끌려갈 정도로 팔이 아픈 병이다. 그래서 필자는 영하 20도의 추운 겨울에도 새벽이면 공원에 나가서 둥근 운동기구를 돌리고 소나무에 등을 치기도 하고 별의별 안 해본 것이 없이 운동을 하였는데, 빠르게 낫지를 않았다.

다행인 것은 팔을 뒤로 젖히거나 위로 올리는 것은 통증이 와서 할 수가 없었는데, 앞으로 내두르는 것은 아프지 않아서 다년간 컴퓨터 앞에서 일을 할 수가 있었다.

철봉을 하려고 팔을 올려서 당기면 팔이 끊어질 것 같아서 두 번을 당기기가 두려울 정도였다. 이렇게 아픈 병마도 세월이 지나가니 조금씩 낫는 기미가 보였고, 5년 정도 지나니 그런대로 나은 것을 느낄 수가 있었다. 지금 7~8년이 지났는데도 팔에 힘이 없어서 철봉을 잡고 오랫동안 있지 못한다.

그런데 약을 먹지 않았는데 어떻게 나았는가! 이를 필자는 그동안 운동을 열심히 한 것도 조금은 보탬이 되었겠지만, 자연치유력에 의한 것이 많았다고 생각한다. 그러므로 그 정형외과의 약이 만약 변비가 오지 않았다면 그 약을 계속 먹었을 것이니, 그 약을 먹고 나았다고 말하지 않겠는가!

이러므로 사람에게도 확실히 초목과 똑같이 자연치유가 되는 인자가 있다고 봐야 할 것이다.

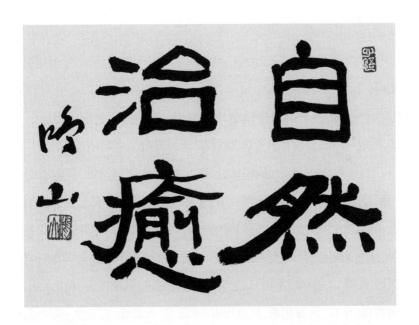

유유상종(類類相從)

《주역》 건괘(乾卦) 구오(九五)에 보면, 다음과 같은 공자의 설명이
있다.

"날아오르는 용이 하늘에 있으니 대인(大人 : 왕)을 본다."
고 하였다. 이는 무엇을 말한 것인가! 공자께서 말씀하기를,

"같은 소리는 서로 응하고, 같은 기운은 서로 구하며, 물은 습한
데로 흐르고, 구름은 용을 따르며, 불은 마른 데로 나가고, 바람은 범
을 따르며, 성인(聖人)이 일어남에 만물이 바라보나니, 하늘에 근본
한 자는 위와 친하고, 땅에 근본한 자는 아래와 친하나니, 그렇다면
이는 각각 그 유(類)를 따르는 것이다.〔九五曰, 飛龍在天, 利見大人,
何謂也. 子曰, 同聲相應, 同氣相求, 水流濕, 火就燥, 雲從龍, 風從虎,
聖人作, 而萬物覩, 本乎天者, 親上, 本乎地者, 親下, 則各從其類也.〕"
고 하였다.

본문에 '날아오르는 용이 하늘에 있다.'고 함은 용이 하늘에 올라가 제자리를 찾은 것이니, 이 점괘는 이로운 괘로 내가 대인(大人 : 임금)을 보게 되어 이로움이 오게 되었다는 말씀이다.

그러므로 공자께서 이를 해석하여 부연설명하기를,

"새벽에 한 마리의 닭이 울면 모든 닭이 따라 울듯이 같은 소리는 서로 응하고, 비 오기 직전에 땅과 초목은 미리 축축해지듯이 같은 기운은 서로 구하며, 물은 젖은 땅으로 흘러내리고 불은 마른하늘로 타오르며, 용이 나니 구름이 따르고 범이 뛰어가니 바람이 일어나며, 성인이 일어남에 만물이 바라보게 된다. 그러므로 하늘에 근본한 자는 위와 친하고 땅에 근본을 둔 자는 아래로 친하나니, 그렇다면 이 세상에서는 각기 같은 유(類)를 따르는 것이다."
고 하였다.

유유상종을 쉽게 말하면, 같은 것끼리 서로 좋아한다는 말이다. 다시 말한다면, 사람은 사람끼리 좋아하고, 개는 개끼리 좋아하며, 돼지는 돼지끼리 좋아하고, 새는 새끼리 좋아한다는 말이다.

위에서 사람은 사람끼리 서로 좋아한다고 했는데, 다시 이를 세분하여 보면 노름꾼은 노름꾼을 좋아하고, 술주정뱅이는 또 술주정뱅이를 좋아하며, 춤을 잘 추는 자는 이 역시 춤추는 자를 좋아하고, 여행을 좋아하는 사람은 여행객을 좋아한다. 골프를 치는 사람은 골프를 즐기는 사람을 좋아하고, 독서를 좋아하는 사람은 이도 역시 독서를 좋아하는 조용한 사람을 좋아하는 것이다.

그러므로 지상에 사는 동물은 동물끼리 좋아하는데, 이도 역시 돼지가 개를 좋아하는 것이 아니고 돼지를 좋아하며, 개가 호랑이를 좋아하지 않고 개를 좋아하고, 호랑이는 같은 육식동물인 늑대를 좋아하지 않고 그냥 순수한 호랑이끼리 좋아한다.

하늘을 나는 새도 같은 종(種)끼리 좋아하니, 독수리는 독수리끼리 좋아하고, 매는 매끼리 좋아하며, 종달새는 종달새끼리 좋아한다.

물속에 사는 물고기도 같은 유끼리 좋아하니, 붕어는 붕어끼리 좋아하고, 피리는 피리끼리 좋아하며, 거북은 거북끼리 좋아하고, 상어는 상어끼리 좋아하며, 고래는 고래끼리 좋아하고, 새우는 새우끼리 좋아하는 것이다.

어느 날 이른 아침에 강가를 걸으며 집으로 돌아오는데, 앞에서 애완용 강아지를 끌고 오는 남성이 있었으니, 이 사람은 강아지를 사랑하는 마음에 강아지가 이 남성이 가는 방향으로 가지 않고 옆으로 나가니, 개를 덥석 안고 와서 자신이 가던 방향에 개를 내려놓았는데, 마침 앞의 갈림길에서 어떤 여인이 애완용 개를 끌고 이쪽으로 오니, 갑자기 이 남성의 강아지가 여성이 끌고 온 강아지 쪽으로 내달리면서 짖어대었고, 그 여성이 끌고 온 강아지도 이 강아지를 향하여 맹렬히 달려오면서 꼬리를 흔들면서 짖어대고 있었으니, 이는 "개끼리 서로 만나니 참 좋다."라고 짖어대는 것 같았다. 그러자 두 사람의 개 주인은 멍하니 개를 쳐다보다가, 갑자기 자기 강아지를 덥석 안고 자신이 가던 길로 가고 있었다.

필자는 이를 바라보면서,

"개 주인이 아무리 개를 좋아하고 사랑하지만, 사람과 개는 유가 다르므로 서로 좋아함에 한계가 있고, 개끼리 서로 만나니, 유(類)끼리 만났으므로 좋아서 주인의 말을 듣지 않고 갑자기 상대편 개 쪽으로 내달린 것이 아니겠는가!"

고 생각하니, 갑자기 사람이 쥐고 있는 개 줄에 묶여있는 사랑스런 강아지가 한없이 안쓰럽다는 생각이 들었다.

그러나 애완용 개를 기르는 사람들은 강아지가 자신을 한없이 좋아하는 줄 알고, 자신을 개의 엄마라 생각하기도 하고 또는 아빠라 생각하기도 하니, 어쩌다 사람이 개의 엄마도 되고 아빠도 되었는가!

물론 개는 사람을 무척 잘 따른다. 언제나 주인을 보면 꼬리를 살래살래 흔들면서 좋다고 한다. 사람이 되어서 자신을 좋다고 따르는 개를 싫다고 할 이유는 없다. 그러나 어디까지나 유유상종하는 것이니, 사람은 사람을 좋아해야 하는 것이고, 개는 개끼리 좋아해야 하는 것이 천리(天理)이다.

에어컨 바람

필자는 2006년 7월 7일부터 13일까지 중국섬서성미술관장초대 전규호 서예전을 열었다. 사실 중국에서의 초대전은 첫날 오픈행사를 한 뒤에는 그 주위에 있는 관광지를 관광하게 된다.

그래서 우리들은 진시황릉과 병마총을 관광하였는데, 날씨가 너무 무더워서 관광하는데 많은 어려움을 겪었다. 이날의 온도를 중국의 일기예보에서 39도라고 하였으니, 가이드가 하는 말,

"중국의 법에는 섭씨 40도가 넘으면 모든 노동자가 쉬게 되어있어서 실제로 40도가 넘어도 방송은 언제나 '오늘 날씨는 39도입니다.'"

라고 한다고 하였다. 이렇게 40도가 넘는 날씨에도 우리들은 열심히 관광을 한 기억이 생생한데, 아마도 그 당시 필자의 나이가 59세였으니, 그래도 건강한 체력으로 그 무더위를 이겨내며 돌아다닌 것

같다.

우리 집은 아직까지 에어컨을 집에 설치하지 않고 산다. 왜냐면 아내가 몸이 허약하여 에어컨의 찬 공기를 견뎌내지 못하기 때문이니, 에어컨을 오래 쐬면 당장 건강에 이상신호가 온다. 사실 선풍기 바람도 싫어하는 사람이니, 집에 에어컨을 설치하는 것은 어불성설이 아니겠는가!

그런데 작년도 2018년 여름은 유난히 무더웠으니, 평일은 사무실에 나오면 에어컨에서 찬 공기가 나오니까 체내의 온도조절이 되어서 견디지만, 토요일과 일요일은 집에서 쉬어야 하는데 날씨가 40도를 넘나드니, 그 무더위를 견딜 수가 없어서 묘수를 찾아낸 것이 에어컨이 빵빵하게 나오는 지하철을 타고 이리저리 오가는 것이었다.

필자의 고향 마을은 첩첩산중에 있는데, 이곳에는 석탄을 파낸 폐광이 있다. 그곳 폐광 안에서는 시원한 물도 나오고 시원한 바람도 나온다. 이곳의 시원한 바람은 에어컨 바람보다 훨씬 시원하다.

우리 고향에서 30리 정도 가면 보령시 성주면이 나오는데, 이곳이 그 유명한 '성주탄광'이 있던 곳으로, 지금은 옛적에 석탄이 많이 나던 곳을 기념하여 보령시에서 '석탄박물관'을 지어서 관광객을 맞이하고 있다. 이곳에 보령냉풍욕장이 있는데, 폐광 안에서 항상 12~14도의 찬바람이 시원하게 불어나온다. 이곳에는 펜션도 있어서 숙박이 가능하고 맛있는 먹을거리도 풍부하다.

사실 지금까지 예년에는 에어컨 바람이 필요할 정도의 무더위는 한해 여름을 통하여 며칠이 되지 않았었는데, 작년에는 정말 견디기 어려울 정도의 무더위가 제법 수일동안 계속되었다.

올해도 우리 집은 예년과 같이 에어컨을 설치하지 않았는데, 지구촌의 온도 상승으로 인하여 조금 더 무더울 것이 예상되지만, 사랑하는 아내의 체력이 견디기 어려운데, 에어컨을 설치할 수는 없다.

그러므로 이런 무더운 여름에는 항상 문을 활짝 열어놓고 살아야 하는데, 요즘은 미세먼지가 수시로 찾아오니 이것이 걱정이다. 이를 어찌하면 좋단 말인가! 문을 열어놓을 수도 없고 에어컨을 설치할 수도 없는 진퇴양난에 처한 것 같다.

이 미세먼지는 정부에서 빨리 대책을 세워서 모든 국민이 미세먼지의 공포에서 벗어나게 해야 한다. 필자의 생각으로는 문재인 정부가 들어서고 원자력발전소를 폐기하고 그 대용으로 석탄발전소를 많이 지었다고 하니, 자연적으로 미세먼지가 많아질 것은 자명한 일이다.

정치라는 것은 국민의 소리를 듣고 국민이 싫어하는 일을 하지 말아야 한다고 생각한다. 그런데 이 정부는 국민의 소리를 듣지 않고 자신들의 고집만 세우는 것 같다. 민의를 따르지 않는 정치인은 결국 그 정치생명이 끊어지는 것이 당연한데, 요즘은 이를 무시하는 정치인이 많은 것 같아서 걱정이다.

어째서 시원한 에어컨에서 말하기 싫고 듣기 싫은 정치 이야기로 왔는가! 발단은 미세먼지가 아닌가! 부탁하건대 정부에서는 하루빨리 미세먼지의 대책을 세워서 모든 국민이 이 공포에서 벗어날 수 있게 해야 한다. 이렇게 하는 것이 좋은 정치이다.

곡간(穀間)에서 인심난다

필자가 어렸을 적(1950년대)에는 우리나라는 온전한 농업국가였다. 당시 필자가 사는 면(面)에서 소위 직장에 취직하여 월급을 받는 사람은 면서기, 우체부, 초등학교 선생, 주조장의 직원 등이었고, 나머지는 모두 농사를 지어서 먹고사는 사람들뿐이었다.

농촌에서 농사철에는 '두레[社]'³라는 것을 조직하여 농사를 지었으니, 이 두레라는 것은 그 마을에 사는 젊은 농군들이 함께 힘을 합쳐서 공동으로 논을 매고 밭을 매는 등의 일을 하는 것이었는데, 이때 마을에서는 '농자(農者)는 천하지대본(天下之大本 : 농사는 천하의 근본이 된다.)'라는 깃발을 꽂아놓고 풍물(風物)⁴을 치면서 흥을

---

3 두레 : 농민들이 농번기에 농사일을 공동으로 하기 위하여 부락이나 마을 단위로 만든 조직.

돋우면, 일꾼들은 여럿이 한데 어울려서 어려운 줄도 모르고 일을 하였다.

이때 점심은 들판 가운데에 있는 정자나무 아래서 아낙네들이 머리에 이고 온 들밥을 먹었고, 저녁에는 마지막 일을 끝낸 인부들이 농주(農主)의 집에 들어가서 저녁식사를 하면서 막걸리를 곁들여서 먹은 것으로 기억한다.

이날은 마을의 어린이들과 아낙네들이 모두 이 농주의 집에 와서 일을 거들면서 저녁을 같이 먹고, 또한 남은 음식은 가난한 사람들이 바리바리 싸가지고 집에 돌아가서 허기를 채운 것으로 안다.

이런 옛적 농촌의 풍경을 생각하면 누가 뭐라 해도 잘사는 부잣집에서 인심이 나는 것을 볼 수가 있다.

얼마 전에 필자가 번역하여 엮은 '금강산 가는 길'이라는 책이 나와서 카톡과 밴드, 그리고 카카오스토리 등에 알리는 것으로 출판 기념회를 대신했다. 이 책은 책값이 23,000원으로 아는 지인들에게 한 권씩 선물을 해야 하는데 상당한 부담을 주는 금액이다. 전에 나온 책들은 10,000원~15,000원 정도였으므로 큰 부담을 느끼지 않아서 출판사에서 200여 권을 사다 사무실에 쌓아놓고 한 권씩 나눠주었는데, 이번의 경우는 책값이 비싼 관계로 부담을 느끼지 않을 수가 없는 처지가 되었다.

---

4 풍물(風物) : 민속 남사당놀이의 첫째 놀이. 주로 윗다리 가락을 바탕으로 한 풍물놀이이다.

많은 책을 출판하여 세상에 내놓다 보니, 필자 주위에 있는 지인들의 도서 수수(授受)에 관한 의중을 거의 파악하고 있다. 책 200여 권을 사무실을 찾아오는 사람들에게 한 권씩 나누어 주었는데, 책값을 내는 사람은 100명에 한 사람 정도쯤 된다고 생각한다. 그리고 이 중에서 한두 사람 정도가 10권도 팔아주고 20권도 팔아주는 사람이 있었다.

필자가 올봄에 "홍산 이제 쓰다"라는 서예전을 열었는데, 딱 한 사람이 글씨가 좋다고 하면서 100만 원을 내고 작품을 사갔는데, 고마운 마음을 아직도 간직하고 있기에, 이번에 나온 '금강산 가는 길'의 책을 한 권 갔다 드렸더니,

"점심을 같이하자."

고 하여 일식집에 들렀는데 와! '왜 이리 밥값이 비싼가!' 1인당 10만 원이나 되는 음식을 시켜주어서 잘 먹고 돌아왔지만, 어쩐지 마음 한 구석에 찜찜한 마음이 도사리고 있는 것은 무엇인가! 23,000원짜리 책을 주고 10만 원짜리 밥을 얻어먹고 왔으니, 결론적으로 말해서 선심(善心)으로 찾아간 행위가 결국 손해를 끼치게 된 이런 경우를 어떻게 설명해야 하는가! 물론 상대방은 고마운 마음에게 좋은 음식으로 대접한 선심(善心)이라 이해하지만, 아무리 생각해도 이건 아닌 것 같다.

예부터 '인심은 곡간에서 난다.'고 하지만, 인심을 쓰는 것 역시 많은 생각을 하면서 써야 한다고 생각하게 되었다. 식사를 하는 것

은, 필자의 경우는 7,000원~10,000원 정도 하는 음식이면 족하다. 좀 더 의미 있는 식사라면 15,000원 정도면 된다고 생각하는데, 이를 많이 초과하면 뇌물 성격이 있다고 생각한다.

전에 필자가 성대 대학원에 다니면서 대학원 차원에서 무슨 결의 대회를 신라호텔에서 한 적이 있는데, 이때 식사비가 1인당 30만 원이었다. 필자가 70평생 살면서 30만 원짜리 식사를 먹기는 처음이다. 그렇다고 맛있고 색다른 것이 나오는 식사는 아니었으니, 필자가 생각하길, '이는 아마도 유명세를 타는 신라호텔의 장소 값일 것이다.'고 하였는데, 이런 경우는 가난한 학생이 거대한 부자를 도와주는 행위로, 절대로 다시는 이런 일이 있어서는 안 된다고 생각한다.

아마 인심은 부자의 주머니에서 가난한 사람에게 흐르는 것이 정상일 것이다. 그런데 부자의 호주머니에서 나오는 인심도 여러 가지로 장소와 상대를 봐가면서 나와야지, 그렇지 않으면 혹 상대의 마음을 '비굴한 자'로 만들기도 하고 또는 '돈 없는 조무래기'으로 만들기도 할 것이다.

그러므로 인심을 쓸 때에는 반드시 많은 생각을 하여 행여 상대에게 누를 끼치는 일이 되어서는 안 될 것이다.

2019. 7. 22

보약이란 무엇인가!

　보약은 무엇을 말하는가! 보약(補藥)은 몸의 기운을 보충하는 약을 말한다. 일례로, 사람이 병에 걸려서 장기간 병원에 누워있다면, 이는 먹는 것이 부실할 것이니, 몸의 양기(陽氣)를 돋궈주는 '사군자탕' 유의 약을 먹어야 한다. 그리고 노인이 기운이 없어서 방에 누워있다면, 이도 또한 기운을 돋궈주는 '십전대보탕' 유의 보약을 먹으면 금방 식욕이 돌아와서 기운이 나게 된다. 반면에 기운이 왕성한 젊은이는 보약을 먹을 필요가 없다. 만약 약을 먹어야 한다면 그 증세에 따라 열이 많으면 열을 내리는 '청열제(淸熱劑)'같은 약을 써야 한다.

　그런데 사람은 모두 체질이 다르다. 누구는 항상 손과 발에 열이 많은 따뜻한 사람이 있고, 반면에 항상 손과 발에 열기가 없고 찬 사람이 있다.

이러한 체질학은 조선 말에 이제마(李濟馬) 선생이 세계에서 처음으로 제창한 의학이니, 곧 태양인, 소양인, 태음인, 소음인으로 분류하고 병증에 대한 처방도 각각 다르게 써야 한다고 《동의수세보원(東醫壽世保元)》에 기록되어 있다. 그러므로 사람은 각기 본인의 체질에 맞는 약을 써야 효과를 본다. 체질학을 좀 더 깊이 들어가면 사람이 먹는 음식도 자신의 체질에 맞는 음식을 먹어야 한다고 적혀있다. 일례로, 소음인은 몸이 차니 돼지고기 같은 찬고기는 몸에 맞지 않고 소고기, 닭고기 같은 따뜻한 성질의 고기를 먹어야 좋다는 것이다. 그리고 또 몸이 따뜻한 소양인은 인삼 같은 열이 많은 식품을 먹으면 더욱 더워지니 안 좋다는 것이다.

우리가 먹고사는 음식에 대한 성분분석은 '체질 음식'에 대한 책을 사서 보면 잘 알 수가 있다.

그런데 계절에 따라 나오는 과일도 그 성분이 모두 다른 것으로 안다. 일례로, 무더운 여름에 나오는 과일, 즉 수박이나 참외 그리고 오이는 모두 성질이 차다. 왜 차냐하면, 여름의 더위를 식혀주어야 기운이 나고 힘이 생기기 때문에 자연적으로 하늘에서 무더운 여름에는 수박과 오이의 열매를 열리게 하여 무더위에 시달리는 사람들이 이 과일을 먹고 보신(補身)하게 하는 것이니, 이는 열을 내려서 보신을 하는 행위이다.

그러므로 주부들이 여름에 오이로 반찬을 만들 때에는 반드시 부추를 넣어서 만드는데, 부추는 성질이 뜨거운 채소이다. 그런데 왜 항상 부추를 넣어서 반찬을 만드는가! 이는 오이가 너무 차가워서 이것을 너무 많이 먹으면 혹 설사를 하므로, 이 찬 기운을 막아주려고 부추를 함께 넣어서 반찬을 만드는 것이니, 이 얼마나 지혜로운 행위인가! 오이냉국도 무더운 더위를 식히는 여름 보양식이니, 무더운 여름에 이 오이냉국 한 그릇 훌훌 마시면 어느새 몸 안에 있는 열기가 감쪽같이 사라지는 것을 느끼게 된다.

어제 밤 어느 TV 프로에서 어떤 스님이 보양식이라고 하면서 상추쫑으로 만든 김치를 가지고 나와서 이야기하는 것을 봤는데, 이 상추는 따뜻한 채소가 아니므로 보양(補陽)하는 채소는 아니고 위에서 말한 오이처럼 여름 더위를 식혀주는 음식이다. 즉 여름의 무더위를 식혀주어 더워진 몸을 시원하게 식혀주는 설기(洩氣)하는 음식인 것이다.

결론적으로 말하면, 자신의 건강을 지키려면 우선 자신의 체질이 어떠한가를 알아야 하고, 그리고 그 체질에 맞는 음식이나 약을 복용해야 항상 건강한 몸을 유지하는 것이다. 그런데 여기서 한 가지 유의할 것이 있으니, 나이가 많은 노인은 아무리 소양인이라 해도 노쇠한 몸이기 때문에 그 양기가 아래로 내려가 있어서 힘을 쓰지 못한다. 그러므로 양기를 돋궈주는 사군자탕 유의 약도 잘 받는다. 더 구체적으로 말하면, 인삼 같은 보양하는 약도 잘 받는다는 것이니, 아무리 양적 체질의 노인이라 해도 인삼을 무서워 말고 달여 먹어서 양기를 보충해주어야 노년을 건강하게 보낼 수가 있는 것이다. 이 이론은《동의보감》의 저자인 허준 선생의 말씀임을 말해둔다.

그러므로 '보약' 이라는 것은, 몸이 항상 뜨거운 사람은 그 열기를 내려주는 청열제를 써야 보약이 되고, 몸이 차가운 사람은 따뜻한 약인 인삼, 계피, 건강 같은 약을 써서 몸을 덥게 데워주어야 보(補)가 되는 것이다.

두려움이란!

　두려움은 무엇인가! 나에게 위해(危害)가 찾아오는 것을 나의 두뇌에서 미리 간파하여 준비하게 하는 마음이니, 이는 죽음 앞에서 가장 극에 달한다고 본다.

　오행론(五行論)으로 보면 두려움은 간담(肝膽)에서 오는 것이니, 간과 담이 튼실한 사람은 두려움이 덜하고, 간과 담이 허(虛)한 사람은 두려움이 더한다고 보면 된다.

　아침 일찍이 주말농장에 가서 참깨를 베어서 모아놓고 단을 만드는데, 모기 한 마리가 날아와서 계속 나의 몸에 앉아서 피를 빨아먹으려고 대들고 있었다. 손을 휘휘 저어서 딴 데로 가라고 하면 잠시 피했다가 곧바로 날아와 또 나의 몸에 앉아서 피를 빨아먹어야겠단다. 이때에 모기를 잡는 방법은 모기가 나의 몸에 앉게 하고 뾰족한 주둥이를 나의 몸에 꽂으려고 할 때에 손으로 탁 치면 백발백중 모기를 잡을 수 있다.

그러나 이것으로 끝이 난 것이 아니니, 옆에 있던 모기가 또 대들면서 또 나의 피를 빨아먹겠다고 한다. 이렇게 모기는 미물이지만 먹을 것을 찾아 죽음을 무릅쓰고 공격을 한다. 애초에 죽음은 생각하지 않고 오직 먹을 것을 향해서 돌진하는 것이다. 이러는 것을 두려움이 없다고 한다.

《회남자(淮南子)》에 나오는 용어로 "당랑거철(螳螂拒轍)"이라는 말이 있다. 당랑(螳螂)은 우리말로 사마귀를 말하는데, 이 사마귀는 앞에서 수레가 오는데 도망가지 않고 앞발을 쳐들고 가로막고 서서 이쪽으로 오지 말라고 하는 것이니, 이는 도대체 겁이 없어도 너무 겁이 없는 것이니, 아마도 이 곤충은 두려움이란 마음 자체가 없는 것으로 봐야 한다. 이에 대한 고사(故事)가 있으니,

중국의 춘추시대 제(齊)나라 장공이 수레를 타고 사냥 길에 나섰다가 돌아오는 길인데, 웬 곤충 한 마리가 덩치에 비해 유난히 큰 앞발을 쳐들고 수레를 향해 덤벼드는 것을 보았다.

"허허 맹랑한 놈이로다. 저건 무슨 곤충인가?"

라고 장공이 묻자,

"사마귀라는 곤충입니다. 그 놈은 앞으로 나아갈 줄만 알았지 물러설 줄을 모르며 제 힘은 생각지 않고 적을 가볍게 아는 저돌적인 놈입니다."

라고 신하가 대답하였다. 그러자 장공은 고개를 끄덕이면서 이렇게

말했다.

"저 곤충이 만약 인간이었다면, 반드시 천하제일의 용사가 되었을 것이다."

고 하고,

"비록 미물이지만 그 용기가 가상하다."

고 칭찬하고 수레를 돌려 그를 피해 가도록 하였다고 한다.

또한 《사기(史記)》 '자객열전'에 나오는 이야기이다.

형가(荊軻)는 단도 하나를 가지고 중국 천하를 통일한 진시황을 암살하려고 하였으니, 이 사람 역시 두려움을 모르는 사람으로 아래에 소개해 본다.

연나라 태자 단(丹)은 진나라에 볼모로 잡혀 있었는데, 진나라 왕이 다른 나라들을 무력으로 합병하였고, 이번에는 연나라 땅을 침범하려는 것을 보고는 탈출하여 고국으로 돌아온 뒤에, 진나라 왕을 암살할 자객을 찾았다. 그러던 중 능력이 출중하고 용감무쌍한 자객 하나를 찾았으니, 그가 바로 형가(荊軻)이다. 태자 단은 형가를 상빈(上賓)으로 모시고 자신의 수레와 말을 내주었으며, 자신의 비단옷을 입히고 식사도 함께 하며 진시황의 암살할 날을 기다렸다.

기원전 230년, 진(秦)나라는 한(韓)나라를 정복했다. 그리고 2년 후에 진나라 대장 왕전(王翦)이 군대를 거느리고 조(趙)나라 도성인 한단을 함락하고 승세를 이어서 연나라로 진군했다. 조급해진 연나

라 태자 단은 형가를 만나 진나라 왕을 죽일 계책을 상의했다. 그러자 형가는,

"진나라 왕에게 접근하려면 우리가 진심으로 화의(和議)를 청하려고 한다는 것을 믿게 해야 합니다. 그렇지 않고서는 근접조차 할 수 없습니다. 듣자 하니, 진나라 왕은 우리나라의 독항(督亢, 하북성 탁현 일대의 지도)을 일찍부터 탐내고 있다고 합니다. 그리고 우리나라로 망명한 진나라 장수 번우기(樊于期)가 있는데, 진나라 왕은 그를 잡기 위해 현상금을 내걸고 있습니다. 제가 번우기의 머리와 독항의 지도를 가지고 가면, 진나라 왕은 반드시 저를 만나줄 것입니다. 그러면 제가 손을 쓸 수 있습니다."

고 하니, 태자 단이 말하기를,

"독항의 지도는 어려울 것 없지만, 번우기 장군의 머리를 갖고 간다니, 번우기 장군은 진나라에서 박해를 받고 연나라로 망명한 사람인데, 어떻게 그를 죽인단 말이오? 나는 그렇게 못하겠소."

고 하였다. 이에 형가는 태자 단의 확고한 마음을 알고 직접 번우기를 찾아가서,

"저는 형가라는 사람으로 태자의 명에 따라 진나라 왕을 죽이러 갈 결단을 내렸습니다. 그런데 진나라 왕을 만나는 것이 문제입니다. 지금 진나라에서는 상금을 내걸고 장군을 잡으려고 하니, 장군의 머리를 저에게 내주신다면 진나라 왕을 만날 수 있을 것입니다. 그러면 그 기회에 손을 써서 진나라 왕을 죽이겠습니다."

그 말을 들은 번우기는 두말할 것 없이 즉시 보검을 뽑아 자기 목을 베어주었다. 형가가 떠나는 날, 태자 단은 예리한 비수 하나를 주

었다. 독을 발라서 살짝만 스쳐도 그 자리에서 즉사하는 그런 비수였다. 그리고 13세 밖에 안 된 어린 용사 진무양(秦舞陽)을 딸려서 보냈다.

형가는 진나라로 떠나기 전에 역수 강가에서 술을 마시고 축(筑 : 악기)을 치면서 시를 읊었으니,

風蕭蕭兮易水寒 / 바람은 쓸쓸하고 역수 물은 찬데
壯士一去兮不復還 / 장사 한번 가면 돌아오지 못하리.

라고 노래를 부르고는 고개 한 번 돌리지 않고 결연히 떠나갔다.

진왕은 연나라 사신 형가가 번우기의 머리와 독항의 지도를 갖고 왔다는 말을 듣고 대단히 기뻐하여, 즉시 함양궁으로 불러들였다. 궁에 들어간 형가는 진무양에게서 지도를 넘겨받은 다음에 번우기의 머리가 든 함을 들고 왕 앞으로 다가갔다. 진왕은 먼저 함을 열어 보고 번우기의 머리임을 확인한 다음에, 지도를 바치게 했다. 형가는 두루마리로 된 지도를 천천히 펼쳤다. 그러자 그 속에 감춰두었던 독을 바른 비수가 드러났다. 그것을 본 진왕은 놀라서 소리를 질렀다. 형가는 급히 비수를 들고 달려들었으니, 한 손으로는 왕의 소매를 잡고 한 손으로는 가슴을 향해 비수를 찔렀다.

진왕은 죽을힘을 다해 소매를 빼내고는 몸을 피했다. 형가는 비수를 들고 바로 쫓아갔다. 도망칠 수 없게 된 왕은 형가를 피해 궁정 안의 구리 기둥을 뻥뻥 돌았다. 형가는 필사적으로 뒤를 쫓았다. 둘

은 한동안 구리 기둥을 맴돌았다. 이때 어의(御醫)가 손에 들고 있던 약 자루를 형가에게 집어던졌다. 형가가 이를 피하는 순간 진나라 왕은 보검을 꺼내어 그의 왼쪽 다리를 내리쳤다. 그러자 궁정 무사들이 우르르 달려들어서 형가를 난도질했다. 층계 아래에 서있던 진무양도 진나라 무사들의 칼에 숨을 거두었다.

이상의 형가 이야기는 두려움이 없는 장사의 이야기로, 약 2000년을 내려오면서 많은 인구(人口)에 회자된 이야기이다. 왜냐면 형가의 이번 처사는 진나라의 폭정을 막아서 어려움에 처한 나라와 그 백성들을 구하려는 의(義)가 있었기 때문이다.

비록 사람(진시황)은 죽일지언정, 그 마음에는 다른 여러 나라들의 수많은 백성들을 구하는 의(義)가 숨어있어서 형가의 이름이 천추(千秋)에 빛을 발하는 것이다. 아마도 국가를 위해 큰일을 하려면 형가처럼 대국의 왕 앞에서도 한 치의 두려움이 없어야 하지 않을까 생각한다.

이 풍성한 계절

올해(2019)도 봄에는 가뭄이 심하여 아파트 정원에 심은 철쭉 잎이 붉게 죽어가고 있었는데, 그 뒤에 비가 오기 시작하더니, 요즘은 1주일에 2일은 꼭 비가 내리는 것 같다.

올 여름 삼복더위도 어김없이 견디기 어려울 정도로 계속되었으니, 사람들은 모두 산과 바다를 찾아 피서를 가지만, 필자는 아직도 사무실에서 고문을 번역하는 일에 여념이 없다. 밤이 되면 집에 들어가서 잠을 자야 하는데, 에어컨이 없는 우리 집은 낮의 열기로 인하여 밤에도 찜통처럼 덥다. 앞뒤의 문을 모두 열어놓고 선풍기를 켜놓고 자야 겨우 잠을 이룬다.

우리 인간들은 무더위에 주야장천(晝夜長川) 땀을 흘리며 생활하면서 '지겨운 무더위야 빨리 지나가라.'고 하지만, 그러나 산천의

106

초목은 무더운 날씨와 촉촉한 습기에 힘입어서 산은 울창하고 들은 무성한 초원을 이루는 것이다.

멀리서 그 울창한 산을 바라보면, 그 풍성함이 무척 아름답고 그리고 그 울창함 속에 무언가가 들어있는 것 같아서 스스로 배가 불러온다.

그 산속의 과실나무에는 많은 과실이 열릴 것이고, 새와 짐승들은 그 속에서 삶의 터전을 만들어 살아가고 있는 것이니, 이곳은 금수(禽獸)의 나라라고 해야 할까 싶다.

개울가의 초원 역시 쑥쑥 자란 풀들이 숲을 이루고 있어서 그 숲속에는 무엇이 사는지 알지 못한다. 마치 깊은 물속에 무엇이 사는지 모르는 것처럼 이 숲속에도 무엇이 살고 있는지 알지 못한다. 아마도 우리가 사는 세상과 격리되어 있으면서 그 속에는 곤충들이 자유롭게 서식하며 사는 세상이 따로 있을 것으로 사료된다.

이렇게 무더운 여름은 우리들 사람들에게는 견디기 어려운 기간이지만, 그러나 초목에게는 이보다 더 좋은 계절은 없는 것이다. 그리고 파란 나뭇잎은 우리에게 평화를 안겨주는 것 같다. 파란색은 보기만 해도 평안이 찾아오고 희망을 품게 하니, 이는 바로 꿈의 색이라고 해야 할 듯싶다.

주말농장의 작물들도 모두 여름의 열기와 연일 내리는 비에 힘입어서 고구마 넝쿨은 한없이 뻗어나가고, 그리고 호박 줄기는 마치 뱀이 움직이는 것처럼 뻗어나가는 것이 오늘 보면 다르고 내일 보면 또 다르다. 이렇게 채전의 채소들도 모두 무성하여 옆집과 같이 나뉘먹어도 다 소비하지 못한다.

　오늘 아침에도 고구마 밭 옆에 있는 들깨가 너무 키가 커서 옆의 고구마 두렁을 그늘지게 하기에 중간쯤 잘라서 그늘이 없도록 하고 그 들깨 잎은 아파트로 가져와서 지나가는 아줌마들에게 나누어주니, 모두들 좋아하였다. 이렇게 채소라는 것은 조금만 심어도 이웃과 충분히 나눌 수가 있어서 좋다.

　성경에 보면 '젖과 꿀이 흐르는 가나안으로 간다.' 고 하였는데, 아마도 이런 성대하고 풍성함을 말한 듯싶고, 광개토대왕릉비에 보면,

　"광개토대왕의 은택은 하늘에 스며들고, 위엄은 사해를 진동하며, 나라는 부강하고, 백성은 많으며 오곡은 풍성하게 익었다.〔恩澤洽于皇天, 武威振被四海, 國富民殷, 五穀豊熟.〕"
고 했으니, 아마도 올여름 같이 우순풍조하여 산천초목이 모두 풍성한 것을 말하는 듯하다.

생기(生氣)를 방출하는 초목들

어제가 신년인가 했는데, 어느덧 기해년(2019) 8월 19일 아침이다.

며칠 전에 말복을 넘겼는데, 아침저녁으로 제법 시원한 바람이 옷깃을 스치고 지나간다. 올해는 지난해와 달리 무더운 여름을 비교적 수월하게 지나가는 듯하다. 봄에는 약간의 가뭄이 있었으나, 여름에 접어들어서는 비교적 우순풍조하여 밭의 작물들이 제법 풍성하고 생기가 넘친다.

한 여름의 작렬하는 태양과 이따금 내리는 소나기에 힘입은 산야는 온통 울창한 숲을 이루어서, 그 숲을 바라보면 그 안에 또 하나의 세계가 펼쳐지고 있을 것 같아 궁금함을 자아낸다. 그뿐인가 냇가의 초원에도 잡초들이 사람의 키를 단번에 뛰어넘어 훌쩍 자랐으므로,

그 안에도 역시 우리의 눈에 보이지 않는 초충(草蟲)의 세계가 펼쳐지고 있을 것이다.

수년 전에는 이곳 중랑천 가에 너구리가 와서 새끼를 낳았는데, 그 새끼들이 모두 자라서 강변 옆 운동하는 길 옆의 숲에서 얼굴을 쭉 내밀고 있었으므로, 운동하는 시민들의 마음을 즐겁게 한 기억이 있다. 그 뒤에는 어디로 갔는지 이제는 보이지 않는다. 비록 너구리는 보이지 않지만, 그러나 풀숲 안에는 개구리, 뱀, 메뚜기, 사마귀, 장구벌레 등 이름을 알 수 없는 수많은 벌레들이 그 숲속에서 살아가고 있을 것이다.

그리고 많은 산들의 울창한 숲속에는 멧돼지, 노루, 토끼, 고란이, 다람쥐, 청솔모, 여우 등의 짐승과 뱀, 도마뱀 등 파충류가 살아가고 있을 것이고 까마귀, 참새, 콩새 등 산새들도 살 것이며 각종 벌레들도 살 것이니, 이곳에도 하나의 금수초충의 세계가 펼쳐지고 있는 것인데, 우리들 사람들은 너무 이기적이어서 사람들이 사는 세계만 인정하고 금수(禽獸)와 초충(草蟲)의 세계는 인정하지 않으니, 금수와 초충은 항상 사람들에게,

"우리를 인정하라."

고 하면서 사람들이 가꾸는 채소와 곡식을 마음대로 뜯어먹는다. 이렇게 서로 주도권을 놓고 싸우면 결국 약육강식의 법칙이 펼쳐지면서 항상 약자가 손해를 보게 되는 것이다.

개미란 놈이 필자의 밭에서 활동을 하는데, 이 개미는 필자가 들깨를 심으면 그 들깨의 줄기를 지주로 삼아 그 밑에 구멍을 내어서

집을 짓고 산다. 그러므로 개미집의 지주가 된 들깨는 뿌리가 부실하여 잘 자라지 못하고 시들시들하다가 결국 죽고 만다. 이런 현상이 들깨 하나뿐이라면 그런대로 이해하고 넘어가겠지만 개미들이 많다 보니 여기저기에 있는 개미들이 모두 들깨 줄기를 지주 삼아서 집을 짓고 살므로, 결국 들깨는 죽고 마니 손해 보는 사람은 주말농장의 주인뿐이다.

오늘은 새벽 5시 반에 일어나서 차를 몰고 주말농장에 가서 수일 전에 파종한 무와 당근 등 가을채소가 싹을 잘 틔웠는지를 살펴보고 그 옆에 있는 고구마넝쿨을 넘기면서 밭을 매었다.

아침이슬에 젖은 무성한 고구마넝쿨에서는 매우 많은 생기가 분출하고 있었으니, 그 넝쿨 마디마디에 붙은 쭉쭉 뻗은 잎들이 강렬한 햇살과 이따금 내리는 소나기에 힘입어서 쑥쑥 자라는 생의(生意)가 눈에 보이는 듯하였다.

이에 필자는 불현 듯 이런 생각을 하게 되었다.

"이렇게 무성하게 분출하는 작물들의 생기는 반드시 자신을 기르는 농부에게 전이되어서, 그 농부의 건강에 유익하게 작용할 것이다."

고 하였다.

작년에 백두산을 유람하였는데, 그 기슭에 있는 녹연담(綠淵潭)의 안내판에는,

"이곳은 음이온이 시간별로 20,080개나 방출하여 인체에 유익하게 작용한다."

고 하면서, 이곳에 유람하는 사람의 건강에 매우 좋은 환경이라고 선전하고 있었으니, 그렇다면 주말농장에서 자라는 작물들이 분출하는 성대한 생기에서도 반드시 건강에 좋은 기(氣)가 흐르리라 확신한다.

그러므로 생명의 활동이 무성한 숲속에 가면 그 숲에서 나오는 생의(生意)의 기(氣)가 풍부하여 그 안에 있는 사람들에게 유익한 기(氣)가 유입될 것이므로, 아토피로 고생하는 어린이들이 이곳 숲에 와서 3개월만 지내면 자신도 모르는 사이에 그 아토피가 다 낫게 된다고 한다.

사람이 건강을 위해서는 도회지의 시멘트 숲뿐인 아파트에 살기보다는 자연이 어우러진 한가한 농촌이 좋을 것이고, 그리고 직접 작물을 재배하는 사람은 매일 그 작물이 자라는 것을 보면서 사니, 그 농부는 무성한 작물에서 분출하는 생기를 받아서 건강에 유익하게 될 것이 분명하다.

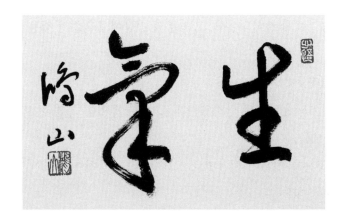

보물찾기

　'보물찾기' 하면 우선 어렸을 적 국민〔초등〕학교에 다닐 때에 소풍가서 명승지를 관광한 뒤에 점심을 먹고 나면, 선생님께서 미리 보물찾기 쪽지를 주위에 숨겨놓고 학생들에게,

　"보물쪽지를 찾아오면 상품을 주겠다."

고 한다. 학생들은 그 보물쪽지를 찾으려고 돌도 떠들어보고 풀숲도 뒤지면서 열심히 찾은 기억이 지금 고희(古稀)가 넘은 나이에도 생생하게 기억이 난다. 보물이라는 것이 기껏해야 노트 1권 정도 받는 것이었지만, 당시 우리들은 그것을 타려고 이리 뛰고 저리 뛰며 기뻐한 기억이 생생하다.

　오늘은 2019년 9월 초이다. 무더운 여름 날씨에 장마를 거쳤기 때문에 산과 들에는 성큼 자란 풀들이 성인의 키보다 높게 숲을 이루

고 있다. 강가를 가도, 냇가를 가도, 어디를 가도 온통 푸른 풀숲 천지이다.

필자는 올해도 예외 없이 밭가에 호박을 심었다. 호박을 심는 방법은 이른 봄에 우선 구덩이를 파고 그 안에 퇴비 비료를 넣고 흙으로 덮은 다음 호박씨를 심는데, 심는 장소는 퇴비 비료를 넣은 바로 그 위를 살짝 비킨 옆에 심는다. 왜냐면 그 밑에 있는 퇴비에서 가스의 열기가 올라오므로 그 열기에 씨가 싹을 틔우지 못하는 경우가 많으므로, 이를 미리 예방하기 위해서 그 옆에 씨를 심는 것이다.

올해도 예외 없이 호박넝쿨은 쭉쭉 뻗어서 밭둑을 모두 덮고 말았으니, 필자는 매일 아침이면 밭에 나가서 호박이 열렸는가를 확인하는 게 일과 중의 하나이다. 오늘도 풀이 장대처럼 자란 풀숲을 막대기로 이리 젖히고 저리 젖히면서 호박이 어디에 있는가를 살피는데, 갑자기 떠오른 것은 필자의 이런 모습이 마치 "보물찾기"와 같다는 생각이 들었다. 나의 호박을 찾는 모습이 마치 어렸을 적에 소풍을 가서 보물찾기를 하는 모습과 같았기 때문이다.

사실 호박은 쓰임새가 많으니, 어린잎은 따다가 뜨거운 물에 살짝 데쳐서 쌈을 싸서 먹으면, 그 어떤 쌈보다 맛이 좋다. 특히 요즘처럼 고기와 기름기를 많이 먹는 사람들은 잎이 까칠까칠한 호박잎을 먹으면, 그 미끈미끈한 기름기를 빨아내는데 좋다고 한다. 그리고 애호박은 나물을 해서 먹고, 늙은 호박은 호박떡을 만들어 먹어도 좋고 호박죽을 만들어서 먹어도 좋다.

114

필자는 가을에 수확한 늙은 호박을 겨울 내내 호박죽을 만들어서 아침 대용으로 먹는다. 특히 호박은 소화가 잘 되고 이뇨가 잘 되는 식품이기에 소화력이 부족하거나 아님 뚱뚱한 사람이 건강식으로 먹으면 더욱 많은 효과를 볼 수가 있다.

예전에 산모가 아기를 낳고 몸의 부기가 빠지지 않으면 의사는 반드시 호박을 삶아서 그 물을 마시게 하였으니, 이는 호박이 이뇨가 되어서 부기를 빼는 한편 몸에는 보신이 되기 때문에, 산모의 보양식으로는 호박보다 더 좋은 식품은 없다. 그렇기에 위에서도 말했듯이 몸이 뚱뚱한 사람은 호박으로 살을 빼면 몸이 상하지 않고도 살을 뺄 수가 있으니 좋을 듯싶다.

그리고 또 호박은 추운 겨울에 누런 껍질을 베껴내고 노란 호박살을 생고구마 먹듯이 먹으면, 약간 달아서 먹기도 좋고 또한 소화도 잘 되기 때문에 군것질로 먹으면 허기를 메우게 된다. 이렇게 아무것도 가미하지 않고 또한 농약도 주지 않고 키운 호박은 웰빙음식으로 아주 좋은 음식이 된다. 그리고 호박씨도 버리지 말고 물에 잘 씻은 다음 불에 볶아서 먹으면 제법 고소한 맛이 나고 몸에도 좋다.

여보 피 터졌어요

요즘 TV에 자주 나오는 프로를 보면 단연코 음식이 대세이다. 음식은 원래 주부의 영역인데, 요즘 TV에 나오는 주방장은 거의 남자들이다. 이는 아마도 셰프 백종원 신드롬이 아닌가 하고 생각한다.

그것도 그럴 것이 맛있는 음식을 개발하여 음식점을 내면 그 음식을 먹으러 사람들이 구름떼처럼 몰려오니, 잠깐 사이에 많은 돈을 벌 수가 있고, 그리고 그 음식으로 음식점 체인을 만들면 순식간에 떼돈을 벌 수가 있다.

필자가 아는 지인은 50년대에 출생하여 초등학교도 제대로 나오지 않은 사람인데, 어느 날 음식점 체인 사업을 시작하여 엄청난 돈을 벌었다. 지금으로부터 약 15년 전에 당시 돈으로 1,000억 재산은 된다고 하였으니, 정말 음식점 사업이 매력이 있는 사업임에는 틀림이 없다.

필자는 원래 어려서부터 유학(儒學)을 전공한 사람이니, 기본 사상이,

"주방은 주부의 몫이고, 남자는 밖에 나가서 일을 해야 한다."

고 생각하였기에, 70평생 아직까지 주방의 일은 거들떠보지 않고 그냥 아내가 해주는 음식을 먹고 살았다.

그런데 요즘은 조금씩 생각이 바뀌고 있으니, 사실 주방이 주부의 공간이라 하더라도 70평생을 그 주방을 떠나지 못하고 매일 음식을 해야 하는 아내의 심정을 생각하면 좀 미안한 생각이 들어서 가끔씩 식사를 하고 난 뒤에 설거지를 대신해주고 있다.

어느 날 아내가 하는 말,

"당신도 음식 만드는 법을 배워야 해요. 그래야 혹 내가 아프거나 일이 생겼을 때에 음식을 해먹지 않겠어요?"

고 하였다. 그래서 '김치찌개' 정도를 만드는 것은 배웠는데, 지금은 아내가 잘하고 있으니, 아직은 실전에 들어가지 못하고 있다.

사실 주부가 되어서 평생토록 주방을 떠나지 못하고 있다면, 그 어느 누구라도 싫증이 나지 않겠는가! 그래서 음식 만드는 법을 배울 때가 되었지 않았나 하고 생각한다.

이제 2019년 한가위가 며칠 남지 않았는데, 우리 집은 이번 명절에는 군산에 사는 큰아들네 집에 가서 명절을 보내기로 하였다. 큰

며느리는 3살과 5살짜리 어린아이들을 키우고 있기 때문에 명절 음식을 모두 맡길 수가 없으므로,

"우리 부부가 의정부에서 음식을 만들어가지고 가서 그 음식을 먹어야 한다."

고 아내는 말하면서, 오는 일요일에 만두를 만들자고 하여 필자 역시 OK하고 승낙을 하였다.

우선 만두소를 만들어야 하는데, 필자는 만두에 들어가는 재료가 그렇게 많은 지를 오늘 만두를 만들면서 알게 되었다. 그 재료를 말하면 두부, 김치, 돼지고기, 부추, 당면, 고추, 마늘, 파, 간장 등인데, 두부와 김치, 그리고 당면은 물기를 다 빼내야 하므로 우선 하얀 천의 안에 두부를 넣고 이를 비틀어서 물기가 없도록 짜내는데, 이 작업이 녹록하지 않다. 사실 젖 먹던 힘까지 다 써야만 한다.

이렇게 만든 만두를 솥 안에 넣고 찌는데, 도중에 아내에게 전화가 왔다. 아내는 이 전화를 받아 이야기를 하는 사이에 솥 안의 만두를 익히는 물이 말랐으니, 밑에 깔아놓은 천에 익은 만두가 눌어붙어서 떨어지지 않았다. 이에 아내는 만두를 천에서 떼어내면서,

"여보 피(皮 : 껍질)가 터졌어요."

고 하였으니, 이에 우리 부부는 그 피가 터진 만두로 점심을 대신하여 먹었다. 사실 필자는 피가 터졌다는 말을 듣고 깜짝 놀라면서,

"무슨 피가 터져!"

하니, 아내는

"만두피가 터졌어요."

하여, 순간 필자의 뇌리에,

"어 이말 수필의 제목이 되겠네."

고 하고, 오늘 수필을 쓰게 된 것이다.

사실 우리들이 통상적으로 쓰는 말에

"피가 터졌다."

라는 말은 코피가 터졌거나, 아니면 핏줄이 터져서 피가 철철 흘러 나오는 것을 말하는데, 이곳에서의 '피가 터졌다.' 는 말은 피(皮), 즉 만두소를 싼 밀가루로 만든 얇은 막이 터졌다는 말이다. 이는 말 속에 위트(wit)가 있어서 좋다. 우리가 매일 쓰는 우리의 말은 이렇 게 위트가 많이 들어있어서 재미있다.

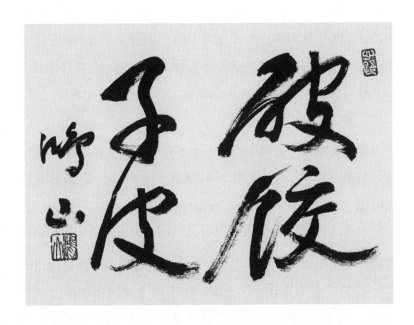

자연의 작용과 나

　본 수필의 제목인 '자연의 작용과 나' 를 한문체로 말하면 '천지이기(天地理氣)와 나' 라 할 수 있다. 무슨 말인가! 천지우주를 주재하는 주체와 나와의 관계를 말하는 것이다. 이는 형이상학적 용어로 노자가 말씀한 '상선약수(上善若水)' 와 같이 추상적 용어이다.

　북풍한설의 매서운 겨울이 지나고 남쪽에서 따뜻한 훈풍이 불어오면 나뭇가지에는 어느새 새싹이 파랗게 나온다. 농부는 이를 보고 봄이 옴을 알고 밭에 나가 밭을 갈고 씨앗을 뿌린다.
　그런데 여기서 중요한 것은 어느 누구도 봄이 온다고 가르쳐주지 않았는데, 농부는 지난날의 경험을 통하여 이를 알고 씨앗을 뿌리는 것이다. 만약 이후에 봄이 오지 않는다면, 이 농부는 헛일을 한 셈이 된다. 그러나 자연의 섭리는 어김없이 새싹이 나오면 이후에 반드시 봄이 오고, 다음에 여름이 오고, 다음에 가을이 와서 그 농부가 뿌린 씨앗이 열매를 맺어서 그 농부에게 몇십 배의 이익을 안겨주는 것이다.

자연이 돌아가는 이치는 한 치의 오차가 없이 돌아간다. 1년 중 가장 추운 날인 동지는 양력 12월 22일 쯤에 오고, 1년 중 가장 더운 날인 하지는 5월 22일 쯤에 온다. 이는 천지가 돌아가는 이치이다. 만약 이렇게 천지의 돌아가는 이치가 조금이라도 어긋난다면 지구의 궤도가 어긋나는 것으로, 날씨에 엄청난 변화가 와서 지구상에 있는 생물, 즉 사람을 포함한 초목과 금수(禽獸)가 지대한 영향을 받게 된다. 이를 확대하여 말하면, 지구상의 모든 생물이 모두 죽게 될 수도 있다.

그러므로 우리들이 이 세상에 살아가면서 가능하면 자연을 손상하지 말아야 한다. 오늘날 우리나라의 공기가 맑지 못하고 미세먼지가 많은 것은, 모두 이 지구상에 사는 사람들이 공장을 많이 지어서 가스를 많이 배출하고, 또는 자동차를 많이 만들어서 타고 다니기 때문에 자연적으로 가스가 많이 방출되어서 그 가스가 우주의 공간에서 즉시 용해되지 않아서 생기는 것이다.

필자는 서법(書法)을 연구하는 사람이기에 중국 여행을 많이 다닌 사람이다. 오늘날 중국의 도회지에 가면 미세먼지가 많아서 하늘이 온통 부연(浮煙)하게 보인다. 필자의 경험으로 말하면, 아침부터

정오까지 관광을 한 뒤에 12시가 조금 넘으면 눈이 아프기 시작하는데, 이는 공기가 나쁘기 때문이다. 그러나 공장지대가 아닌 백두산에 가니 파란 하늘과 하얀 구름이 우리나라 50~60년대의 하늘과 똑같은 것을 보았으니, 미세먼지가 낀 뿌연 하늘의 모습은 모두 이 지구상에 사는 사람들이 만들어낸 인재(人災)이다. 만약 이런 뿌연 공기를 평생 마시고 산다면 우리의 건강이 온전할 수 있겠는가!

오늘날의 일기예보는 기상청에서 성능이 좋은 망원경을 활용하여 주변의 천체를 살펴보고 기상예보를 하는 것으로 안다. 만약 구름의 이동이 10km로 부는 바람에 이동하는 것을 보고 기상예보를 하였는데, 중간에 바람이 갑자기 15km로 분다면 그 기상예보는 맞지 않을 것이다. 그러면 기상청은 다시 수정하여 예보를 해야 한다.

옛적 제갈량이 촉(蜀)나라의 승상이 되어서 많은 전쟁을 치렀는데, 오늘날처럼 천체를 관측하는 장비가 없었으므로, 공명 선생은 음양오행의 원리를 잘 살펴서 '비가 온다.' 혹은 '남풍이 분다. 혹 서풍이 분다.' 등을 분별하여 이를 전쟁에 이용하였으니, 그 유명한 적벽대전(赤壁大戰)은 조조의 위(魏)나라와 오(吳)나라의 손권과 촉(蜀)의 유비의 연합군과의 전투였는데, 연합군은 화공(火攻)을 쓰기로 하였으나, 12월에는 계절풍인 북서풍이 불었는데, 조조의 수군을 공격하려면 동남풍이 불어야만 하였다. 이에 제갈량은 음양오행의 법술을 응용하여 북서풍을 동남풍으로 바꿔 불게 하여 조조의 수군을 대파하였다고 한다.

그러므로 사람은 자연에 순응하면서 살아야 농사도 잘 지을 수가 있고 하는 사업도 잘할 수가 있다. 일례로, 농부가 농사를 지으면서 습기를 좋아하는 작물인 토란을 건조하고 메마른 땅에 심었다면, 이는 반드시 많은 토란을 수확하지 못할 것이다. 그렇기에 농부는 작물의 성질을 잘 파악하여 습지를 좋아하는 작물은 습지에 심고, 작물의 성질이 건지(乾地)를 좋아하는 고추 같은 작물은 습지를 피하고 건지(乾地)에 심어야 많은 수확을 할 수가 있는 것이다. 또한 인삼(人蔘)은 반드시 그늘에서 자라는 작물이니, 만약 이를 햇볕이 쨍쨍 쬐는 곳에 심었다면 한 뿌리도 수확을 할 수가 없다. 그러므로 인삼재배지에는 반드시 그 위에 발을 씌워서 햇볕을 차단해야 한다.

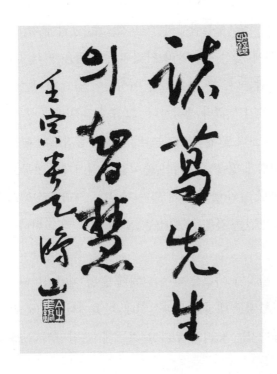

축지법(縮地法)

축지법은 땅을 주름잡아서 걷는 것으로, 옛날에 차(車)와 비행기가 없을 때에 목적지에 빨리 가려면 축지법을 써서 갔다고 한다. '땅을 주름잡는다.' 는 것은 요즘 여성들이 입고 다니는 주름치마를 보면 잘 이해가 되리라 생각한다. 그 주름진 치마의 주름을 펴면 주름잡았을 때보다 훨씬 길어지는데, 이를 주름잡으면 훨씬 짧아지지 않는가! 이렇게 땅을 주름잡아 줄여놓고 걸어가면 보통으로 걸어가는 것 같아도 훨씬 빨리 가게 되는 것이다. 그러므로 이러한 축지법을 이용하여 걷는 것을 '도술(道術)을 부린다.' 라고 한다.

다음은 필자가 어렸을 때에 선친께 들은 이야기이다. 필자가 살던 동네는 부여군 내산면 삼바실인데, 이곳에서 부여군 은산면에 있는 은산장까지는 30리가 된다고 하는데, 은산장에 우전(牛廛:소를 판매하는 장소)이 섰으므로, 우리 동네에서는 이 장을 많이 다닌 것으로 안다. 하루는 A라는 청년이 은산장에 가서 이것저것 물건을 사다 보니 해가 서산에 뉘엿뉘엿 넘어가려 하는 중에 B라는 같은 동리에 사는 노인을 만났으니, B노인이 A청년에게,

"이제 해도 넘어가려 하니 집으로 가세나! 시간이 늦었으니, 자네는 반드시 내가 밟는 발자국을 밟으며 따라와야 하네."

이렇게 B노인이 말하니, A청년은 '예' 하고 뒤를 따랐다고 한다. 어느덧 30리를 걸어서 우리 동네의 뒷산인 새재고개에 올라서 B노인이 말하기를,

"이제 거의 다 왔으니, 이 고개에서 담배 한 대 피우면서 쉬었다 가세."

두 사람이 이곳에서 쉬면서 우리 마을을 쳐다보니, 마을에 있는 초가집에서는 저녁연기가 모락모락 오르더라고 하였다. 그러니까 시간적으로 보면 30리 길을 순식간에 왔다는 것이고, 그리고 앞서 걸어간 B노인은 숨을 몰아쉬지 않는데, 뒤따라온 A청년은 옷이 다 젖어서 짤 정도로 땀을 많이 흘리고 있었다고 전한다. 그 B라는 노인을 가친께서 ○○아저씨라고 말씀하셨는데, 당시에는 귀담아 듣지 않아서 실제의 인물을 적시하지 못하는 것이 몹시 아쉽다.

필자가 서당에 다닐 때에 서숙(書塾)의 훈장인 이소남(李紹南) 선생께서 축지법에 대하여 살짝 언급하셨으니,

"축지법을 배우려면 야밤에 북두칠성의 자루가 향한 곳으로 걸어가는데, 보폭은 반드시 일정하게 뛰어야 하고, 걷다가 혹 내〔川〕

를 만나도 보폭은 일정하게 뛰어야 한다. 이렇게 열심히 하다 보면 어느 사이에 신(神)이 붙어서 축지(縮地)를 하게 된다."
고 말씀하셨다. 필자가 서숙(書塾)에서 한문(漢文)을 배울 때는 1960년대 중후반으로, 이때는 면의 대로에도 버스가 다니지 않을 때이므로 축지법이 반드시 필요한 때였다.

필자는 젊어서부터 지금까지 새벽 5시가 되면 일어나서 밖에 나가서 운동을 하는데, 추운 겨울이 되면 추워서 밖에 나가 운동하기가 어려워서 아파트 관리실 지하에 있는 헬스장에 등록하고 매일 '러닝머신(running machine)'에 올라서 걷기운동을 하는데, 이 운동을 할 때에는 반드시 보폭을 일정하게 뛰어야 한다. 30분 정도 걷기 운동을 하면 땀이 많이 나온다. 필자는 이 운동을 하면서 옛적 서숙 선생님이 축지법에 대하여 말씀한 생각이 나서 오늘 이 수필을 쓰는 것이다.

그러나 현대에 사는 우리들은 축지법이 필요가 없는 세상이 되었다. 기술이 발전하여 KTX열차를 타면 500리가 넘는 부산을 2시간 정도에 가서 일을 보고 서울로 돌아올 수가 있고, 비행기를 타면 중국의 베이징을 2시간 만에 가서 그곳에서 일을 보고 다시 비행기를 타고 서울에 와서 저녁을 먹는 세상이 되었으니 하는 말이다. 조선조에 사신(使臣)이 되어 북경을 가려면 편도가 3개월이 걸렸다고 한다. 이렇게 먼 길을 2시간에 갈 수가 있는 세상이니, 새삼 축지법을 배우며 시간을 버릴 수는 없는 것이다. 다만 건강을 위해 운동으로 하는 축지법이라면 한 번 배워볼만한 법술이 아닌가 하고 생각한다.

주워올 때와 버려야 할 때의 다른 점

1910년 경술국치에서 시작하여 1945년 8월 15일 광복이 되기까지의 일제식민생활과 1950년 6월 25일부터 1953년 7월 27일까지 3년 동안의 동족상잔의 전쟁으로 인한 국토의 피폐함은 말로 형언할 수 없을 정도였다.

6.25전쟁이 일어난 때는 필자의 나이 3살이었고, 전쟁이 끝나는 1953년은 6살이었다. 당시 우리 집 옆에 있는 참나무 동산의 그늘 아래서 동네의 청년들이 모여서 장백산 노래를 부르는 것을 들은 기억이 어렴풋이 생각이 난다.

전쟁이 나니 3살인 내가 어머니의 손을 잡아 이끌면서 집 뒤에 있는 앵두나무 밑으로 가서 숨었다고 어머님께서 여러 번 말씀하시던 기억이 아직도 생생하다.

필자의 가친(家親)께서는 이런 폐허 속에서 부모님을 모시고 열 명이 넘는 가솔을 굶기지 않고 건사하셨고, 세 명의 동생과 여덟 명의 자식을 모두 결혼시켜서 사회에 배출시켰으니, 참으로 대단한 일을 하신 것이라 생각한다. 여기에 하나 더 보태면 가친께서는 왜정 때에 군대에 들어가서 제주도에서 훈련을 받았고, 6.25동란 때에는 모집을 갔으며, 그리고 전쟁이 끝난 뒤에는 대한민국의 군대에 입대하여 의가사 제대를 하였다고 하니, 군대를 세 번 다녀온 셈이다. 이렇게 불행한 시기를 사시면서 아들 5형제와 세 명의 딸과 사위가 모두 대학과 대학원을 나온 학사와 석사이니, 이는 어디에 내놓아도 자랑거리가 될 듯싶다. 사실 요즘(2020년) 같으면 자랑거리가 아닐지 모르나, 필자가 초등학교 시절(1960년 초)에 같이 졸업한 인원은 1, 2반 합하여 모두 120여 명이었으니, 이 120명의 친구들 중에 실제로 대학을 나온 사람은 몇 명이 안 되니, 요즘으로 비교하기는 어렵다고 본다.

가친께서는 농사가 업(業)이었는데, 길을 지나가다가 쇠붙이, 즉 나사 같은 것을 보면 반드시 주워 와서 집에 쌓아두었다가 필요할 때가 오면 이를 꺼내어 쓰시는 것을 필자는 많이 보았다. 이렇게 알뜰하게 세상을 사셨기에 하늘에서 복을 주었으리라고 생각한다. 또한 이런 일도 있었으니, 친척 중에 중풍에 걸려서 반신불수가 된 가까운 친족의 형님이 있었는데, 이분에게 우리 집에서 3년을 넘게 아침식사를 제공하였고, 그리고 외처에 나가서 살던 친척들이 고향에 오면 모두 우리 집에 들러서 식사를 하고 잠을 자고 갔는데, 이런 친척이 몇이나 되는지 헤아릴 수 없이 많다. 이렇게 주위의 친척들에게 봉사를 하였다.

　필자 역시 어려서부터 가친의 근면함을 보고 배웠으므로 너무나도 알뜰하게 살았다고 자부한다. 서울에 와서 결혼하고 살 때에는 버스 토큰[차표] 한 개를 아끼려고 한두 정거장은 모두 걸어 다니는 것은 보통의 일이었고, 서재에 꽂인 책 한 권도 버리는 것을 싫어하였으니, 이는 그 책을 살 때에는 많은 값을 치른 것이므로 아까워서 버릴 수가 없었다.

　그러나 요즘은 정반대로 책 한 권이라도 더 버리려고 한다. 왜 이런 현상이 일어났는가! 요즘은 인쇄기술의 발달로 인하여 너무 많은 책들이 쏟아져 나오고, 또한 서예에 관한 책(도록)은 그냥 무료로 보내주는 일이 많으므로, 이미 사무실의 책장은 꽉 차서 더 수장할 곳이 없다. 그렇다고 좁은 사무실에 책장을 더 설치할 수도 없으니, 이제는 훗날에 참고가 될 만한 책은 골라서 서재에 꽂고 그 나머지는 과감하게 쓰레기장에 버린다. 버려지는 책 주인은 서운해 할 일이지만 필자로서는 어쩔 수 없이 버려야 한다. 그러므로 책이란 반드시 후세에까지 간직하고 싶은 중요한 뜻이 담긴 서책이어야 한다고 생각한다.

　사실 필자는 예부터 필자 이름의 '서예전시관'을 갖고 싶었는데, 고희가 넘은 지금, 필자의 재력으로는 불가능하다고 생각한다. 행여 필자의 서력(書歷)을 인정한 어느 독지가나 어느 기관에서 필자 명의로 서예관(書藝館)을 지어준다면 좋겠다. 그렇게 되면 전 생애를 통하여 수집한 고서(古書)와 서예 분야의 서책과 도록 등을 수장(收藏)하고 필자가 평생동안 쓴 작품과 수집한 작품을 전시하고 싶다.

필자가 어렸을 때에는 무엇이나 주워서 모으는 것이 취미였는데, 이제는 우리나라가 세계 10위권에 드는 경제대국이 되었으니, 가치관이 많이 변하였다. 사람마다 서고(書庫)나 창고의 넓이의 차이가 있다. 필자는 요즘 사무실이 작고 서고 또한 작으므로, 꼭 필요하지 않은 책은 하나둘씩 버리고 또 버린다.

살기 좋은 의정부

필자가 사는 의정부는 도심 가운데에 부용천이 흐르고, 그리고 이 부용천의 물을 받은 중랑천이 또 도심 가운데로 흐르므로, 이 부용천과 중랑천 가에는 산책하며 운동할 수 있는 인도와 자전거길이 나있다. 시(市)에서 그 중간중간의 공지(空地)에 운동기구를 설치하여 시민들이 운동할 수 있게 하였으며, 또 그 사이에 작은 공원을 만들어서 시민들이 쉴 수 있도록 하였다.

그리고 비교적 작은 강이라 해도 될 만한 중랑천 가에는 넓은 초원이 펼쳐져 있고, 그곳에 초목이 우거져 있어서 산책을 하다가 잠시 쉬면서 넓은 강가의 초원을 바라보노라면 뻥 뚫린 그 공간이 나의 마음을 시원하게 만든다. 여기에 더하여 꽃이 활짝 핀 봄이라면 더욱 볼만한 광경이 펼쳐진다. 사실 도회지에 살면서 매일 이런 공간을 보면서 활보하는 것만도 꽤나 행복한 생활이라 생각한다. 그리고 의정부시의 주변에는 수락산, 사패산, 도봉산, 부용산, 홍복산, 천보산 등이 둘려 있어서 마음만 먹으면 집에서 걸어가서 산에 오를 수 있으니, 이 또한 건강한 생활을 하기에 아주 좋은 조건이라 할 수가 있다.

과거에는 의정부시에 미군이 주둔하여 군사도시로 성장하였기에, 많은 군인들이 활보하는 상막한 도시의 인상이 사람들의 뇌리에 각인되어 있어서 그렇게 좋은 도시로 인식되지는 않았었다. 그러나 이는 옛날의 이야기이다. 미군기지는 이미 평택으로 옮긴 지 오래고, 지금(2020)은 아파트와 주택이 잘 어울린 도시가 되었다. 그리고 서울의 도봉동을 지나면 바로 의정부시 호원동이고, 또 노원구의 상계동을 지나면 바로 의정부시 장암동이니, 서울과 경계를 이룬 도시이므로 서울이 지척에 있고, 그리고 전철 1호선이 서울의 도봉산역을 지나면 바로 의정부 망월사역이고, 7호선이 서울의 도봉산역을 지나면 의정부의 장암역이니, 서울로의 출퇴근이 매우 수월하고 용이하여 좋다.

그래서 필자는 언제나 새벽에 일어나서 중랑천 가의 산책길을 걷는다. 옆에는 내가 흐르고 그 안에는 잉어 등 물고기들이 자유롭게 유영(遊泳)하고, 그리고 물 위에는 청동오리들이 떠다니며 연일 자맥질을 하고 백로가 한가롭게 내 가운데서 물고기를 잡아먹는다. 그리고 산책로 주변에는 철에 따라 꽃을 피우고 풀숲 안에는 많은 너구리가 서식하고 있다.

매일 이런 풍경(風景) 속을 걸어 다니노라면 나도 모르는 사이에 사유(思惟)의 세계 속에서 헤매게 된다. 이러한 아름다운 도시에서 건강한 몸을 유지할 수가 있어서 좋다.

현대를 살아감에 있어서 젊은 사람들은 교육여건이 좋은 곳에서 자식을 잘 가르치는 것이 제1의 조건이지만, 필자같이 고희가 넘은 사람들은 이미 이런 시기가 지났으므로 공기가 좋고 물이 맑으며 산수(山水)가 넉넉한 곳이어야 그 산수 사이에서 소일도 하고 건강도 챙기지 않겠는가! 이런 조건의 도시라면 의정부시가 단연코 합당한 지역이라 말할 수가 있다. 거기에 건강을 챙겨주는 좋은 의료기관이 있으면 금상첨화(錦上添花)인데, 의정부에는 종합병원인 성심병원이 있고, 명년에 개원하는 을지대학병원이 있으니, 이도 또한 갖추었고, 또한 신세계백화점과 롯데마트 등의 쇼핑점이 있어서 마음만 먹으면 시원한 백화점에서 쇼핑도 하면서 여유로운 시간을 즐길 수가 있으니 좋다.

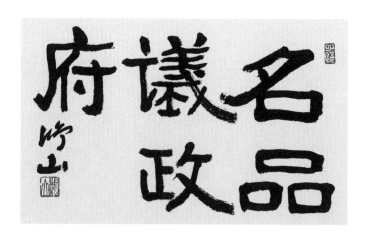

지식을 파는 사람

한자에 선비를 뜻하는 사(士)자는 十과 一을 합한 글자이니, 풀어보면 열 사람 중에 한 사람을 말하는 것으로, 소위 열 명의 일반인을 이끌어가는 지도자를 말하니, 곧 이런 사람을 옛날부터 '선비' 라고 말하였다.

지금도 시골마을에는 선비가 있어서 마을 사람들이 이사할 때는 택일(擇日)을 해주고, 자식이 결혼할 때는 궁합도 봐주고, 또 혼인할 날을 택일하여 주며, 마을에서 산제(山祭)나 기우제를 지낼 때에는 생기와 복덕을 봐서 제주(祭主)를 선정하여 제사를 지내도록 지도한다.

요즘에는 초·중등교사와 대학교수가 지식을 팔아먹는 사람에 해당한다. 이들은 모두 소정의 학력을 갖춰야 하고 또 국가에서 시행하는 임용고시에 합격해야 교사가 될 수가 있다.

필자도 이런 부류에 해당하는 일을 한다. 무엇이냐 하면, 필자는 국가에서 시행하는 교육기관에 소속된 교육자가 아니고 소위 사회교육을 담당하는 교육자라 할 수가 있다.

필자는 원래 1960년대 초에 초등학교를 졸업하고 서숙(書塾)에 들어가서 사서삼경(四書三經)이라고 하는 유학(儒學)의 경전을 배운 뒤에 4-H라는 청소년농촌활동을 하면서 3개 면의 회장을 역임하고, 그 뒤에 군대에 입대하여 35개월 동안 군(軍) 생활을 마치고 결혼을 한 뒤에 중·고등학교 과정을 검정고시로 마치었으며, 이어서 한국방송통신대학교 국문과에 입학하여 6년 만에 졸업하여 학사(學士)가 되었고, 60세 초반에 성균관대학교 유학대학원에 입학하여 5학기를 마치고 문학석사가 되었다. 이상이 필자의 학력이다.

사회교육으로는, 서예는 여초(如初) 김응현(金膺顯) 선생께 수년간의 서예지도를 받았고, 동방연서회에서 시행한 동방서법탐원 3년 과정을 필업(畢業)하였으나, 이는 단지 사회교육일 뿐으로 국가에서 인정하는 과정은 아니다. 그러나 동방연서회는 대한민국의 서예분야에서 가장 잘 가르치는 곳으로 자타가 인정하는 기관이다.

필자는 위에 열거한 학력을 가지고 전에는 관인 서예한문학원을 열어서 많은 학생을 지도하였고, 또 도봉구청과 노원구청에서 시행하는 사회교육기관에서 한문학 강사를 하였으며, 경기대학교에서 운영하는 사회교육기관에서 한문학 주임교수로 재직하기도 하였다.

지금은 서울 종로구 낙원동에 "해동한문번역원"을 열고 전국에서 청탁하는 고문(古文)·시문(詩文)·문집(文集)·족보(族譜)·간

찰(簡札)·교지(敎旨)·기문(記文)·장례문(葬禮文)·초서문(草書文) 등을 번역하여 주는 일을 하고 있다.

때로는 대학원생(석·박사과정)의 논문에 필요한 한문을 번역하여 주기도 하고, 혹 대학교수의 청탁을 받고 번역을 해주기도 한다. 이렇게 번역을 해주면 소정의 번역료를 받으니, 이도 또한 지식을 파는 직업이 아니겠는가!

또 하는 일이 있으니, 지금까지 필자가 저술하여 시중 서점에서 판매하는 책이 40여 권에 이르고, 번역서가 20여 종이 된다. 이도 소위 지식을 파는 행위이고, 그리고 또 필자는 대한민국의 서예가로서 서예작품을 창작하여 필요한 사람에게 주기도 하고, 비문을 찬술(撰述)하여 주기도 하며, 또 붓글씨로 비문을 써서 주기도 한다. 그리고 현판(懸板)을 쓰기도 하고 주련(柱聯)의 시를 짓고 쓰기도 한다.

이러한 작품을 만드는 것과 책을 저술하는 것 모두 지식을 파는 일이다. 그러나 우리사회에서 이런 일을 '지식을 판다.'고 말하지는 않고, 이 사회를 위해 '지식을 전수(傳授)한다.'고 말한다. 그럼 이는 무슨 말인가! 작가 자신이 평생을 통하여 공부하고 수련한 지식을 국가와 사회를 위해 제공하기도 하고, 또는 이를 배우려는 자들에게 전수하여 이 사회에 유익이 되게 하는 것이니, 단군조선의 '홍익인간(弘益人間:크게 사람을 유익하게 함)' 같은 말씀이 이런 유의 말씀이 아닌가 하고 생각한다.

구슬이 서 말이라도 꿰어야 보배

필자는 어려서 유학의 경전인 사서삼경(四書三經)을 배웠기 때문에,

"사람은 항상 정의로워야 한다, 의리가 있어야 한다, 신의가 있어야 한다."

는 등의 생각으로 살아오면서 돈을 버는 일에 너무 소홀하지 않았나 하고 생각한다. 오죽하면 4km가 넘는 초등학교에 등교하면서 신작로(新作路)에 돈 만 원짜리가 바람에 날아가고 있는데도 필자는 그 돈을 줍지 않았으니, 왜냐면 '이 돈은 남이 잃어버린 돈으로, 남의 돈을 주워가지면 의(義)로운 행위가 아니다.' 라는 생각에 그런 행동을 한 듯하다.

이러한 마음으로 청소년 시절을 지냈고, 군대를 제대한 뒤에 인척(姻戚)이 운영하는 제약회사에 들어가서 잠시 회사생활을 한 뒤에

'관인 하담서예학원'을 설립하여 경리와 운전기사를 두고 다년간 학원을 운영하였다. 그리고 아들 형제를 기르면서 집안 살림을 꾸린 것으로 기억한다.

서예학원을 운영할 당시 대학 동기 한 사람이 필자에게,

"보습학원을 운영해 보시오."

라고 하였는데, 필자는 응하지 않았으니, 왜냐면 필자의 생각은 온통 내가 하는 서예를 계속 연마하면 나이가 들어서는 훌륭한 서예가가 될 것이고, 그렇게 되면 서예작품을 창작하여 팔면, 돈은 자연적으로 들어올 것으로 생각하였기 때문이다.

당시는 전두환 대통령 정부의 시대로 모든 사(私)교육은 허용하지 않았고, 오직 예체능의 학원과 주판을 전문으로 가르치는 보습학원이 있었는데, 이 보습학원에서 초등학교 과정인 수학을 가르치던 시기였기에, 대학 동기가 보습학원을 차리라고 한 것이니, '돈을 벌려고 학원을 하려면 보습학원이 서예학원보다는 낫다.'라는 이론이었던 것인데, 필자는 훌륭한 서예가(예술가)가 된다는 목표가 있었기 때문에 이 친구의 권유를 뿌리치지 않았나 하고 생각한다. 지금 생각하면, 당시 그 친구의 말이 '구슬을 꿰는 진주인데'라고 생각한다. 지금의 초·중·고 학생을 가르치는 학원의 효시는 보습학원이었기에 하는 말하다.

필자는 많은 돈을 벌지는 못했지만, 여하튼 버는 돈은 모두 아내에게 맡기었고, 오직 하는 일에 충실하게 살았을 뿐이다. 그러므로 한 푼 두 푼 버는 돈이 모여서 부자가 될 수는 없었으므로, 겨우 밥

을 굶지 않는 생활이었다고나 할까! 그렇다고 돈 많은 사람을 한없이 부러워하지도 않았고, 주어진 여건 속에서 충실하게 살았다고 하면 될 듯싶다.

우리 속담에 '사람이 살아가면서 세 번의 기회가 온다.' 고 한다. 이 말은 맞는 말인 듯싶다. 고희(古稀)가 넘게 살아온 필자로서는 이런 경우를 여러 번 체험하였는데, 필자가 이런 기회를 잡아서 꿰차지 못한 것을 후회한 적이 한두 번이 아니다. 그중 한 가지를 이야기하면, 서예를 배우는 제자 중에 웅변학원 원장이 있었으니, 이 사람의 말,

"박정희 대통령이 시해(弑害)된 뒤에 제3공화국에서 장차관 및 국회의원을 지낸 분들이 주축이 되어서 '민족중흥회' 라는 단체를 만들었는데, 당시에는 고위직인 국회의원과 장차관만 입회자격을 주었으나, 지금은 일반인도 회원으로 받고 있고, 또한 고향분인 김종필씨가 회장을 맡고 있으니, 민족중흥회에 가입하세요."
라고 하였다. 당시 필자는 서(書) 예술에 흠뻑 빠져있을 때였으므로 '예술가가 무슨 정치모임!' 이렇게 생각하고 '민족중흥회' 에 가입하지 않았는데, 조금 뒤에 김종필씨의 '자민련' 이 바람을 일으키며 60여 명이나 되는 많은 국회의원을 당선시킨 정당으로 발돋움하였으니, 만약 이때에 필자가 정계에 들어갔다면, 지금보다는 훨씬 좋아졌을 거라 생각을 해 본다.
또 이런 일도 있었다. 그 뒤에 석계역 부근 월계동에서 서예학원을 운영할 때였는데, 월계동의 시영아파트가 당시 가격으로 천만 원

만 있으면 전세 낀 시영아파트 한 채를 살 수가 있었으니, 아내가 하는 말,

"천만 원이면 시영아파트 한 채를 살 수 있으니, 삽시다."

고 하였는데, 당시 필자는 한창 주역(周易)이라는 책을 깊이 연구할 때였기에, 주역 점을 쳐보니 점괘가 '재건축에 오래 걸린다.' 라고 되어있어서 사지 않았다. 이런 뒤에 얼마 안 되어서 재개발이 시작되어서 프리미엄이 당장 5천만 원이 붙었으니, 당시 5천만 원은 거액의 돈이었다. 그리고 그 뒤에 아파트조합이 분쟁에 휘말려서 수년간 개발이 지연되었으니, 필자의 주역으로 본 점괘도 꽤 잘 맞은 셈이었으나, 구슬을 꿰어서 보배로 만들지는 못한 것이다.

필자는 이렇게 고희(古稀)가 되도록 한 번도 구슬을 꿰어보지 못하고 살았는데, 어느 날 새벽에 의정부의 작은 공원에서 아침운동을 하는데 옆의 이씨라는 사람이,

"의정부 3동 제2재개발지구에 투자를 하면 당장 1억 원은 버니, 한 번 투자해 보시오."

라고 하기에, 다음날 퇴근을 하면서 의정부 3동의 의정부 제2재개발지구의 집값을 알아보고, 값이 상당히 싸다는 느낌이 들어서 부동산을 통하여 하나의 집을 소개받고 집에 와서 아내에게 말하니, 아내가 하는 말,

"어떻게 잘 알아보지도 않고 금방 투자를 해요!"

고 하였다. 그런데 다음날 또 그 부동산에 가서 알아보니, 필자가 알아본 그 집은 이미 다른 사람에게 팔렸다고 하였다. 그래서 또 다른

집을 알아보고 집에 와서 아내에게 말하니, 아내는 또 어제와 똑같은 말을 하였다. 그래서 다음날 또 그 의정부 제2재개발지구에 가서 부동산에 들어가니, 어제 필자가 알아본 그 집은 이미 팔렸다고 하여, 다른 집은 없냐고 문의하니, 부동산 주인이 하는 말,

"잘 아는 지인이 팔려는 집 한 채가 있습니다."

고 하여 당장 그 집을 샀다. 그리고 1년이 지난 지금(2020) 한창 공사가 진행 중인데, 우리는 아파트 2채의 지분이 있어서 아파트 2채에 당첨이 되었고, 현재 프리미엄이 수억 원이 붙어서 매매가 된다. 그러므로 나이 70이 넘어서 '구슬을 꿴 투자'를 한 셈이다. 당장 재산이 3배로 불었으니, 이는 아마도 노부부가 평생 정직하게 살아온 보상으로 하늘이 준 상급이 아닌가 하고 생각한다.

생각하면 이번 투자의 보상이 아니었으면, 필자는 아마도 늙어죽도록 돈을 벌어야 하는 신세였을 것인데, 마지막에 이런 상급을 받았으니, 이제는 돈을 벌어야 한다는 압박감에서 해방이 된듯싶어서 마음이 편안하다.

공자께서는 '큰 부자는 하늘에서 내고, 작은 부자는 부지런하면 된다.〔大富由天, 小富由勤.〕'라고 하였으니, 큰 부자는 아무나 되는 것이 아니고, 작은 부자는 부지런히 일하는 사람은 누구나 될 수가 있다고 하였다.

사실 내가 부자이냐 아니냐는 마음먹기에 달렸다고 생각한다. 남에게 돈을 빌리지 않고도 하루 세 끼 잘 먹고 살면 잘 사는 것이니,

이 사람이 '나는 부유한 사람이다.' 고 마음먹었다면, 이는 부자인 것이고, 좀 더 잘 살면서도 항상 마음이 가난에 허덕인다면, 이 사람은 가난한 사람이 아니겠는가!

　사실 필자는 어렵게 가정을 꾸렸지만 가난하다고 생각하며 살지는 않았다. 다만 남을 도와주지 못하여 항상 아쉬운 마음이었으니, 이는 여유가 없으면 할 수가 없는 것이 아닌가! 그러나 지금은 자식과 며느리 등 4명이 모두 공무원이니, 이제는 자식 걱정은 하지 않고 살므로, 조금 여유가 생기면 남을 도우며 살려고 노력한다.

깡촌놈 이야기

'촌놈'의 촌(村)자는 시골의 마을을 뜻하는 글자이고, 놈은 순수한 우리말로 남을 경시하여 부르는 용어이다. 우리 국어사전에는 촌놈을 '1. 시골 남자를 낮잡아 이르는 말. 2. 행동이나 외모가 촌스러운 남자를 낮잡아 이르는 말'이라고 되어있다.

필자의 고향은 충청도 부여군 내산면 삼바실이라는 벽촌이니, 전후좌우로 해발 400m 정도의 산으로 둘려진 곳이다.

부여군이 16개의 읍면으로 이루어진 군인데, 이중에서 내산면과 외산면과 은산면 등은 비교적 산지(山地)이고 그 밖의 면은 평야로 이루어진 면이니, 군의 남쪽에 있는 임천면과 석성면은 논산과 강경과의 경계를 이루므로 우리들이 역사에서 배운 계백장군이 황산벌에서 신라와 마지막 결투를 벌였다고 하는 황산벌로 이어지는 곳이니, 즉 호남평야가 부여군 구룡평야에서 시작하여 논산을 지나 김제 만경으로 이어진다고 봐야 한다.

그래서 당시 어른들은 이런 평야에 사는 사람들을 '들에 사는 사람'이라 불렀고, 필자같이 산으로 둘린 곳에 사는 사람을 벽촌에 사는 놈이라 불렀다.

필자는 이런 곳에서 태어난 아주 깡촌의 촌놈이니, 그러므로 본문에서는 청소년 시절(1950~1960년대)에 하늘과 산만 빤히 쳐다보이는 벽촌의 재미나고 우스운 이야기를 쓰려는 것이다.

△ 개천에 나가 고기를 잡다.

당시(1960년대)는 '오염되었다'라는 단어를 찾아볼 수 없는 시절이었으니, 하늘은 맑아 하얀 목화솜 같은 흰 구름이 둥실둥실 떠다녔다. 2년 전에 중국을 통하여 백두산에 올라가니, 목화솜 같은 하얀 구름이 남쪽에서 피어나는 것을 보고 필자는 어렸을 적의 고향을 생각하였다. 그리고 냇물은 너무 맑아서 그냥 그 물을 떠서 먹어도 아무런 탈이 나지 않았다.

여름에 장마가 져서 냇물이 불어나기 시작하면, 초등학교에 다니던 우리들은 물고기를 담을 그릇 하나와 대나무로 만든 소쿠리 하나를 들고 냇가에 나가 물고기를 잡았다. 물고기는 비가 와서 물이 많이 내려가면 그 거센 물결을 타고 위로 올라가는 성질이 있다. 그래서 그 물결을 타고 위로 올라가는 물고기를 잡는 것이다.

물고기를 많이 잡아가지고 집에 들어가면, 할머니께서 이 물고기

로 만든 매운탕을 드시면서 하시는 말씀이,

"고기를 먹으니 기운이 난다."

고 하시었으니, 당시는 너나할 것 없이 모두 생활이 어려운 시절이었으므로, 육(肉)고기든 물고기든 간에 사서 먹을 형편이 안돼서 단백질 공급이 원활하지 않았으니, 노인인 할머니께서 오랜만에 단백질 공급이 되었기에, 몸에 기운이 나는 것은 당연한 일이었을 것이다.

△ 산에 토끼 덫을 놓다.

당시 산에 가면 할 일이 많았던 것으로 사료된다. 우선 나무를 해 지게에 지고 와서 취사를 하고, 또는 부엌에 불을 지펴서 방을 따뜻하게 하였으며, 그리고 꼴을 베어 와서 소에게 주었으니, 소는 사람처럼 하루 세 끼만 먹는 것이 아니다. 하루 종일 외양간에 서서 꼴을 먹고 또 먹는다. 그래서 소를 기르는 사람은 매일 꼴을 한 짐 베어다 놓고 밤중에도 소에게 풀을 넣어주었던 기억이 있다.

가을걷이를 끝내고 나면 찬바람이 불고 낙엽이 진다. 이때에 청소년인 우리들은 산에 올라가서 나무를 베어 토끼 덫을 만들어서 토끼가 다니는 길목에 놓고, 매일 새벽이면 일찍 일어나서 토끼가 잡혔는지 점검하러 산에 올랐으니, 조금 있으면 이 산 저 산에서,

"토끼 잡았다."

고 하는 큰 소리가 들렸다. 그러나 필자는 친구들이 그렇게 매일 잡는 토끼를 한 마리도 잡지 못하였으니, 필자는 아마도 '토끼를 잡는

소질이 없는가? 하고 생각할 때가 많았다.

△ 꿩 약을 놓아 꿩을 잡아 어머니 생신잔치를 했다.

이 꿩 약이라는 것은 '싸이나(청산가리)'로 만든다.

이 '싸이나'는 금광에서 금을 걸러내는데 쓰는 독극물이므로, 당국에서는 이 싸이나를 일반인에게 팔지 못하게 단속하였는데, 당시 약방에서 야매로 몰래 판매하였다. 이 싸이나는 청산가리와 같은 독성을 지닌 물질이라고 한다.

겨울이 되면 동네 선배들은 모두 이 '싸이나'를 사다놓고, 콩의 속을 파내고 그 속에 싸이나를 넣고 양초 물로 입구를 막은 뒤에 늦은 가을 서리가 내리면 꿩이 잘 내려오는 산 아래에 있는 밭에 가서 왕겨를 한 줌 놓고 그 위에 약을 올려놓고 집으로 돌아온다.

저녁때가 되면 꿩이 그 약을 먹고 죽었는지를 확인하러 가서 그 약을 다시 회수하고 다음날 새벽에 또 놓는데, 어떤 친구는 하루에 꿩 10마리를 잡기도 하였다. 그러나 필자는 이렇게 잡는 꿩도 잘 잡히질 않았다. 혹 꿩이 약을 먹었는지 약이 없어지기도 하였지만, 꿩이 그 옆에 쓰러져 있지 않으니, 찾을 수가 없었다. 혹 꿩이 약을 먹은 뒤에 놀라서 하늘로 날아오르다 다른 곳에 떨어져 죽었다면 찾을 수가 없는 것이다.

내일 음력 9월 18일은 어머니 생신이다. 필자는 생각하기를,

"오늘 꿩을 한 마리라도 잡는다면, 내일 어머니 생신에 잡아서 잔

치를 할 수가 있겠구나!'

고 하였다. 아침에 약을 야산 기슭에 있는 밭에 놓은 뒤에 저녁때에 가보니 붉은 장끼 한 마리가 밭에 누워있는 것이 아닌가! 얼른 뛰어가서 그 장끼를 두 손으로 잡아드니 묵직한 장끼였다. 필자는 생전 처음으로 잡은 꿩이기에 흥분이 되어서 '꿩 잡았다.'를 힘차게 외친 뒤에 집으로 돌아와서 그 꿩을 잡아서 잔치를 하였으니, 고희(古稀)가 된 지금도 그 기억이 생생하다.

요즘 같으면 짐승과 새 등을 잡는 것을, '살생(殺生)'한다는 측은지심(惻隱之心)에, 모두들 하지 않으려 하고, 또 이렇게 살생하는 사람을 보면 좀 무식한 사람으로 생각하지만, 당시는 초근목피로 겨우 끼니를 때우던 시절이었기에 살생을 그렇게 심각하게 여기지 않았다. 우선 사람이 먼저 살아야 한다는 생각이 앞섰기에, 그렇게 하지 않았나! 하고 생각한다.

이렇게 어려운 보릿고개를 넘겨준 사람이 박정희 대통령이다. 1961년 5월 16일 군사 쿠데타로 정권을 잡은 박정희는 비록 독재자였지만, 보릿고개를 없애야 한다는 의지는 굳건하였으니, 경제개발을 계획하고 이를 성실히 실행하여 마침내 보릿고개를 없애고 세계 11위의 경제대국을 이루어내었다.

이를 한강의 기적이라고 한다.

△ 간식은 산야에 나는 식물이었다.

예나 지금이나 사람은 간식(間食)이 필요하다. 지금이야 마트에 가면 과자, 빵 외에 많은 식품이 있지만, 필자가 어렸을 1960년대에는 100호나 되는 동네에 식품가게가 하나도 없었고 빵과 과자를 사려면 5일장인 논티장(8km)에 가야만 하였다.

이에 우리들은 학교에서 돌아오면서 풀숲에 가서 찔레를 꺾어먹었고 잔디밭에 가서 삘기를 뽑아먹었다. 이외에도 호박꽃을 따서 꿀물을 빨아먹고 야산에 가서 시영을 꺾어서 먹었으니, 이 시영은 맛이 엄청 시다. 이 신맛을 이를 동양의학적으로 분석해 보면, 간장에 들어가서 허(虛)한 간 기능을 실(實)하게 한다고 되어있다. 하여튼 이 시영을 많이 먹었으니, 아마도 간의 기능이 좋아졌을 것으로 사료된다.

그리고 당시 야산에는 온통 진달래가 붉게 피었으니, 어린 우리들은 야산에 가서 진달래를 따서 먹기도 하고, 그리고 진달래꽃을 꺾어서 꽃방망이를 만들어서 동네에 와서 자랑하기도 하였다.

우리 집 주위에는 살구나무, 배나무, 앵두나무, 석류나무, 호두나무, 감나무 등이 있어서 이런 과실을 따먹는 것으로 오늘날의 간식을 대신하였던 것으로 생각한다.

산에 올라가면 밤나무가 많은데, 가을이 되면 산에 올라가서 밤을 주워와 삶아먹는 것이 일과 중의 하나였으니, 요즘 생각하면 건강식품을 마음껏 먹은 것이니, 아마도 이런 음식이 몸에 많은 보약이 되지 않았을까! 하고 생각한다.

△ 복숭아 서리와 감자 서리

옛적 필자가 어려서는 동네에서 '서리'라는 말을 많이 썼다. '서리'가 무엇인가 하면, 같은 동네에 사는 친구들이 밤에 모여서 주인 몰래 남의 과일이나 참외 따위를 따다 먹는 것을 말하니, 당시 어른들의 말씀에 의하면, 주인 몰래 돼지도 훔쳐다 잡아먹었다고 하였다.

여하튼 예전에는 이런 풍습이 있었으므로, 필자는 친구들과 같이 해발 300m가 넘는 새재고개 너머에 있는 상터라는 마을의 복숭아밭에 야밤에 몰래 들어가서 복숭아를 따서 자루에 가득 넣어가지고 와서 친구네 사랑방에 두고 수일간 그 복숭아를 먹은 기억이 있다. 물론 이런 행동은 도둑질하려는 것은 아니고 당시 마을의 풍습인 '서리'를 한 것일 뿐이다.

한번은 '감자 서리'를 하였으니, 야밤에 같은 또래 남녀 친구들이 모여서 오늘 저녁에 '감자 서리'를 하자고 약속하고 솥과 땔나무를 가지고 마을의 들판에 나가서 남의 논에 심어놓은 감자를 캐서 솥에 쪄서 먹은 기억도 있다.

이런 '서리'라는 행위가 지금 생각하면 도둑질인데, 당시 마을에선,

"어젯밤에 아무개네 감자가 서리 당했다네."

고 하는 정도의 소문이 날뿐 도둑으로 몰아붙이지는 않았으니, 당시 동네의 인심이 순박하지 않았나! 하고 생각한다.

△ 촌놈의 에피소드

필자가 18세쯤 되었을 때의 사건이다.

형이 부산 화력발전소에 근무하였기에 생애 처음으로 부산을 방문하기로 하였다. 떠나는 날 아버지께서 쌀 다섯 말을 넣은 자루를 주면서 '가는 길에 이 쌀을 너의 형에게 가지고 가라.'고 하시기에, 쌀자루를 가지고 지우(地隅)의 차부에 가서 서있는데, 공차(空車)라 쓴 택시가 지나가다가 서서 타라고 하였다. '싫습니다.'고 하고 버스를 기다리는데, 이 택시 기사가 계속적으로 타라고 하기에 나는 '공차(空車)라 쓰여 있으니 공짜로 타라고 하는 모양이다.'고 생각하고 쌀자루를 들고 택시에 탔다. 필자가 태어나서 처음으로 타보는 택시이다.

택시를 타고 가면서 '왜 계속 차를 타라고 했습니까! 공짜로 태워주는 것입니까!'고 하니, 택시 기사가 '공짜로 태워주는 차가 어디 있습니까! 돈을 받습니다.'고 하기에 '그럼 구룡면 차부에 내려주세요' 하고, 얼마의 차비를 내고 내린 경험이 있다.

또 이런 경험이 있으니, 21살에 군대에 입대하라는 영장이 나와서 동네 친구 몇 명과 같이 논산에 가서 양식집에 들러서 양식을 시켰다. 양식이 나왔는데, 반찬으로 김치가 보이지 않아서 나서기 좋아하는 나는,

"왜 김치가 없습니까! 빨리 김치를 내오세요."

고 하고, 김치를 가져오기에 먹은 기억이 있다. 그 뒤에 가만히 생각하니 양식을 먹으면서 한식의 반찬인 김치를 달라고 한 것은 '실례'가 아닌가 하고 생각을 하였다. 필자가 이곳에서 양식을 먹은 것도

난생처음의 일이었으니, 실수를 한 것이 아닌가 하고 생각한다.

뭐 필자가 어렸을 적 두메산골에 사는 촌놈들이 사는 이야기를 몇 가지 간추려서 기록하였다. 이외에도 촌놈들의 이야기는 부지기수로 많다. 그러나 본 수필은 여기서 종료하기로 한다.

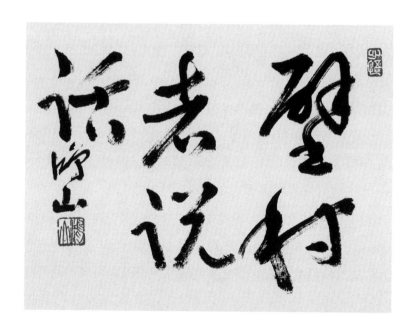

행복한 가정

맹자께서 사람의 삼락(三樂: 세 가지 즐거운 것)을 말씀하였으니,

"첫째, 부모님이 모두 생존해 계시고 형제들이 아무런 사고가 없는 것이 일락(一樂)이고, 둘째, 하늘을 우러러보아도 부끄러움이 없고, 땅을 굽어보아도 남들에게 부끄러움이 없는 것이 이락(二樂)이며, 셋째, 천하의 영재를 얻어서 가르치는 것이 삼락(三樂)이다.〔父母俱存, 兄弟無故, 一樂也. 仰不愧於天, 俯不怍於人, 二樂也. 得天下,英才而敎育之, 三樂也.〕"

고 하였으니, 위 세 가지를 모두 갖춘 사람은 정말 행복한 사람이라고 생각한다.

옛적 우리 마을의 어른들이 말씀하시기를,

"○○마을 박씨네 딸들은 시집가서 아들을 낳지 못한다."

고 하시었다. 실제로 우리 일가에 ○○마을 박씨네에 장가든 대부(大父) 한 분이 계시었는데, 이 대부도 자식을 얻지 못하였다. 그리고 우리 전씨 집안에도,

"번갈아서 장애인이 태어난다."

고 하였으니, 필자의 고모 한 분이 농아로 태어난 분이 계시었고, 장손 집의 ○○네의 누이도 농아로 태어난 사람이 있으니, 어른들은,

"이는 모두 묘지에서 생긴다."

고 하였으니, 필자도 지금까지 그렇게 생각하며 살아오지 않았나! 생각한다.

이제 필자의 이야기를 할까 한다.

필자는 맹자의 삼락(三樂) 중에 첫째 '부모님이 모두 생존해 계시고 형제들이 아무런 사고가 없는 것이 일락(一樂)이다.' 는 말씀에 충족하였다고 생각하고, 둘째의 조건인 '하늘을 우러러보아도 부끄러움이 없고, 땅을 굽어보아도 사람들에게 부끄러움이 없는 것이 이락(二樂)이다.' 의 조건은 자신 있게 충족하지는 못했어도 대과(大過)는 없다고 생각하며, 셋째의 조건인 '천하의 영재를 얻어서 가르치는 것이 삼락(三樂)이다.' 라는 데에는 속유(俗儒)에 불과한 필자가 어찌 천하의 영재를 가르치랴마는, 그래도 서예로 몇천 명은 가르쳤고 단행본의 책 60여 권을 발행하여 전국의 서점에서 판매하고 있으니, 이 책을 보고 필자를 사숙(私淑)하는 자가 많을 것으로 본다.

또한 경기대학교의 문화강좌에서 한문 교수로 출강을 하였고, 서울시 도봉구와 노원구의 문화강좌에서 출강을 하였으며, 서예로서

는 대한민국에서 최고의 기관인 동방서법탐원회 강좌에서 지도 교수를 맡았고, 작년과 올해에는 대한민국서예대전(국전 후신)에서 최종 심사인 감수를 맡았으니, 부족하지만 이에 대하여 자부심을 가지고 있다.

우리 가문의 이야기를 하면, 선친께서는 1923년에 출생하여 84세에 돌아가셨고, 어머니는 1925년에 출생하여 지금(98세)까지 생존해계시며, 우리 8남매들은 한 사람도 죽은 사람이 없이 모두 잘 자라서 지금은 모두 출가하여 잘 살고 있다.

필자는 지금 74세이지만, 부부가 모두 대과(大過)없이 잘 살고 있고, 큰아들은 법무부 국가공무원 주무관으로 있으면서 결혼하여 딸 둘을 낳아서 잘 기르고 있고, 둘째 아들은 국토교통부 사무관으로 있으면서 결혼하여 아들딸 각기 한 명씩을 낳아서 큰 손녀가 초등학교 6학년이고, 손자는 올해 3학년으로 회장이 되었다고 한다.

첫째 며느리는 간호사로 전북 군산시청의 공무원이고, 둘째 며느리는 세종시 초등학교 교사이다. 모두 자신의 처지에서 소임을 다하는 것으로 알고 있다.

필자가 이 수필에서 말하려는 것은 우리 식구 중에 장애인이 한 사람도 없다는 것이고, 그리고 모두 자동차를 가지고 출퇴근하지만, 한 사람도 교통사고 없이 잘 지낸다는 것이니, 이것이 행복이 아니고 무엇이겠는가!

이는 모두 일찍이 공자께서 말씀한,

"착한 일을 많이 쌓은 집에는 반드시 남은 경사가 있다.〔積善之家, 必有餘慶.〕"
고 하신 말씀대로, 조부님과 부모님 모두 착하게 잘 사셨기 때문에 필자가 이런 큰 복을 누리고 살지 않는가 하고 생각한다. 항상 조물주(造物主)와 조상님께 감사하며 살아간다.

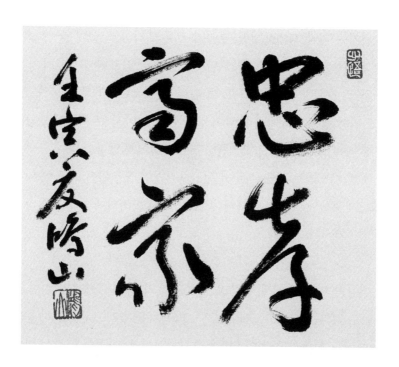

명칭(名稱) 표기(表記)에 대하여

　명칭 표기에는 상호 표기 · 이름 표기 · 산천 표기 · 다리 이름 표기 · 건물 표기 · 아파트 이름 표기 · 지하철 역사 이름 표기 등 수많은 표기가 있다.

　옛적에는 이를 현판(懸板)이라 했으니, "덕수궁(德壽宮) · 창덕궁(彰德宮) · 동헌(東軒) · 주점(酒店) · 대성전(大成殿) · 화엄사(華嚴寺) · 창열사(昌烈祠)" 등으로 표기하였으니, 이때는 한문으로 써서 건 것으로 안다.

　필자가 3년 전인 2017년 8월 19일에 민족의 영산인 백두산에 올라 천지(天池)를 관광하고 내려와서 북간도〔연길(延吉) · 도문(圖們) · 돈화(敦化) · 화룡(和龍) · 용정(龍井) · 훈춘(琿春) 등의 6개 시와 왕청(汪淸) · 안도(安圖) 2개 현〕에 들어와서 이곳의 간판을 보고 깜빡 놀랐으니, 왜냐면 모든 간판이 한글로 크게 쓰여 있었기 때문이다. 사실대로 말하면, 위에는 한글로 크게 쓰고 아래에는 작게 한자로 쓰여 있었으니, 오늘날 거대한 중국의 대륙 안에 우리의 언어인 한글로 쓰인 간판이 즐비하게 늘어서 있는 것은 정말 장관이었다.

며칠 전에 의정부에 사는 벗과 같이 천보산(天寶山) 등산을 하였다. 상봉에 오르니 양주와 포천, 그리고 고양시가 한눈에 들어왔고 공기는 상큼하여 싱그러운 5월의 날씨를 한껏 뽐내고 있었다.

옆에 게재한 사진을 보면, 그냥 한글로 "천보산"이라 쓰여 있어서 '천보'라는 말

천보산

이 무슨 뜻인지 알 수가 없다. 분명히 이 산의 이름을 처음으로 지을 때에는 한문으로 지었을 것인데, 요즘은 한글전용 시대라 하여 이렇게 한글로만 표기하니, 무슨 뜻인지를 알지 못한다. 그래서 집으로 돌아와서 옛적에 출간한 '속동국여지승람(續東國輿地勝覽)' 같은 책을 열람하여 보니, 천보산(天寶山)이라는 한문의 표기가 있어서 "하늘에서 보배로 여기는 산"이라는 뜻임을 알 수가 있었다.

1996년 5월 8일, 두타산을 등정하면서 길가에 "학소대"라는 표지

판이 순 한글로 표기되어 있어서 이게 무슨 뜻인지 몰라서 궁금하였던 기억이 있다. 이 '학소대' 역시 한문으로 지은 이름이니, 학이 사는 연못이라는 뜻으로, 한자로는 '鶴沼臺'라고 쓴다. 그냥 '鶴沼臺'라고만 써놓아도 한자를 아는 사람은 즉시 '학이 사는 연못에 세워진 누대라는 뜻'으로 이해를 한다.

요즘 한자를 모르는 사람을 위해서 표지판을 붙인다고 가정한다면, "학소대(鶴沼臺)"라고 한자와 한글을 병기(倂記)하는 것이 좋다. 이렇게 병기하면 그 어원(語源)을 알 수 있으니, 훨씬 훌륭한 표지판이 될듯싶다.

필자는 의정부 회룡역 부근에 살기에, 항상 회룡역을 이용하여 서울에 있는 사무실을 오가고 있다. 그런데 회룡역의 표지판을 보면, '회룡역'이라 크게 쓰고 그 옆에 '回龍驛'이라 한자로 작게 쓰여 있어서 보는 즉시 '용(왕)이 돌아간 역'이라는 뜻을 알 수가 있다. 이렇게 우리나라 역사의 표지판은 모두 한글과 한자로 병기되어 있으니, 아마도 이는 우리나라 사람만 이용하는 것이 아니고 한문을 전용하는 중국인이나 일본인, 대만인, 그리고 홍콩이나 말레이시아 인들을 위해서 이렇게 표기한 것으로 필자는 이해한다.

그러므로 한문으로 지은 명칭은 반드시 국한문으로 병기하는 것이 예의상 옳은 일일 것이다. 일례로, 불교를 대표하는 절인 '조계사'는 '조계사(曹溪寺)'로, 유교를 대표하는 '대성전'은 '대성전(大成殿)'으로, 예수교를 대표하는 '영락교회'는 '영락교회(永樂敎會)'

로, 천주교를 대표하는 '명동성당'은 '명동성당(明洞聖堂)'으로 병기하여 표기해야 한다.

우리들의 이름도 거의 모두 한문 투의 이름이니, 반드시 성과 이름 모두 한글과 한자를 병기해야 옳다. 일례로, 필자의 이름 '전규호'는 '전규호(全圭鎬)'로, 우리나라 초대 대통령인 '이승만'은 '이승만(李承晚)'으로, '박정희'는 '박정희(朴正熙)'로 써야 그 이름의 뜻을 정확하게 알 수가 있을 것이다.

우리들의 성(姓)도 요즘은 모두 한글로만 표기하니, 어떤 성인지를 알 수가 없다. 일례로, '이씨'라고 하면 이(李)가 있고 이(異)가 있으며, 필자의 성인 '전씨는' 전(全), 전(田), 전(錢), 전(傳)씨 등이 있는데, 이를 모두 똑같이 '전'으로만 쓰니, 어느 전씨인지 알 길이 없다. 이를 명확하게 기록하는 것이 옳을 것이다. 특히 언론기관에서는 성씨(姓氏)의 기록을 정확하게 기록하는 것이 예의상 타당할 것으로 믿는다.

모름지기 지식을 전달할 때에는 정확하게 전달하는 것이 주객(主客) 모두에게 옳은 일이고, 그리고 그 지식을 전달하면서 즉시 이해할 수 있게 하는 것이 옳은 일인데, 그러나 무조건 지금은 세태가 한글을 쓰는 시대라 하여 한글로만 쓰니, 한자를 쓰는 것보다 더욱 이해하기 힘든 때가 많다.

필자가 위에서 언급한 한글과 한자 병기는 시급한 과제이고 당위(當爲)이니, 국가에서는 국한문 병기(幷記)를 즉시 시행해야 한다.

거꾸로 세상 보기

필자의 사무실에는 필자
의 작품이 몇 점 걸려있고
그 가운데에 중국의 전영비
(全榮飛)라는 화가가 그린 인
물화 한 점이 걸려있는데,
다름 아닌 중국의 4대 미인
중의 한 사람인 "서시(西施)"
를 그린 그림이다.

그림의 제목은 '서시완사
(西施浣紗)'로 서시(西施)가
빨래하러 시냇가에 나온 모
습을 그린 그림인데, 서시가

서시(西施)

빨래통을 메고 서있는 모습도 아름답지만, 물속에 거꾸로 비친 그 모습이 잔잔한 물결에 흔들리니, 더욱 아름답게 보이는 그림이다.

어느 날 누가 와서 '어! 서시(西施) 아냐!' 고 하면, 필자는 '응 서시(西施) 맞아. 이 여인이 매일 그림 속에서 나와서 필자에게 차를 끓여서 대접한다네.' 고 하면, 고객은 '하하' 하고 웃는다.

필자는 매일 이른 아침에 일어나서 약 5,000여 보의 걷기 운동을 한다. 의정부시에서 만들어 놓은 공원에 많은 운동기구가 있어서 이곳에서 운동을 하는데, 특히 '거꾸로 서기'를 하는 운동은 인체의 피가 거꾸로 흐르게 하는 운동이기에 이 운동을 매일하고 있다. 운동기구에 의지하여 몸을 거꾸로 세우고 사방을 둘러보면 나무들의 밑동은 하늘을 향하고, 위의 가지는 아래에 있어서 매우 이상한 모습을 하고 있다. 말 그대로 모든 세상이 거꾸로 보이니, 이 세상이 당장 반대의 세상으로 바뀐 것이다. 그래서 필자는 거꾸로 서서 거꾸로 된 세상을 바라보며 많은 생각을 한다. 사실 '거꾸로 세상 보기'의 제목도 이때 영감을 얻은 것이다.

필자는 서예와 문인화 작가이다. 그러므로 작품을 만들어서 전시(展示)하는 경우가 많다. 1년이면 인사동의 전시관에 몇 차례에 걸쳐서 작품 전시를 한다.

작품을 전시하는 것은 '내가 서예나 문인화를 열심히 공부하여 수작(秀作)을 만들어서 전시하니, 강호제현께서 오셔서 감상하세요.' 라는 요지로 하는 행위이다.

모 작가한테 들은 이야기이다. 한국의 어떤 문인화가 단체에서 대만에 가서 전시회를 하는데, 대만 측의 작가들이 한국작가들이 건 작품을 건성으로 보면서 지나가기에, 한국작가가 문의하길,

"우리는 열심히 창작하고 이곳까지 와서 전시하는데, 왜 자세하게 감상하지 않고 보는 둥 마는 둥 지나갑니까!"

고 하니, 대만의 작가가 하는 말씀,

"한국작가의 작품은 모두 전에 많은 사람들이 이미 발표한 작품을 모방한 그림이니, 뭐 눈여겨 볼 작품이 못됩니다. 그래서 그냥 건성으로 보는 것입니다."

고 하였다. 그래서 한국작가들은 망치로 한 대 맞은 것처럼 머리가 멍하였었다고 말하였다.

여기서 대만 작가들의 말을 유심히 새겨볼 필요가 있다. 이미 세상에 선을 보인 작품을 다시 그려서 전시회에 내는 것은 전에 그린 작품의 아류(亞流) 밖에 되지 않으니, 지금까지 남이 그리지 않은, 처음으로 이 세상에 선보이는 그런 작품을 창작하여 전시를 해야 감상할 만한 전시회가 된다는 말씀이다. 이렇게 작품을 창작하는 것도 또한 거꾸로 세상을 보는 것처럼 한다면, 감상자에게 안복(眼福)의 즐거움을 줄 수가 있다는 것이다.

요즘은 농사를 짓는데도 '거꾸로 세상 보기' 가 필요하지 않은가 생각한다. 왜냐면 남이 짓는 농사를 나도 하면 생산은 많고 매입하는 고객은 작아서 자연적으로 값이 내려가게 된다. 값이 내려가면

자연적으로 수입이 적어지니, 결과적으로 보면 한 해의 농사를 망치게 된 셈이 된다.

올해(2020년)에는 마늘 값이 내려가서 마늘밭을 갈아엎는 농가가 많다는 소식을 뉴스를 통해 들은 기억이 있다. 이는 남이 하는 농사를 나도 따라 해서 이런 현상이 생긴 것이니, 이제는 농사를 짓는 농부도 거꾸로 생각해서 남이 마늘을 심으면 나는 양파를 심고, 남이 벼를 심으면 나는 보리를 심는 이런 작전을 쓰면 좀 더 훌륭한 농사꾼이 되지 않을까 하고 생각한다.

모기의 코털을 건드리다

위의 문구 중 '코털을 건드리다'의 어원은 '잠자는 호랑이의 코털을 건드리다.'에서 따온 말이다. 호랑이는 원래 털이 빠지는 것을 지극히 싫어한다는 말이 있는데, 한창 잠자는 중인데 코털을 건드렸으니, 눈을 번쩍 떴을 것이다.

호랑이가 눈을 뜨고 보니 그 앞에 사람이 있었으므로, 호랑이는 잡아먹으려 달려들었을 것이다. 그러므로 그 앞에 있는 사람은 어떻게 해야 살아날 수가 있는가! 이런 위험 앞에 놓인 경우를 '잠자는 호랑이의 코털을 건드리다.'라고 하는 것이고, 이와 비슷한 말이 또 있으니, 군왕의 비위를 건든 '역린(逆鱗)'[5]이라는 말이 있다.

---

5 역린(逆鱗):《한비자(韓非子)》〈세난(說難)〉에 "용은 평소에 순하여 길들일 수 있으나, 턱 밑에 있는 역린(逆鱗)을 건드리면 갑자기 성을 내어 화를 당한다." 하였는데, 용은 군주를 상징하므로 이렇게 비유한 것이다.

당(唐)나라 헌종(憲宗)이 불골(佛骨 : 사리)을 대궐 안에서 맞아들이니, 궁 안의 왕공(王公)과 사서(士庶)가 찬탄(贊嘆)하였는데, 당송(唐宋) 팔대 문장가 중 한 사람인 한유(韓愈)가 불골표를 올려서 부처를 신봉하는 일을 극간하였으므로, 헌종이 이를 보고 노하여 그를 조양(潮陽)의 자사(刺史)로 강등시켜 귀양 보냈다는 설화가 있는데, 이런 경우를 '역린(逆鱗)'이라고 하는 것이다.

필자가 오늘 이른 아침에 주말농장에 가서 강낭콩을 따면서 우거진 강낭콩을 건드리니, 그 안에서 서식하는 모기 수십 마리가 윙-하고 나타나서 대들고 있었다. 그래서 필자는 일어나서 좌우의 손을 마구 흔들었지만, 모기는 도망하지 않고 마구 대들었다. 그래서 필자의 머리에 번쩍 스치는 생각이 있었으니,

"모기는 간(肝)이 굉장히 큰 모양이다. 왜냐면 보통의 동물은 사람을 보기만 해도 즉시 달아나는데, 이놈의 모기는 눈곱처럼 작은 것이 저 죽을 것은 생각하지 않고 마구 대들기만 한다."
고 생각하였다. 그리고 모기란 놈이 피를 빨아먹으려고 대드는 모습이 마치 흡혈귀와도 같다. 그리고 이놈은 사람 몸에 흐르는 핏줄을 잘 알아서 몸에 앉자마자 뾰족한 주둥이를 인체에 박기만 하면 곧 피를 빨아올린다.

모기의 색은 검은색이고, 그리고 풀숲 같은 음산한 곳에서 사니, 이곳에는 뭐 음흉하고 사악한 것이 숨어있는 느낌이 물씬 풍긴다.
원래 음흉하고 사악한 소인들은 항상 아무도 모르는 음침한 곳에

서 남을 모함하고 해쳐서 나의 이익을 챙길 모의를 하는 것인데, 이 모기 역시 이렇게 음습한 곳에 살면서 몸에는 검은색을 칠하고 있다가 사람이 나타나기만 하면 사정없이 대들어서 피를 빨아먹을 생각만 하는 것 같다. 이렇게 대드는 모기는 아무리 손을 흔들면서 쫓아도 절대로 도망가지 않고 오직 사람의 피를 빨아먹으려고 한다.

사람이 나이가 들어 늙으면 피부도 함께 늙는 모양이다. 젊었을 때에는 모기에게 몇 차례 물렸어도 시간이 가면 나도 모르는 사이에 나았는데, 고희(古稀)를 넘긴 요즘에는 모기에 물리거나 벌레에 쏘이면 당장 화농이 되어 부어오른다. 이때는 반드시 '물파스'를 발라야 낫는다.

그러므로 주말농장에서 일을 할 때에는 반드시 긴 바지에 긴 소매의 웃옷을 입고 일을 한다. 만약 반바지와 반팔의 옷을 입고 농장에 가서 풀숲과 채소 사이를 걸어 다니게 되면, 그 뒤에는 반드시 손과 발에 벌레가 쏘여서 화농이 됨은 물론 가려워서 견디지 못한다. 그래서 번쩍하고 생각난 것이 "모기의 코털을 건들지 말라."라는 주제로 수필을 써야겠다는 것이었다.

금년(2020)의 장마는 이변이다

　금년의 장마는 6월 20일에 제주도에서부터 시작하여 예년과 같이 점차 북상하였으니, 필자의 번역원이 있는 서울은 26일부터 비가 오기 시작하였다.

　기상청의 기상예보에 의하면, 7월 20일쯤에 장마가 그치고 예년보다 더욱 혹독한 무더위가 올 것이라고 하였는데, 이 일기예보는 맞지 않았으니, 실제로는 7월 한 달간 계속 비가 내리었고, 8월에도 16일까지 장마는 계속되었다. 이렇게 여름 장마가 56일 동안이나 계속된 것은 처음 있는 일이라고 한다. 이러한 예년에 비해 유례가 없는 장마를 직접 겪었으므로, 본인이 느낀 바를 하나하나 적어보려고 한다.

　필자가 사는 의정부는 7월 한 달 동안 이틀은 비 오고 하루는 해가 뜨고를 반복하여 장마로 인한 어려움을 모르고 지냈는데, 한 가지 좋은 점은 7월의 무더위를 땀 한 방울 흘리지 않고 시원하게 지낸 것이다. 우리 집은 아내가 에어컨 바람을 싫어하기에 아예 에어컨을 설치하지 않고 지내는데, 열대야를 겪지 않고 지낸다는 것은 참으로 좋은 점이었다.

그러나 전라도 화개장터가 있는 지역에서는 섬진강의 물이 제방을 넘어 마을로 들어와서 온 마을을 수마(水魔)가 삼켜버렸다고 한다. 소를 키우는 축사(畜舍)에도 물이 차서 소들이 모두 물에 둥둥 떠내려갔는데, 이 소들은 헤엄을 잘 쳐서 각기 구릉(丘陵)이나 지붕 위에 올라와서 목숨을 건졌다고 한다. 우리들 사람 같으면 모두 물에 휩쓸려가서 살아나지 못했을 것인데, 소들은 그래도 헤엄을 잘 쳐서 살았다고 하니, 수마(水魔)로 인한 홍수에서는 소가 사람보다 났다는 생각이 들었다.

또 오늘 인터넷에 올라온 소의 이야기이다. 작은 소 한 마리가 55km를 떠내려가서 어느 섬에서 발견되었는데, 이 소식을 들은 주인이 급히 달려가서 그 소를 데리고 왔다고 한다.

장마가 56일 동안 계속되니, 주말농장에서 잘 자라던 파란 대파 잎이 어느 날 갑자기 흐물흐물하여 썩어가고 있었고, 참깨는 8월 15일이면 타작을 했을 일자인데, 햇빛을 보지 못하여 아직도 여물지 않고 파란 열매만 달려있을 뿐이었다.

이번에는 우리의 이웃 나라인 중국의 장마 이야기를 해보자. 우선 중국의 지인(知人)에게서 온 e메일을 소개하려고 한다.

"感謝敎授笑心, 連日陰雨, 吾省及長江中下游地區遇數十年一見之洪災, 物資毀損无數, 付我家鄕歙眤, 飽受損失人民币參拾億計, 數万官兵, 軍隊出動抗洪救災, 轉移群衆數十万人, 因此死傷人數极少, 乃不幸中之万幸也. 我處合肥, 毗隣巢湖, 爲一省之中心, 全省努力疏通水路, 料不被淹, 无安全之虞. 受疫情阻扰, 近年旅游可能較難, 然平安健康則是幸運, 古語有云 "留得靑山在, 不怕沒柴燒." 是也, 亦望敎授安康幸福, 共度時艱也.

번역문 : 교수님의 관심에 감사드립니다. 연일 날은 흐리고 비가 내립니다. 제가 살고 있는 성(省)은 장강(長江)의 하류지역에 위치하여 있는데, 수십 년 만에 보는 큰 수재(水災)를 만나서 훼손된 물자(物資)가 수없이 많습니다. 다만 제가 사는 흡현(歙縣)도 수해(水害)로 받은 손실이 인민폐로 30억 위안 정도이고 수만 명의 관병(官兵)과 군대가 출동하여 홍수의 재해와 싸우고 있고 이재민의 수가 수십만 명에 이릅니다. 다만 홍수로 인해 죽거나 상해를 입은 사람은 지극히 적으니, 불행 중 다행입니다.

제가 있는 합비(合肥)는 소호(巢湖)에 인접해 있고 한 성(省)의 중심이며, 성(省) 안에 사는 모든 사람들이 수로(水路)의 소통을 위해서 노력하고 있으며, 혹 침수되지 않을지 걱정을 합니다. 코로나19에 대한 정세는 이제 소요는 막았지만 근년의 여행은 어렵겠습니다. 그러나 평안하고 건강한 것은 행운입니다.

고어(古語)에,

"留得靑山在, 不怕沒柴燒. 청산에 머무르고 있으면서 산불이 나는 것을 두려워하지 않습니다."

뭐 이런 말이지요. 또한 교수님 건강하고 행복하시다니, 우리 함께 이 어려움을 이겨내야지요.

고 하였다. 사실 중국의 장마는 우리나라보다 훨씬 더 심각하다. 세계에서 가장 큰 댐인 삼협댐이 위험수위를 넘어 붕괴할지 모르는 지경에 이르렀기 때문에 댐의 아래에 사는 무한시(武漢市)를 위시해서 장강(長江) 하류에 위치한 도시들이 모두 수몰될 위험에 처해있기 때문이다. 위의 편지를 보낸 주인공이 사는 합비(合肥) 역시 장강(長江)의 하류에 위치해 있어서 삼협댐의 붕괴에 대하여 노심초사하고 있는 실정이라고 한다. 삼협댐의 붕괴 전인 지금도 수몰된 곳이 너무 많아서 이재민이 수십만 명에 이른다고 하니, 이국(異國)이지만 걱정이 된다.

근 50일간의 장마로 인하여 채소가 장마에 녹아서 값이 천정부지로 뛰었다고 전하는데, 필자 같은 사람은 묵은 김치가 아직 많이 남아있어서 별로 걱정을 하지 않지만, 그러나 소득이 적은 소시민들은 물가가 뛰니, 이래저래 걱정이 하나 더 늘어난 것 같아서 안타까울 뿐이다. 모두 "화이팅" 하며 힘을 내길 기원한다.

상전벽해(桑田碧海)

필자가 어렸을 때, 즉 60~70년 전에는 '억대 부자'라고 하면 아주 큰 부자를 지칭하는 말이었다. 그런데 요즘은 누구나 '억대 부자'는 된다. 왜냐면 전셋값도 수억 원을 주어야 하는 세상이니 하는 말이다. 요즘에는 부자를 '백만장자'라 하는데, 이는 달러 화폐로 백만 불이 있는 사람을 말하니, 우리 원화로 12억 원쯤 가진 사람을 말한다.

그런데 올해(2020)는 아파트 값이 천정부지로 폭등했으니, 서울 강남지역에는 32평 아파트 한 채가 20억 원도 훌쩍 넘는다고 한다. 서울 강북지역 아파트값도 이를 따라서 많이 올랐으니, 집을 가진 자는 값이 올라서 좋겠지만, 집이 없는 사람은 내 집을 마련하는 것이 쉽지 않은 세상이 되었다.

그럼 왜 이렇게 아파트값이 폭등하였는가! 필자의 우견(愚見)인지 모르지만, 주택정책은, 아파트값이 오르면 집을 더 지어서 공급을 확대해야 하는데, 문재인 정부는 이러한 확대하는 정책은 쓰지 않고 오직 집값이 오르지 못하게 세금을 많이 부과하는 정책으로 일관하였다. 그리고 이 정부가 들어서서 3년 반이 넘는 동안에 23번의 주거(住居) 안정화 정책을 발표하였다. 그러나 아파트값은 도리어 폭등한 것으로 안다.

10억대의 아파트 가격이 20억대의 아파트가 되었으니, 이런 현상도 하나의 작은 상전벽해(桑田碧海)가 아닌가 하고 생각한다.

마차(馬車)는 아주 옛날 춘추전국시대에도 있었고, 그보다 1000여 년 전 요순시대에도 마차는 있었다고 《서경(書經)》에 기재되어 있다.

그런데 필자의 유년 시절에도 마차는 있었으니, 연대로 따진다면 약 4500년간을 사람들은 마차를 타고 왕래하였다고 보면 된다. 다시 말하면, 4500년 동안 세상이 별로 변한 게 없었다는 말과 상통한다.

그러나 요즘은 과학이 발전하고 특히 IT 기술이 발전한 세상인지라, 미국에 있는 사람과 한국에 있는 사람 간에 전화로 이야기를 주고받고, 그리고 비행기로 2시간이면 중국의 북경에 도착하는 세상이 되었으니, 엄청나게 발전한 세상이 되었다.

정부에서 어느 산자락을 아파트 단지로 지정하고 그곳을 개발하면 3년이면 고층의 아파트 단지가 완공되고, 그리고 주민 수만 명이 사는 아파트 단지가 되는 것이다. 이러한 현대의 개발사업은 불과 3년 만에 수목(樹木)만 우거졌던 산야(山野)를 현대인이 살기 좋은 품격있는 아파트 단지로 만드니, 이런 것도 또한 하나의 작은 상전벽해가 아니겠는가!

지금은 지방의 소도시도 외곽도로를 내어서 차량의 소통을 원활하게 한다. 지방의 소도시에 볼 일이 없는 차량은 복잡한 소도시의 중심부에 들어가지 않고 그냥 지나가게 하는 것이니, 이러한 교통정책은 혼잡함을 줄이려는 것이라 생각한다. 그러나 지방의 소도시에서 음식점을 하거나 장사를 하는 사람들은 외부의 차량이 들어와야 음식 장사도 잘 되고 여타 다른 가게들도 매출이 오르는데, 외부에서 오는 차량과 손님들을 외곽 도로를 통하여 훌쩍 떠나보내니, 영업이 잘 되는 가게가 없는 것이다. 일례로, 월 매출 3,000만 원을 올리던 음식점이 외곽 도로가 난 뒤로는 매출이 반으로 훌쩍 줄었음은 물론이고, 그래서 그 점포를 남에게 팔려고 내놔도 매매가 되지 않으니, 안팎으로 손해를 많이 본다. 이런 현상도 하나의 작은 상전벽해라 할 수가 있다.

생각해 보면, 서두에서 말한 것처럼 옛적에는 약 4500년 동안에 똑같은 마차를 타고 다녔는데, 요즘 우리가 사는 현대에 들어서는 과학의 비약적 발달로 말미암아 몇 달 뚝딱뚝딱하면 거대한 빌딩 한 채가 들어서고, 몇 년 뚝딱뚝딱하면 수만 명이 살아가는 아파트 단지가 들어서는 세상이 되었으니, 상전벽해로 변화하는 동네가 너무 많은 세상이 되었다.

창을 든 수많은 검은 병정들의 침략

밤[栗]하면 충청도 부여와 공주를 명산지로 치는데, 요즘은 공주 밤이 더 유명하다. 그러나 부여 사람들의 말을 들어보면, 부여에서 나는 밤은 맛이 더 좋아서 주로 선진 외국에 수출되고, 공주의 밤은 맛이 조금 빠지므로, 국내에서 판매한다고 한다. 그러나 어찌되었던 간에 국내에서는 공주의 밤이 더 유명하다.

그러나 필자가 아는 바는, 밤을 국내에서 제일 먼저 다량으로 재배한 곳은 부여군 구룡면 현암리 뒷산인 망심산이라고 사료된다. 필자는 당시 청소년의 단체인 4-H회원으로 부여군 구룡면 내산면 외산면 등 3개 면의 연합회장에 피선되어 한창 4-H활동을 하던 때이니, 아마 17, 18세쯤 되던 때이고, 서기로는 1965년경이다.

당시 필자의 선친께서는 우리 동리에 있는 옥천전씨 종친회와 합

175

의하고 종산(宗山)에 밤나무를 많이 심었다. 이 시기가 위에서 말한 1965년보다 2년 정도 앞선 시기이다. 그러나 이후에 종친회와 의견의 불일치로 합의가 무산되어서 없던 일이 되고 말았으니, 지금 생각해도 애석한 일이다. 왜냐면, 이는 필자의 선친께서 산에 밤나무를 다량으로 심은 것이 아마도 대한민국 최초의 일이기 때문이다.

필자는 군대를 만기제대하고 서울의 모 제약회사에 근무하면서 서울에 우거(寓居)하게 되었고, 계속 서울에 살면서 고희(古稀)를 넘기게 되었는데, 필자는 해마다 양주시 은현면과 남면에 가서 산밤을 주워 와서 겨울내내 간식으로 먹는다.

올해도 남면에 사는 지인(知人)과 연락하고 차를 몰아 단숨에 목적지에 도착하여 지인과 조우하고 지인의 안내로 밤나무가 많다는 산에 들어갔는데, 밤나무 밑에 떨어진 밤이 없었으니, 이게 웬일인가 하고 밤송이를 쳐다보니, 아직 밤송이가 벌어지지 않은 것이었다. 그래서 이리저리 오가면서 떨어진 밤이 있는가를 열심히 쳐다보니 이따금 보이는 올밤나무 밑에는 낙하(落下)한 밤이 있었다. 밤 몇개를 주우면서 위로 올라가서 망당산 정상에 올라 북서쪽의 감악산쪽을 쳐다보니 비교적 높지 않은 야산 속에 사람이 사는 마을들이 옹기종기 줄지어 있고, 하늘에는 솜털 같은 흰 구름이 뭉게뭉게 떠있어서 마치 별천지를 연상케 하였다. 지인의 말에,

"산 넘어 아래로 내려가면 밤 밭이 있으니 가보세요."
고 해서 아래로 줄곧 내려가면서 '밤나무가 어디에 있나!' 를 쳐다보면서 산 아래까지 내려갔으나 결국 찾지를 못하였고, 뒤돌아서 다시

산정에 올라 내려가다가 우측에 밤나무가 있는 것 같아 그곳으로 내려가니, 커다란 밤나무 밑에 밤이 발갛게 떨어져 있었으니,

 "얼씨구 좋구나!"

하고, 밤을 줍기 시작하였는데, 갑자기 검정 옷을 입고 창을 든 병정[모기]들이 일제히 필자를 공격하기 시작하였다. 필자는 미리 이를 예견하고 검은 병정의 창을 막을 수 있는 옷을 입고 갔으므로, 안하무인격(眼下無人格)으로 열심히 밤을 주워서 비닐봉지에 담았다. 많은 밤을 주우면서 몸을 굽혔다 펴기를 반복하니 허리가 아파서 허리를 펼 수가 없었고, 그래서 주저앉아서 줍길 한 시간쯤 하니, 배낭이 알밤으로 불룩 튀어나왔다. 이렇게 밤을 줍는 한 시간 동안 창을 든 검은 병정들은 계속하여 필자를 공격하였으니, 결국 옷으로 가리지 않은 손목과 얼굴과 귀 등에 상처가 나서 붉게 화농이 되어서 미리 준비해간 물파스를 바르고 있는데 지인의 전화가 왔으니,

 "12시가 넘었으니 빨리 내려와서 식당에 가서 점심을 먹어야죠."

하므로, 배낭을 들쳐 메고 급히 내려와서 순두부 식당으로 가서 맛있게 식사를 하였다. 이 집의 '순두부'는 직접 콩을 갈아서 만든 순두부여서 옛적에 어머니께서 시골에서 만들어주시던 그 순두부의 맛이었으니, 참으로 맛이 있었다.

 집으로 돌아오면서 산록(山麓)의 남양홍씨네 종산에 들어갔는데, 이곳에는 정말 밤나무가 많았다. 야산 1Km 정도가 모두 밤나무 밭이었는데, 그러나 아직 밤이 벌지 않아서 많이 줍지는 못하였다. 이곳은 약 1주일 정도 뒤에는 밤이 모두 벌 것 같은 생각이 들었으니,

1주일 뒤에 다시 한번 또 밤을 주우러 오기로 기약하고 차를 몰아 집으로 왔다.

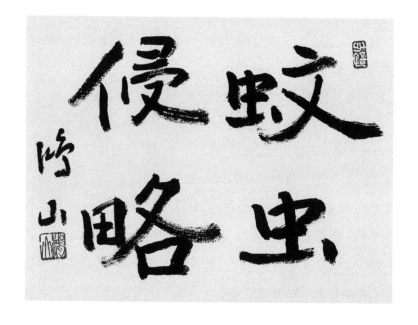

이 세상에 가장 귀중한 존재는 무엇인가!

《동몽선습(童蒙先習)》[6]에 보면,

"천지의 사이에 있는 많은 만물 가운데에 오직 사람이 가장 귀하니, 사람이 귀한 것은 오륜이 있기 때문이다.〔天地之間, 萬物之衆, 惟人最貴, 所貴乎人者, 以其有五倫也.〕"

라고 하였다. 사람이 가장 귀하다는 말은 맞는 말씀이다. 그러나 사람이면 모두 귀한 것인가! 일례로, 남에게 사기 치고 협잡하고 무고(誣告)하고 속이는 일만 계속하는 자가 있다면, 이런 자를 그냥 사람이라고 하여 이 세상에서 가장 귀한 존재라고 할 수 있을까! 해답은

---

6 동몽선습(童蒙先習) : 조선 중종 때에, 박세무(朴世茂)가 쓴 어린이 학습서. 오륜(五倫)의 요의(要義)를 간결하게 서술하고, 중국과 조선의 역대 세계(世系)와 개략적인 역사를 덧붙였다. 《천자문》을 익힌 어린이들이 《소학》을 배우기 전에 공부하는 교과서로 널리 사용하였으며, 덕행의 함양에 많은 도움이 되었다. 1권 1책의 목판본.

'아니오.' 이다.

그러므로 《동몽선습(童蒙先習)》의 작가는,

"오륜(五倫)이 있기 때문이다."

라고 하였으니, 그럼 오륜은 무엇인가!

부자유친(父子有親) : 아버지와 아들 사이에는 친밀함이 있어야 하고,

군신유의(君臣有義) : 통치자와 관료 사이에는 의리(義理)가 있어야 하며,

부부유별(夫婦有別) : 남편과 아내 사이에는 남녀 간의 분별이 있어야 하고,

장유유서(長幼有序) : 어른과 어린이 사이에는 존비(尊卑)의 차례가 있어야 하며,

붕우유신(朋友有信) : 벗과 벗 사이에는 믿음이 있어야 한다.

이상이 유가(儒家)에서 말하는 오륜이니, 이런 예절을 잘 지키며 사는 사람이 귀중하다는 것이다. 부언하면, 아버지와 자식 간에는 한 치의 틈도 없는 아주 가까운 사이라는 것이고, 군신(君臣) 간에는 지켜야할 예(禮)와 의(義)를 잘 지켜야 하며, 부부간에도 남편은 남편으로서의 예를 잘 지키고 부인은 부인으로서의 예를 잘 지키면 아무런 문제없이 백년해로할 것이다.

여기서 '분별이 있어야 한다.' 는 말씀은 남편은 남자이니 밖에 나가 일을 하고, 부인은 여자로서 임신과 출산 그리고 가내(家內)의

섬세한 부분까지 잘 챙겨서 항상 가정이 무리(無理) 없이 잘 돌아가도록 노력해야 한다는 것이며, 장유유서(長幼有序)는 어른은 어린이를 사랑으로 인도하고, 어린이는 어른을 존경으로 대해야 한다는 것이고, 벗과 벗 사이에는 반드시 믿음이 있어야 한다는 것이니, 이 믿음이 깨지면 이미 벗이 아니라는 말이다. 사람으로 태어나서 이렇게 본인의 본분을 다하며 국가와 사회에 보탬이 될지언정, 조금이라도 누(累)를 끼치는 사람이 되어서는 안 되어야 귀한 사람이 된다는 말씀이다.

그럼 사람 이외의 동물이나 어류들은 귀(貴)하지 않다는 말인가! 필자의 생각으로는 전혀 그렇지 않다는 생각이니, 일례로 밭의 흙속에 사는 굼벵이를 살펴보면, 굼벵이는 자신이 살기 위해 흙 속에서 먹고 싸며 활동하지만 농부의 입장에서 보면 굼벵이가 생땅에서 활동하면서 먹고 싸기 때문에 그 생땅이 농사짓기 좋은 옥토로 만들어져서 결국 농부의 생산력을 높이니, 농부의 입장에서 보면 너무 귀한 존재가 굼벵이인 것이고 사회적으로 생각해도 결국 우리들의 먹을거리가 풍성해지니, 아주 귀한 존재가 되는 것이다.

벌과 같은 곤충은 사람에게 많은 이익을 주는 동물이라는 것을 모든 사람들이 다 아니 재론할 필요가 없고, 사람이 아주 싫어하는 뱀을 놓고 말한다면, 뱀도 유익한 일을 많이 하는 파충류이니, 그 첫째는 벼와 보리 같은 곡물에 많은 해를 끼치는 쥐를 잡아먹으므로 사람에게 많은 이익을 준다. 그 둘째는 뱀은 독한 독기가 있는데, 이를 사람이 잘 이용하여 치료하기 어려운 병을 고치는 약재로 쓰이니 유익을 준다.

다음은 거미를 놓고 이야기해 보자, 거미는 항문에서 접착제 같은 끈적끈적하는 줄을 내어 공중에 그물을 치고 먹이를 기다린다. 모기, 파리 등 작은 곤충이 걸리면 이를 잡아먹고 사는데, 모기와 파리는 많은 질병을 전파하는 매개체의 역할을 하므로, 사람에게 많은 피해를 주는 곤충인데, 이를 다 잡아먹으니 아주 유익한 동물이다. 거미 역시 독을 가지고 있어서 과학자들이 이를 채취하여 인류의 병을 치료하는 약재로 쓰니, 이 역시 사람들에게 많은 유익을 주는 동물인 것이다.

다음은 식물류의 나무를 가지고 말해보자. 경기도 양평군 용문면 용문사에 있는 은행나무는 천연기념물 제30호로, 높이 42m, 가슴높이의 줄기둘레 14m이고, 수령(壽齡)은 1100년으로 추정한다. 가지는 동서로 28.1m, 남북으로 28.4m 정도 퍼져있다고 하는데, 이 은행나무는 약 1100년 동안 그곳에 서있으면서 매년 많은 은행이 열리니, 절에서 이를 수확하여 많은 수입을 올리고 있고, 그리고 그 잎 역시 약품을 만드는 원료로 쓴다고 한다. 그리고 파란 잎들은 항상 주위의 탁한 공기를 맑게 정화하여 신선한 공기를 유지하게 한다고 하니, 이 얼마나 귀중한 나무인가!

산의 나무와 들의 풀들 역시 봄에는 아름다운 꽃을 피워 우리들에게 즐거움을 주고, 여름에는 무성한 잎들이 탄소 정화작용을 하여 맑은 공기를 제공하며, 가을에는 열매를 맺어서 우리에게 먹을거리를 주니, 이 역시 우리 인류에게 많은 유익을 주는 것이다. 대략 간

략하게 기술했는데, 만약 이를 자세히 기록한다면 이 세상의 종이가
모자랄 판이다.

그러므로 이 세상에서 가장 귀중한 존재는 사람이지만, 많은 동
물과 식물 모두 각기 특유의 특성을 가지고 있으면서 이 사회에 많
은 유익을 주며 살아간다고 보면 되니, 이들 모두 이 세상에 없어선
안 될 귀중한 존재들이다. 그런데 중요한 것은 사람은 못된 행위를
많이 하지만, 식물과 동물은 절대로 이런 행위를 하지 않는다. 그냥
천리(天理)를 따라 살아가면서 이 세상에 유익함을 주니, 오히려 사
람들이 이들의 천리를 따라서 살아가는 아름다움을 본받아야 하지
않겠는가!

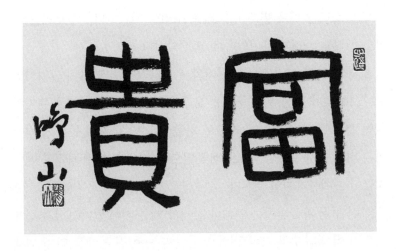

도시 속의 참새

참새하면 떠오르는 것은 옛적 시골에서 살 때에 새벽이 되면 많은 참새들이 나뭇가지에 옹기종기 둘러앉아서 '쩍 쩍 쩍' 하고 울어대면 어느새 잠에서 깨어났던 어린 시절이 생각난다. 이때 울어대는 참새의 소리는 매우 맑고 싱그러운 소리로 기억한다. 이 소리는 아마도 천상의 소리가 아니었나 하고 생각한다.

필자의 어린 시절 50~60년대의 우리나라는 농업이 주산업이었으니, 100호가 넘는 우리 동네는 모두 농사를 지어서 생계를 유지하였던 것으로 사료된다. 그러므로 가을이 되면 들판의 논은 누렇게 익은 벼로 인하여 황금빛으로 물들었으니, 아마도 이런 광경은 예나 지금이나 매한가지일 것이다.

이런 누런 황금벌에는 언제나 참새가 떼를 지어 날아와서 누렇게 익은 벼이삭을 모두 쪼아 먹었으니, 농부는 이런 참새를 막기 위해 논의 가에 원두막을 짓고 그 안에 앉아서 논에 참새가 날아오면 '훠이 훠이' 하고 소리를 쳐대었다. 그러나 참새들도 영리하여 이런 미지근한 소리에는 눈 하나 까딱하지 않고 그냥 마구 누렇게 익은 벼 이삭을 쪼아먹었으니, 보다 못한 농부는 짚으로 똬리를 만들어서 허공에 대여섯 번 돌리다가 단단한 땅에 탁하고 치면 우레 같은 소리가 천지를 울렸는데, 이 소리를 들은 참새는 놀라서 날아갔던 것으로 기억한다.

당시 농부의 입장에서 보면, 참새는 분명 익조(益鳥)가 아닌 해조(害鳥)임에 틀림이 없다. 그러나 참새가 어찌 벼이삭만 쪼아먹겠는가! 당시 논의 벼에 붙어있던 메뚜기 등 해충도 모두 잡아먹었을 것이니, 이는 익조(益鳥)의 역할도 겸하였다고 생각한다.

당시 어린이였던 필자는 어린 마음에 참새를 잡으려고 짚더미 옆마당의 눈을 쓸어내어 맨땅이 드러나게 하고, 그곳에 벼를 뿌려놓은 다음 그곳에 삼태기를 엎어서 나무토막으로 고이고, 그 고인 나무에 새끼를 매어 연결한 뒤에 미리 뿌려놓은 삼태기 밑의 이삭을 먹으러 참새가 들어오면 급히 줄을 당겨 참새를 잡았으니, 이는 고희(古稀)가 넘은 지금도 아름다운 추억으로 남아있다.

물론 풍요로운 생활을 하는 21세기의 오늘날에 생각하면 '참새도 고귀한 생명을 가진 동물인데, 아무런 가책 없이 잡아먹는가!' 고 말할 수가 있으리라. 그러나 이는 어려운 시기를 살아보지 못한 요즘 사람들의 이야기이고, 당시에는 당장 먹고사는 것이 당면한 과제였으므로, 여타 금수(禽獸)의 생사(生死)를 생각할 겨를이 없었다. 당

시 속담에는,

"참새고기 한 점이 황소고기 한 마리보다 낫다."

고 하였으니, 참새는 아주 작은 새이므로 이 고기는 뼈를 발라낼 필요 없이 그냥 입에 넣어 씹으면 잘 씹히므로 먹기에 좋고, 그리고 참새고기는 양기(陽氣)를 돋궈주므로 요즘 말하는 '비아그라' 같은 효능이 있다고 하니, 양기가 부족

군작도

한 사람은 이를 통하여 보양(補陽)을 할 수가 있었을 것이다.

고희(古稀)가 넘은 필자는 매일 의정부 회룡역에서 종로3가역까지 전철을 타고 가서 익선동 골목을 지나 사무실에 출근하는데, 익선동 골목을 지나노라면 아기의 주먹만 한 작은 참새들이 골목에 날아와서 먹이를 쪼아먹는다. 이곳은 아마도 음식점이 줄지어 있는 곳이므로 그 음식점에서 나온 찌꺼기를 날마다 쪼아먹지 않나 하고 생각한다.

이곳은 참새가 살기에 좋은 나무가 없고 도회지의 회벽과 골목길의 삭막함 밖에 없는 곳인데, 어디에 둥지를 틀고 사는지 알 수는 없지만, 필자가 출근하는 아침이면 이곳 골목에는 어여쁜 참새들이 짹

쩩거리며 길 위에서 무얼 쪼아먹다가 필자가 나타나면 사뿐사뿐 뛰어서 달아난다. 이를 보고 있노라면 사랑스럽고 예쁘기 그지없다.

지금은 어렸을 적에 참새를 보면 "잡아먹어야겠다."던 생각은 온데 간데없고, 그저 무얼 주고 싶고 같이 있고 싶고 한없이 이들을 보고 싶을 뿐이다. 아마도 나의 배가 부르니, 인자한 마음이 발동하여 그럴 것이라고 생각한다.

참새는 한자로 작조(雀鳥)라고 하는데, 이 작(雀)자는 벼슬 작(爵)자와 음이 같으므로, 예부터 화가는 벼슬길에 나가라는 뜻으로 군작도(群雀圖)를 그려서 관료 지망생에게 선물했다고 한다.

요즘은 평생직장이 보장된 공무원이 대세라고 하니, 공무원이 되려고 공부하는 사람의 방에 군작도(群雀圖) 한 점 정도 걸어놓으면 매일 시험공부에 시달리는 수험생의 마음을 다스리는 묘약이 될 수도 있을 것이고, 또는 시험에 합격하여 벼슬길에 나가라는 뜻도 있을 것으로 사료되어, 필자도 다음부터는 군작도(群雀圖)를 많이 그려서 많은 사람들에게 선물하고픈 생각이 불현듯 난다.

아! 이 일을 어찌하나!

올해는 벚꽃이 예년에 비해 15일 정도 빠르게 피었다. 오늘이 2021년 4월 1일인데, 의정부 샛강 가에는 흐드러지게 만개한 벚꽃이 눈부시다.

사실 풀과 나무가 꽃을 피우는 것은 우리들에게 기쁨을 주기 위해 피는 것은 아니다. 이는 하나의 자연적인 현상으로, 초목이 이 세상을 살아가면서 자기에게 부여받은 임무를 완성해가는 하나의 과정으로 보면 되니, 그럼 그런 과정은 무엇을 위함인가! 다름이 아니고 열매를 맺어서 그 열매가 다시 이 땅에 떨어져서 싹을 틔우게 하려는 하나의 작업이고 투쟁인 것이다.

이는 민들레꽃을 잘 관찰해 보면 더욱 확실히 알 수가 있으니, 민들레꽃은 아름다워서 모든 사람들이 좋아하는 꽃이지만, 꽃이 지고 열매를 맺게 되면 솜털같이 가벼운 열매가 나풀거리는데, 이 열매는 잔잔한 미풍에도 공중을 날아 먼 곳에까지 가서 떨어진다. 그럼 그 씨앗은 다음 해에 그곳에서 자라서 또 꽃을 피우고 열매를 맺고, 또 하늘을 날아 다른 곳으로 가서 그곳에서 새 삶을 시작하는 것이니, 모든 초목이 매년 이런 행위를 계속하여 자신의 후손이 이 지구상에 남아서 계속 살아가게 하는 역할을 충실히 이행하는 것이다.

초목이 이러한 작업을 계속하기 때문에, 우리가 사는 지구는 항상 푸름을 유지하는 것이다. 또한 이렇게 푸른 지구가 되어야 맑은 공기가 생성이 되어서 이 지구상의 모든 생명체가 건강하게 살아갈 수가 있는 것이니, 이런 작용을 "천리(天理)의 작용"이라고 하는 것이다.

현재 우리나라는 문재인 정부 4년째인데, 그간 국토교통부에서는 주택정책을 25번 정도 변경하여 발표하면서 오르는 집값을 잡겠다고 야당법석을 쳐댔지만, 그 방법이 잘못되어서 그런지는 몰라도 서울과 경기지역에서는 집값이 한 채에 수억 원씩 올랐다.

친한 벗의 아들이 강동구에서 34평의 아파트에 사는데, 그 값이 무려 19억 원에 이른다고 하고, 필자가 살고 있는 의정부의 중앙2구역 재개발 지역 아파트 32평이 9억 원에 매매되었다고 한다. 우리들이 살아가는 주거공간인 아파트가 이렇게 많이 올랐으니, 학교를 막 졸업하고 취직을 하고 결혼을 해야 하는 이 나라의 청년들은 자신이 벌어서 집을 사는 것은 하늘의 별을 따는 것과 다름이 없게 되었고 전세를 얻기도 어려운 실정이 되었다.

우리가 살아가는 주택이란 누구나 마음만 먹으면 들어가서 살 수 있는 주거공간이 되어야 아름다운 세상이고 살 만한 세상인데, 지금 우리는 그렇지가 못하니, 정말로 "아! 이 일을 어찌하나!" 이다.

필자는 수필집을 4집까지 내면서 항상 주장하는 주제가 있으니, 그것은 우리의 사랑하는 젊은이들에게 주는 말씀, 즉
"결혼을 해서 아기를 낳는 것이 천리(天理)에 부합하는 것이다."
라고 하는 말이다. 왜냐면 앞에서 초목에 대하여 말한 것과 같이 사람도 자식을 계속 생산해야 우리가 살아가는 이 지구가 아름다운 세상이 되기 때문이다.

요즘은 자식을 낳으면 훈육(訓育)하는데 많은 돈이 들어가기 때문에 좀 능력이 부족한 젊은이들은 이런 점에서 결혼을 주저하고 망설이는 경우가 많다는 것을 필자도 잘 안다. 거기에 문재인 정부 들어서서 집값이 천정부지로 뛰었으니, 당장 결혼을 하면 전세를 얻는데 들어가는 돈만 해도 수억 원이 필요한 세상이 되었으니, 참으로 결혼하기 어려운 세상이 되었다. 이 일을 어찌하는가!

그리고 정부에서는, 현재 시행하고 있는 정책이 잘못되었다는 것이 확인이 되면 빨리 수정하여 바로잡아야 하는 것인데, 이 문재인 정부는 그렇게 수정하는 것을 필자는 한 번도 보지 못했다. 그저 자신이 원래 정한 정책을 처음부터 끝까지 밀어붙이기만 한다.

이들이 처음부터 밀어붙인 정책 중위 하나인 "소득주도성장"이라는 정책도 매한가지이니, 이 정책은 즉 소득주도성장론(所得主導成長論, Income-led growth)으로, '가계의 임금과 소득을 늘리면 소

비도 늘어나 경제성장이 이루어진다.'는 이론을 바탕으로 한 경제정책인데, 소득이 낮은 계층의 임금인 최저임금을 대폭 올려놓으니, 기업인은 당장 부담이 커지므로 직원을 줄이게 된다. 따라서 낮은 임금을 받고 근무하는 직원은 실직이 되어서 아예 직장을 잃게 되니, 쪽박조차 깬 셈이 되었다.

필자가 졸업한 성균관대학교 유학대학원은 이곳을 졸업한 박사가 60여 명이 있다. 이들 중에 매년 30여 명의 박사가 강사로 채용이 되어서 강의를 할 수가 있었는데, 이 정부에서 최저임금을 대폭 올려놓으니, 학교에서는 재정적 부담이 너무 커져서, 강사 1인만 쓰고 나머지 29명은 강의를 주지 않아서 결국 실업자가 되었다고 탄식하는 동료박사의 말을 들은 기억이 난다. 사실 정부에서는 낮은 임금을 받는 사람들을 좀 더 많은 임금을 받게 하려는 좋은 뜻에서 펼친 정책이었지만, 사용자인 기업의 형편을 간과하고 펼친 정책이었기에, 결국 실업자만 늘려놓은 정책이 되고 말았다. 아직도 이 정책은 유지되고 있는 것으로 안다. 그러므로 결국 대한민국 역사상 최고의 실업자를 양산한 정권이 되고 말았다.

이러한 정국 아래에서 '결혼해라', 또는 '자식을 낳아라' 하는 것이 조금은 유감스러운 말이지만, 그래도 이 지구 안에서 사는 만물(사람을 포함)은 모두 천리(天理)를 따라야 잘 사는 것이니, 그러므로, 공자께서는,

"천리를 따르는 자는 살고, 천리를 거스르는 자는 죽는다."

고 말씀한 것이 아닌가!

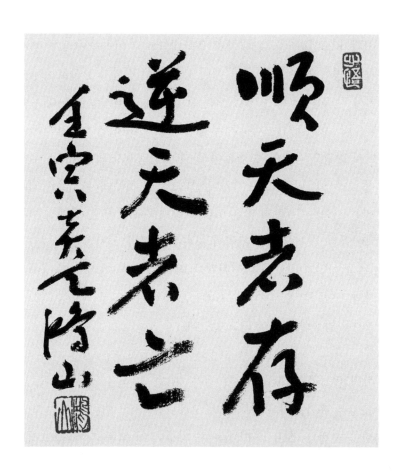

코로나19 괴질 3년

코로나19는 2019년에 발생한 코로나바이러스에 붙여진 이름이다. 예전 조선시대에는 이런 괴질을 역병(疫病)이라 불렀다.

코로나19라는 괴질이 발생하자, 정부에서는 '질병관리본부'를 '질병관리청'으로 격상시키고 거국적으로 질병퇴치에 노력한지 벌써 3년째인 2021년 2월이다.

이 병은 전염율과 치사율이 높아서 국민 개개인이 모두 마스크를 쓰고 생활을 한다. 필자 역시 마스크를 쓰는 것이 생활화되었다. 아침을 먹고 마스크를 쓰고 집을 나와 전철을 타고 출근하고 사무실에 들어와서 비로소 마스크를 벗는다.

이 코로나19는 전염성이 매우 강한 질병이다. 주로 이야기할 때에 입에서 나오는 타액(唾液)으로 전염이 되기 때문에 마스크가 꼭 필요한 질병이다. 그러나 식당에 가서 음식을 먹을 때에는 마스크를 벗고 먹어야 하기 때문에, 주로 식당에서 많이 전염되는 것으로 안다. 그래서 식당에서도 칸막이를 설치하기도 하고, 아니면 간단한 간대를 중앙에 설치하여 타액이 옆으로 튀기는 것을 막는다.

그러므로 필자는 음식점을 갈 때에는 주로 홀이 넓고 식탁을 비교적 띄엄띄엄 띄어놓은 곳을 찾아가서 식사를 한다.

2021년 2월에 들어서서는 정부에서 좀 느슨한 방역으로 전환하여, 식당의 영업 마감시간을 오후 9시에서 오후 10시로 늦추었고, 질병관리청에서도 환자가 생기면 병이 발생한 원인을 추적하여 조사하는 '추적조사'를 없앤다고 한다. 그래서 그런지는 몰라도 요즘 질병 발생률이 아주 높아져서 2월 24일에 발표한 전국 코로나19 발생 현황을 보면 하루에 54,513명이나 발생했다고 하니, 작년도에 비하면 엄청나게 많은 환자가 발생하는 것으로 사료된다.

다만 2019년 코로나가 처음으로 발생할 때에는 치사율이 엄청나게 높았는데, 지금은 많이 약화되었다고 하니 약간 안심은 되나, 그러나 기저질환자나 노인 등 비교적 건강이 좋지 못한 사람들은 아직도 위험천만한 질병이다. 그리고 이 질병에 걸리면 질병관리청의 방침에 따라 약 15일간의 격리 기간을 두고 치료를 해야 하기 때문에 자신이 하던 일을 멈추고 외부에 격리되므로, 매일 하던 일이 맥이 끊기는 곤란함이 있다.

그리고 전에는 한 자리에 6명 이상의 인원이 모이지 못하게 하였으므로, 금년(2021) 설에도 우리 집은 큰 아들네와 작은 아들네가 함께 모이지 못하고 큰 아들네 4식구가 먼저 와서 세배를 하고 간 뒤에 작은 아들네 4식구가 와서 세배를 하고 갔으니, 형제간에도 3년이 되도록 만나지 못하고 손자들이 4촌간에도 만나지 못하는 것이 현실이다.

큰며느리는 보건직 공무원이기 때문에 3년째 보건소에서 코로나19와 씨름하고 있다. 퇴근도 일정하지 않고 집에 퇴근을 해서도 항상 대기상태로 있어야 하며, 외출을 해도 30분 내에 보건소에 갈 수 있는 거리까지만 허용이 된다고 하니, 고생이 이만저만이 아닌 것으로 안다.

필자 역시 98세인 어머니가 일산의 동생네 집에 계신데도 찾아뵙지 못한다. 왜냐면 혹시 코로나19가 100세가 다 된 노인에게 전염이 되는 것을 미리 막아야 한다는 계산 때문이다.

필자는 평소에 1년에 한 번씩은 외국여행을 하였다. 2019년 6월에 중국 황산에 다녀온 뒤에 코로나19가 발생하여, 그 뒤로는 외국 관광을 하지 못하고 있다. 필자는 주로 중국 관광을 많이 하는 편이다. 왜냐면 필자가 서예가이고 한문을 번역하는 일을 하기 때문에 중국을 가면 서예부문의 보고 배울 것이 무척 많고, 그리고 한문을 사용하여 필자와는 의사(意思)가 통하기 때문에 그쪽을 주로 관광을 한다.

식사하는 것도 필자는 중국음식이 비교적 잘 맞는 편이다. 그리고 필자는 알콜의 도수가 높은 중국 술을 좋아한다. 많이 마시는 것은 아니고 그냥 애주로 한두 잔 마시는 정도이다 보니 도수가 높은 중국 술이 좋다.

그런데 코로나19 때문에 외국 관광을 거의 3년간 못하고 있으니, 좀이 쑤셔서 죽을 지경이다. 하루빨리 괴질 코로나19가 퇴치되기를 기대해 보지만, 그러나 이는 희망사항에 불과하다. 지금까지 코로나19의 진행과정과 방역상황을 헤아려보면, 아마도 코로나19는 앞으로 일반 감기처럼 그 질병과 같이 살아야 하지 않나 하고 생각한다.

그 대신 치료제가 반드시 나와야 한다. 그렇게 되어야 코로나19에 걸리면 즉시 치료제를 복용하고, 그리고 계속적으로 하던 일에 열심히 하는 생활을 해야 개인의 일도 중간에 단절이 되는 염려가 없고 사회적으로도 국가적으로도 무리가 생기지 않을 것이다.

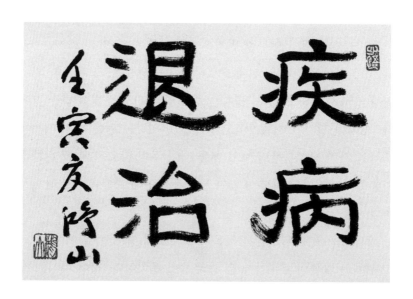

나의 어머니

어머니는 1925년 음력 9월 18일에 충남 부여군 은산면 가곡리 곡부(曲阜)에서 태어나셨으니, 때는 왜정 16년이고, 16살이 되던 1940년(왜정 31)에 부여군 내산면 마전리 삼바실에 사는 옥천전씨 전재관이라는 농사짓는 청년에게 시집을 왔고, 이후에 모친의 부모님은 두 아들을 인솔하고 간도(間道)[7]로 이민을 갔으므로, 이후로 어머니께서는 친정과의 연락이 끊기었으니, 평생을 친정에 대한 그리움으로 살아가셨다.

필자가 이 수필을 쓰는 일자는 서기 2022년 3월 11일이니, 어머니의 연세는 우리나라 나이로 98세이다.

---

7 간도(間道): 중국 길림성(吉林省)의 동남부 지역. 두만강 유역의 동간도와 압록강 유역의 서간도를 통틀어 이른다. 일제 강점기에 우리나라 사람이 많이 살았다.

어머니는 농군의 아내가 되었으므로, 평생 동안 농부의 뒷바라지를 하면서 살았고, 5남 3녀의 자녀를 낳아서 길렀다. 필자는 둘째 아들이니, 현재 서예가이면서 한문번역원을 서울시 종로구 낙원동에서 운영하면서 전국에서 들어오는 한문에 대한 모든 것을 번역하여 주고 있다. 참고로, 필자의 나이는 만 74세이다. 어머니의 첫째 아들은 한국전력에서 처장을 역임하였고, 은퇴하여 대한민국 중전기협회 회장을 역임하였으며, 지금은 서울 오류동에서 살고, 셋째 아들은 현재 주택관리사로, 아파트 관리소장에 재임 중이다.

딸 셋 중에 셋째 딸은 시인으로, 대전일보 신춘문예에 당선되어, 현재 대전에서 유명한 시인으로 활동하고 있고, 매제는 국방과학연구소에서 연구원으로 재직한다. 둘째 딸은 고등학교 선생에게 출가하여 세종시에 살고, 첫째 딸은 주택관리사에게 출가하여 서울에서 잘 살고 있다. 넷째 아들은 제약회사에 다니다가 현재는 중소기업에 근무하면서 서울 신길동에서 잘 살고 있고, 막내아들은 중(重)보일러 사업을 하면서 잘 살아가고 있다.

어머니는 가난한 농부에게 시집와서 결혼생활을 왜정(倭政)이 한참 성하던 시기에 시작하였고 5남 3녀를 길렀지만, 다행히 자식들이 재주가 좋은 편이어서 공부를 잘하였기에, 모두 성공적인 삶을 사는 것으로 사료된다.

또한 자녀 중에 한 사람도 중간에 죽지 않았고, 교통사고 등 커다란 사고를 당하지 않고 지금까지 잘 살고 있으니, 이는 부모님께서 평생을 통하여 쌓은 덕이 많기에 자녀들이 이렇게 평온한 삶을 사는 것으로 필자는 생각하고 있다.

어머니는 상부(喪夫)한 뒤에 평소 사시던 부여의 본댁에서 사셨다. 큰아들이 직장에서 은퇴한 뒤에 시골의 집을 중수하고 모시고 살았는데, 큰며느리가 2021년 위암에 걸려서 고려대학병원에 입원하여 수술을 받았기에, 지금은 셋째 아들이 모셔와서 지내시다가 셋째 며느리가 코로나19에 걸려서 둘째인 필자가 모시고 있다.

현재 98세의 어머니는 허리가 굽어서 반듯하게 세우지 못하는 실정이고, 허리가 굽었으므로 한쪽 다리도 약간 불편하다고 하나, 아직까지는 화장실 출입은 홀로 담당하시니 다행으로 생각한다. 또한 식사는 맛있게 잘하시고 계신 반면에 귀가 잘 들리지 않아서 TV를 보면 소리가 들리지 않고 자막으로 보이는 큰 글씨를 보고 이해를 하신다고 한다. 그러나 귀에 대고 하는 전화통화는 잘 들려서 아직도 본인의 자녀들과 전화통화를 하시면서 이를 낙(樂)으로 삼고 사신다.

어제 저녁에 잠깐 시집왔을 때의 생활을 말씀하시었으니, 임오년(1942)의 가뭄에 농가에서는 논밭에 작물을 심지 못하여 모두 백답(白畓)으로 1년을 지냈다고 하시면서 일가 한 분이 논에 메밀을 심어서 수확한 메밀 1말을 사다가 맷돌에 갈아서 가루를 내고, 쑥을 삶아서 메밀가루를 묻히고 이를 삶아서 끼니를 때웠다고 하셨으니, 식구는 많고 수확한 곡식은 없으니, 그때의 고통은 오늘날 북한보다도 더 못한 생활이었던 것이다. 그도 그럴 것이 곡식을 수확하면 일제가 모두 빼앗아가서 전쟁의 물자로 썼으니, 생활이 오죽하였겠는가!

한 해는 일제가 모든 밭에 목화를 심으라고 했다고 한다. 왜냐면 목화씨에서 나오는 기름을 뽑아서 전쟁의 물자로 쓰기 위한 것이었다니, 당시 살기 어려운 농촌에서 곡식을 심지 못하고 목화만 심었으니, 그렇다면 농민은 무엇을 먹고 살란 말인가? 그러나 나라를 잃은 당시의 우리나라 국민들은 그들이 하라면 해야지, 이를 거부하면 곧장 법으로 제재를 가하였기에, 하라는 대로 따를 수밖에 없는 실정이었으리라.

필자가 어렸을 때에 어머니의 모습을 회상하면, 어머니는 당시 마을에서 가장 아름다운 미인이었다고 생각한다. 어머니께 이런 말씀을 들은 기억이 난다. 같은 동네에 연척 간인 안씨네가 사는데, 그 집에서 하얀 밀가루를 반죽하여 수제비를 만들면서 그 집의 딸이 하는 말,

"이 뽀얀 밀가루 반죽이 마치 아무개 아주머니네 며느리 살결 같네."

고 하였다고 한다. 그리고 우리 어머니는 초등학교는 나오지 않았지만 야학에서 한글을 깨우쳐서 당시 《춘향전》 같은 소설을 잘 읽었으니, 동네 아줌마들이 밤이면 우리 집에 모여서 소설을 읽어달라고 하여, 많은 여인네들을 모아놓고 책을 읽어주는 것을 필자도 어린 시절에 본 기억이 있다.

그 뒤에 필자는 어머니가 혼자 시골에 사시면서 심심할 것을 생각하여 수필을 쓴 일이 있으니, 뭐 조선시대에 김만중 선생이 어머니를 위하여 《사씨남정기》를 써서 어머니께 올린 것과 같이, 필자도

어머니께서 홀로 되셔서 심심할 때에 읽으시라고 필자가 쓴 책 몇 권을 올려드렸고, 어머니께서는 이 책을 읽으시고 중요한 구절을 암송하시면서 남들과 같이 고사(故事)를 이야기하는 것을 보고, 필자가 뿌듯한 긍지를 느꼈던 기억이 생각난다.

성형수술

성형수술에서 성형(成形)의 뜻을 국어사전에서는 '외과적(外科的) 수단으로 신체의 어떤 부분을 고치거나 만듦.'이라고 되어 있다. 즉 이는 아름답지 못한 부위를 아름답도록 고치는 것이니, 이렇게 하려면 의사들이 칼과 톱으로 뼈를 자르고 피부를 떼어내어 다른 곳에 붙이는 행위를 말한다.

오래 전부터 농사꾼들은 과실나무에 열매가 크고 맛이 좋은 종자를 접붙여서 좋은 과실을 생산하여 농가소득을 높였으니, 일례로 감나무의 일종인 고염나무에 단감나무를 접붙여서 소득을 올리기도 하였고, 보름달처럼 크게 여는 박의 줄기에 수박을 접붙여서 박처럼 큰 수박을 생산하여 농가소득을 올리기도 하였으니, 이런 유의 행위도 저것을 가져다가 이쪽에 붙이는 행위이니, 사람의 몸을 성형수술하는 행위와 유사한 행위라 할 수가 있다.

그러므로 얼굴이 모가 나서 밉게 보이는 처녀가 이 모난 **뼈**를 깎아내어 타원형의 얼굴을 만들어서 어여쁘게 보이도록 하기도 하고, 얼굴에 난 기미나 점 등을 성형하여 깨끗한 얼굴을 만들기도 하니, 참 좋은 세상이 되었다.

또한 얼굴에 화상을 입어서 얼굴이 쭈글쭈글하게 된 사람의 얼굴에 매끈한 피부를 떼어다 붙여서 본래의 얼굴을 만들기도 하니, 이런 성형수술은 절망에 빠져있는 사람을 희망의 세상으로 바꿔놓은 일대 쾌거가 아닌가 하고 생각한다. 이런 성형수술을 힘입어서 성형외과의사들은 많은 수입을 올리기도 한다.

필자가 잘 아는 성형외과의사는 명동에서 성형외과를 경영하여 많은 돈을 모아서 충남 서산에 종합대학을 만들어서, 지금은 많은 인재를 양성하는 종합대학의 총장으로 활동하기도 한다.

필자는 성형수술 같은 것은 하나의 사치(奢侈)라 생각하고 아예 생각조차 않고 살았는데, 고희가 넘은 나이에 왼쪽 눈 밑에 물사마귀가 생겨서 계속 솟아나고 있었고, 또한 왼쪽 눈 위에는 검은 점이 여러 개가 있었으니, 검은 점만 있을 때에는 성형하여 없애려는 마음이 간절하지 않아서 그럭저럭 세월을 보내는 중에 물사마귀가 생기니, 이는 그냥 두고 볼 일이 아니라는 판단에, 필자가 단골로 다니는 피부비뇨기과에 찾아가서 의사와 상의하고 수술을 하였다.

의사가 하는 말, '사마귀는 수술을 해도 또 솟아나는 경우가 있으니, 잘 생각해서 하세요.' 고 하였으니, 필자는 생각하기를, '다시 나오면 또다시 하면 된다.'고 생각하고 수술을 단행하여 지금은 얼굴에 사마귀가 없어진 상태이다.

　필자가 어렸을 때에 사마귀에 대한 단상(斷想)이 있으니, 1950년대와 1960년대는 필자는 10대의 나이였으니, 이때는 손에 사마귀가 다닥다닥 나와 있는 어린이가 많았으니, 당시 속담에는 '떨어지는 낙숫물에 손을 대고 있으면 사마귀가 떨어진다.'고 하였으므로, 비가 많이 내리는 날이면 추녀에서 떨어지는 낙숫물이 손 위에 떨어지게 하고 오랫동안 서있었던 기억이 지금도 생각난다. 그러나 이런 행위를 해서 사마귀가 떨어지는 경우는 보지 못하였고, 쥐도 새도 모르는 사이 어느 날 손을 펴보니 손에 다닥다닥 난 사마귀가 떨어져서 하나도 보이지 않았으니, 이런 경험을 필자도 한 번 하였다. 아마도 신체에 어떤 변화가 생겨서 사마귀가 떨어져 나가지 않았나 하고 생각한다. 필자는 과학자가 아니니, 과학적인 해석은 하지 못한다.

세상에서 가장 맛있는 커피의 맛

커피의 역사는 에티오피아의 커피 지역에서 1857년에 발견되었다고 전해진다.

필자가 커피를 처음 접한 것은 어린 시절 1950년대에 시골의 농촌에 살고 있었는데, 당시 서울에서 고향에 내려온 모 형이 커피로 만든 과자 같은 것을 주어서 먹어봤는데, 맛이 써서 그냥 뱉어버린 기억이 있다.

필자는 모 제약회사에 다니다가 퇴사하고 작은 사업을 하였는데, 당시 손님이 찾아오면 다방에 가서 커피를 마시며 이야기를 나누었으니, 손님이 하루에 10명이 찾아오면 그날은 커피 열 잔을 마시는 날이었다. 왜 커피를 계속 마셨는가 하면, 당시 다방에는 국화차나 율무차 등의 국산차가 있었는데, 커피보다 값이 비싼 편이었다. 그래서 주머니 사정을 생각하여 주구장창 커피만 마셨으니, 저녁때가 되면 입맛이 깔깔한 때가 많았었다.

커피에는 중독성이 있으니, 요즘은 필자 역시 하루에 한 잔을 꼭 마셔야 입맛이 개운하다. 전에는 두세 잔 정도는 마셨는데, 고희를 넘기고부터는 커피를 두 잔 마시면 밤에 잠을 설치게 되어서 단 한 잔으로 줄인 것이다. 마음은 항상 커피를 더 마시고픈 생각이 있어서, 디카페인인 맥심을 사다놓고 한 잔 더 마시기도 한다.

향기에 대하여 말한다면, 커피향보다 더 좋은 것은 없으니, 중국 사람들이 음식을 만들 때에 많은 향신료를 넣어서 만드는 것으로 안다. 그러나 풍겨 나오는 향기를 말한다면, 커피에서 나오는 향기만큼 좋은 향기는 없는 것으로 안다. 노루의 배꼽에서 나온다는 사향도 커피향보다는 좋지 못할 것으로 필자는 생각한다.

사향은 향기가 멀리 퍼진다고 한다. 그래서 옛적에 권번(券番)[8]에 있는 어여쁜 기생들은 모두 사향을 허리에 차고 다녔다고 한다. 이는 아마도 이 향기가 그 기생의 매력을 돋보이게 하므로, 기생이 더 많은 인기를 누리려고 한 것이 아닌가 하고 생각한다.

이제 커피의 맛에 대하여 말하겠다. 필자는 고희를 넘긴 사람이기 때문에 취향이 젊은 사람들과는 좀 다르다. 젊은이들은 설탕과

---

8 권번(券番) : 일제강점기에, 기생들의 조합을 이르던 말. 노래와 춤을 가르쳐 기생을 양성하고, 기생이 요정에 나가는 것을 감독하고, 화대(花代)를 받아주는 따위의 중간 구실을 하였다.

프림이 들어가지 않은 순수한 커피만을 물에 타서 마시지만, 필자 같은 경우는 설탕과 프림를 탄 믹스커피를 잘 마신다. 혹 어떤 사람은 프림과 설탕이 인체에 좋지 않으므로 믹스커피를 마시지 않는다고 하지만, 필자와 아내는 믹스커피를 한 잔씩 마시는 대신 양파껍질을 끓인 물을 숭늉 대용으로 마시어서 프림과 설탕의 안 좋은 부분을 중화시키고 있다.

필자는 70평생 가장 맛있는 커피를 먹은 경험이 있으니, 이는 나의 고희 기념 여행으로 베트남에 여행하였을 때의 일이다. 우리 일행이 어느 커피점에 들어가니 한국 사람이 커피를 제조하여 맛을 보여주면서 봉지커피를 팔고 있었으니, 이곳의 주인인듯한 한국 사람이 덩이커피를 갈아 커피를 제조하여 아주 작은 컵에 넣어주면서 마시기를 권하였다. 그래서 이 커피를 마셨는데, 약간 단맛을 겸한 진한 커피 맛이었으니, 향기도 좋고 맛도 좋았던 것으로 생각한다.

뭐, 필자는 서민 중의 서민이기 때문에 호텔 같은 곳은 외국에 여행 갔을 때만 이용하였고, 국내에서 호텔을 이용한 경우는 아주 드문 편이어서 호텔에서 나오는 비싼 커피의 맛은 잘 모르는 편이다.

여하튼 아침에 출근을 하면 책상 앞에 앉아 먼저 커피를 한 잔 타서 마시는 여유가 제일 좋은 시간이고, 제일 멋있는 시간이 아닌가 하고 생각한다.

자연에 동화된 삶

《논어》에 보면,

"자연을 따라 사는 사람은 살고, 자연을 어기며 사는 사람은 죽는다.〔順天者存 逆天者亡.〕"

라고 하였으니, 무슨 말씀인가! 이는 '천리(天理)를 따라서 살아가는 자는 건강하게 잘 살고, 천리(天理)를 거역하며 살아가는 자는 병이 들어 죽는다.' 라는 뜻일 것이다.

하루는 낮과 밤이 합하여 이루어지는 것이고, 이런 날이 30일이 되면 한 달이 되고, 한 달이 12번이 되면 1년이 된다. 그러므로 1년 동안에 낮과 밤이 합해지기를 365일간 계속되는 것이다. 그렇다면 낮은 무엇을 하는 시간이고, 밤은 무엇을 하는 시간인가! 낮에는 밝은 해가 중천에 떠있으니 일을 하는 시간이고, 밤은 칠흑같이 어두

우니 일을 하지 못하고 쉬는 시간이고 잠을 자는 시간이다. 밤에 잠을 자면서 에너지를 다시 충전해야 다음날 또 일을 하는 것이니, 잠을 잔다고 해서 시간을 허송하는 것은 결코 아니다.

반면에 낮에는 잠을 자고 밤에는 일을 한다면, 이는 순리(順理)가 아니고 역리(逆理)가 되니, 곧 공자께서 말씀한 역천(逆天)이 된다.

이런 직업을 가지고 사는 사람은 항상 역천을 하면서 사니, 반드시 건강에 이상이 온다. 그러므로 공자께서는 '죽는다.'고 말씀한 것이다.

순리(順理)의 삶은 욕심을 뺀 삶을 말한다. 즉 초목과 같이 봄이 되면 꽃을 피우고 열매를 맺고, 열매가 익으면 금수(禽獸)와 사람이 그 열매를 먹고 에너지를 얻는다. 그러나 그 열매의 안에 있는 단단한 씨앗은 먹을 수가 없다. 혹 먹는다 해도 다시 변(便)으로 나와서 이 세상에 버려지는데, 이렇게 버려진 씨는 다시 땅속으로 들어가서 싹을 틔우게 된다. 이 싹이 봄에 다시 꽃을 피우고 열매를 맺으니, 이러한 현상이 반복되는 것이다. 그러므로 초목은 이 세상에 남아있으면서 이 세상을 이롭게 한다고 생각한다.

초목은 자기 마음대로 이동은 하지 못한다. 그러므로 비가 오면 비를 맞고, 가뭄이 오면 그냥 버텨낸다. 절대로 욕심을 부리지 않고 천리(天理)를 따른다. 이러한 행위는 하늘이 주는 대로 따르는 행위이다. 봄이 되면 꽃을 피워 세상을 아름답게 만들고, 여름에는 무성하게 자라 세상을 희망의 세계로 만들며, 가을에는 단풍으로 옷을 갈아입고 겨울을 준비하고, 겨울에는 다음 해의 봄을 기다리며 인고의 세월을 보낸다.

사람도 초목과 같이 봄처럼 꽃을 피우는 사람이 있고, 여름의 무성함과 같이 부귀를 이루는 사람이 있으며, 가을에 열매를 맺는 것처럼 많은 성과를 이루는 사람이 있고, 겨울에 인고의 세월을 보내며 고생하는 것처럼 일이 잘 풀리지 않아서 계속 고생하는 사람이 있는 것이다.

그러나 겨울에 속한 사람이라고 해서 마냥 나쁜 것만은 아니다. 왜냐면 욕심을 부리지 않고 인고의 세월을 보내다 보면 반드시 훈풍이 불어오는 봄이 올 것이니까!

그러므로 욕심을 버리고 자연의 초목처럼 산다면, 이런 사람은 해로움이 오히려 이로움으로 바뀔 것이다. 그런데 이는 인고의 세월이 필요한 것이다. 즉 기다리는 지혜가 필요하다는 말이다. 이러한 사람을 자연에 동화된 사람이라 말할 수 있을 것이니, 일전에 TV에서 십수 년간 산속에서 탑을 쌓는 사람을 보았는데, 놀라운 것은 이 사람이 손을 허공에 뻗으니, 주위에 있는 산새들이 날아와서 그 손 위에 앉는 것을 보았다. 새 한 마리만 앉는 것이 아니고 주위에 있는 새들이 번갈아 와서 앉는 것을 보았으니, 필자는 생각하기를, 이 사람은 완전히 자연에 동화된 사람이 아닌가 하고 생각하였다.

산새들이 산인(山人)의 손에 와서 앉는다는 것은 산새들이 산인(山人)의 무욕(無慾)의 마음을 알았으므로, 새들도 이 산인(山人)을 무서워하지 않고 동화되어서 친구가 된 것이 아닌가 하고 생각한다.

무사(無私), 무욕(無慾)의 사람이어야 천리를 따르는 사람이고 자연에 동화한 사람이라 할 수가 있을 것이다. 이런 사람은 비교적 건강하게 세상을 잘 산다. 왜냐면 욕심을 내어 무리한 행동을 하지 않기 때문에 몸에 무리가 가지 않아서 건강이 유지되기 때문이다.

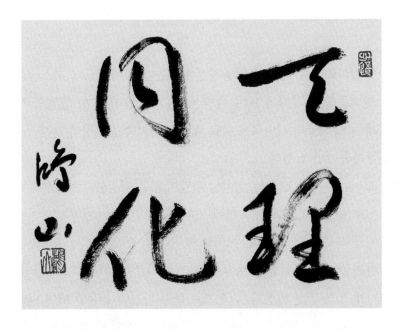

연명의료(延命醫療) 중단서를 신청하다

연명의료란 무엇인가? 임종과정에 있는 환자에게 ① 심폐소생술 ② 혈액투석 ③ 항암제 투여 ④ 인공호흡기 착용 ⑤ 수혈 ⑥ 혈압 상승제 등의 의학적 시술로서 치료 효과는 없이 임종과정의 기간만을 연장하는 것을 말하다.

그러니까 쉽게 말해서, 살아날 가망이 없는 입원환자에게 의사가 임시로 생명을 연장하려고 위에 쓰여 있는 1번에서 6번까지의 의료 행위를 하는 것을 말하니, 이러한 행위는 가족 입장에서 생각하면 환자는 살리지 못하면서 계속 약을 쓰고 치료를 하니, 의료비만 올라가게 되는 것을 말한다. 그러므로 환자 자신이 건강할 때에 미리 '국민건강보험공단' 을 찾아가서 '연명의료 중단서' 를 내는 것이다.

그런데 '연명의료 중단서'를 미리 써 놓지 않으면, 의사는 사람이 죽으려고 하면 생명을 연장하는 행위를 계속적으로 할 것이다. 그러나 환자의 보호자(자식들)는 담당 의사에게 생명연장의료를 중단하라고 할 수가 없을 뿐만 아니라, 의사의 연명의료를 중단하라고 부탁할 수가 없다는데, 딜레마가 있는 것이다.

자신의 부모가 호흡기를 달고 겨우 생명을 연장하고 있는데, 어떻게 그 호흡기를 떼어달라고 요구할 수가 있겠는가! 그래서 국가에서 법으로 이런 제도를 만들어놓고 연명치료 여부를 환자가 선택하도록 한 것이다.

우리 부부는 이런 제도가 있다는 것은 일찍이 알고 있었으니, 언제 건강보험공단에 찾아가서 연명의료(延命醫療) 중단 신청서를 써야한다는 생각은 항상 가지고 있었지만, 그것이 그렇게 급한 것이 아니라는 생각에 미뤄온 것이 나의 나이 만 74세가 된 오늘까지 이르게 된 것이다.

오늘 아침에 아내가 갑자기 건강보험공단에 가서 '연명의료 중단서'를 쓰자고 하기에, 나는 쾌히 '그러자'고 하고, 의정부 경전철 효자역 옆에 있는 건강보험공단 의정부지사에 가서 '연명의료 중단서'에 서명을 하고 돌아왔다.

예전에 필자의 부친께서 구로에 있는 모 효도병원에 입원하여 임종을 기다릴 때인데, 이때 가친의 몸은 모든 부분의 살은 하나도 없이 다 빠지고 오직 심장이 있는 가슴 부위에만 살이 조금 붙어있어서 겨우 숨만 쉬고 있을 때였는데, 의사가 알부민(보혈제) 주사를 놓으려고 하니, 옆에 있는 간호사가 우리에게 몰래 손짓을 하며, 그 알부민을 놓지 못하게 하라고 하는 것을 본 일이 있다.

이 호스피스 병동의 간호사가 왜 이런 행동을 했는가 하면, 부친께서는 자신이 간호를 맡은 환자이고 곧 임종을 기다리고 있는데, 공연히 알부민 같은 비싼 주사를 놓아 생명이 며칠 연장된다 해도 병을 치료하는 데는 전혀 도움이 되지 않기 때문이고, 이로 인하여 환자는 공연히 주사를 맞으며 고생하는 반면에, 생명을 살리지 못하면서 고가의 주사를 놓아서 돈을 벌려고 하는 의사의 행위를 막으려는 뜻이었다고 본다. 그리고 의사에게 우리의 의사를 전달하는 것도 꼭 장자(長子)만 할 수 있다고 하였으니, 차자인 나는 법적으로 의사에게 한 마디의 말도 요청할 자격이 없다고 하였다.

필자가 잘 아는 지인의 아들 부부가 의사이니, 어느 날 필자가 그 지인에게 요즘 의사의 봉급이 얼마나 되느냐고 물으니, 그 지인이 말하기를,

"우리 며느리는 두 종의 진료를 하니 많이 받습니다. 아마 2,600만 원쯤 받을 것입니다."

고 자랑스럽게 대답하였다. 이에 필자는 속으로 의사가 한 달에 2,600만 원을 받으면 좋기는 하겠지만, 2,600만 원을 봉급으로 받는 그 의사는 병원측에게 최소한 봉급의 두 배인 5,200만 원은 벌어주어야 될 것으로 생각한다.

우리나라 의사들의 1달 봉급이 평균 2,500만 원이 넘는다면, 그 의사들은 병원에 근무하면서 환자들에게 어떤 진료를 할지는 명확관화하다. 의사가 환자를 대하면서 무조건 돈을 뜯어낼 것만 생각하면서 진료해야 하지 않겠는가! 이런 의료 행위는 돈은 많이 벌지만 마냥 유쾌한 이야기는 아닌듯싶다. 왜냐면 일반 봉급자의 상식을 뛰어넘는 봉급이 되기 때문이다.

필자의 현재의 상황을 말하면, 나이가 만으로 74세이고 우리나라 나이로는 75세가 되는데, 아직도 우리 부부는 돈을 벌어서 써야 하는 형편이다.

큰아들 부부 모두 공무원이고 작은 아들 부부 모두 공무원이지만, 한 달에 우리 부부에게 주는 돈은 미미한 숫자로 알고 있다. 그렇다고 국민연금이 많으냐 하면 그것도 30만 원도 채 안 된다. 노인연금이 우리 부부 합하여 50만 원이 들어오니, 아마도 다 합하여 100원 정도 들어온다고 하면 맞는 말일 것이다. 그렇다면 우리 부부가 한 달에 최소한 200~250만 원은 써야 하니, 100~150만 원이 모자라는 숫자이다. 이는 필자가 벌어서 써야 하는 돈이다.

그러나 필자는 해동한문번역원 원장이고 서예가이다. 올해도 대한민국서예대전(국전)의 감수위원이고 작년에도 감수위원을 하였으니, 서예를 한 사람으로는 훌륭한 명예를 얻었고, 그리고 고문 번역도 이따금씩 들어오니, 우리 부부가 생활하는 데는 그렇게 궁하지는 않다. 그리고 올해(2022) 입주하는 아파트 가격이 많이 올랐는데, 필자는 이런 아파트를 두 채를 가지고 있으니, 이제는 가난한 선비가 아니다.

　오늘 우리 부부는 마지막 가는 길을 준비하기 위하여 특별히 시간을 내어 '연명의료(延命醫療) 중단서'를 보험공단에 제출한 것이다. 자칫 '연명의료(延命醫療) 중단서'를 내지 않고 있다가 어느 날 갑자기 중병으로 병원에 입원하여 호흡기를 붙이고 식물인간이 되어, 혹 병원에 누워있는 기간이 몇 년으로 길어지기라도 한다면, 이는 환자 본인에게도 불행한 일이고 자식들에게도 금전적으로 많은 부담을 안기게 될 것이므로, 그때를 예비하여 '연명의료(延命醫療) 중단서'를 내게 된 것이다.

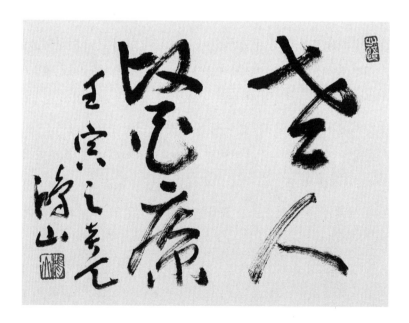

참으로 아름다운 세상

천지우주의 공간 사이에는 별의별 일이 있다고 본다.

우선 천체(天體)를 살펴보면, 첫째로 해와 달과 별이 있으니, 해와 달은 각기 하나로 이루어졌지만, 별은 그렇지 않으니 별의 수가 몇 이나 되는지는 알 수가 없다. 천체에 고정되어 있는 별인 북극성이 있는가 하면, 북두칠성과 같이 움직이는 유성(流星)이 있고, 또한 은하(銀河)가 있어서 사람의 눈으로 헤아릴 수 없을 만큼 많은 별들이 이 천체에 존재하는데, 필자는 왜 이렇게 천체에 별이 많은지를 알지도 못하고 이해하지도 못한다. 다만 어두운 밤에 하늘을 쳐다보면 그 넓은 공간에 꽉 들어차 있는 것을 볼 수가 있다. 이러한 별 하나 하나가 모두 존재하는 이유가 있을 것인데, 그러나 필자는 그 깊은 속내는 알지 못한다.

필자는 벽촌에서 출생하고 성장하였으니, 당시 무더운 여름밤에는 마당에 밀짚으로 만든 넓은 멍석을 깔고 홑이불을 덮고 잤다. 당시는 에어컨이 없던 시절이었으므로, 사방이 확 트인 마당 위에 멍석을 깔고 여자들은 모시를 하고, 남자들은 새끼를 꼬면서 이야기꽃을 피웠고, 밤이 깊어지면 그 멍석 위에 누워서 정말로 많은 별들을 볼 수가 있었다. 어떤 때는 별똥이 마치 꽃잎이 떨어지는 것 같이 아래로 떨어지는 것을 본 일이 있다. 이는 60년이 지난 지금도 잊을 수 없는 황홀한 광경이다.

또한 이 지구상에 살면서 하늘을 나는 새들이 있고, 땅 위에 돌아다니는 짐승과 파충류가 있으며, 물속에서 유영하며 살아가는 물고기가 있다.

깊은 바닷속에도 별의별 많은 물고기들이 살아가고 있는데, 그 종류가 너무 많아서 우리 인간들은 다 알지를 못한다.

그렇다면 육지의 위에는 무엇이 살아가고 있는가! 넓게 말해서 사람과 금수(禽獸)가 살고, 또한 파충류가 살아가고 있다. 파충류 중에서는 하늘을 나는 것도 있고 땅에 기어 다니는 것도 존재한다.

그럼 이들은 무엇을 의지하여 살아가는 것인가! 그것은 다름 아닌 풀과 나무를 의지하여 살아간다. 어떤 짐승은 나무의 잎을 따먹고 살아가기도 하고, 어떤 짐승은 풀잎을 뜯어먹고 살아간다. 그래서 오늘 하고픈 이야기는 초목(草木)이 존재하는 깊은 뜻을 알아보려고 하는 것이다.

218

오늘 아침 일찍이 일어나서 주말농장에 갔는데, 맑은 날씨에 바람이 건들 부니 상쾌함이 너무 좋은데, 숲속에서는 산새들이 짹짹 조잘대고 있었으니, 필자는 언뜻 '참 좋은 세상이구나!' 고 생각하였다. 이런 세상을 천국이라 말하는 것 같다.

여기에 한 말씀 덧붙인다면, 사방이 푸른 산으로 둘렸는데 하늘에는 흰 구름이 둥실 떠다니고, 바람은 건들 불어 초목의 푸른 잎이 한들한들 춤을 춘다면 이런 세상을 옛 선인들은 신선의 세계라고 하였을 것이다.

그런데 이런 아름다운 공간에서 사람들은 자신의 욕심을 내세워서 남을 협잡하고, 무고(誣告)하고, 기만하고, 협박하며 살아간다.

요즘(2022. 4.) 우리나라 정치권에서 여당인 더불어민주당이 검수완박(檢搜完撲)[9]이라고 주장하는 것은 자신들이 5년간 국정을 운영하면서 잘못한 것을 검찰이 수사하지 못하도록 법을 제정하겠다는 것이니, 이는 국민을 위한 법이 아니고 자신들의 죄를 수사하지 못하도록 막겠다는 것이므로, 아주 사악한 법이 된다. 그렇다면 다른 당의 국회의원들이 막으면 되지 않느냐고 하지만, 안타깝게도 민주당의 국회의원이 모든 국회의원의 3분의 2인 169명이 되기 때문에 법을 통과시키는데 아무런 제약이 없다는데 딜레마가 있는 것이다.

그러나 국회의원은 국민이 뽑아준 대표자들이기 때문에 국가와

---

9 검수완박(檢搜完撲) : 검사의 수사권을 완전하게 박탈하는 것을 말한다.

국민을 위해서 일해야 하지만, 지금 민주당 의원들은 국가와 국민을 위해 일하지 않고 자기 당에 죄가 있는 자들의 방패가 되겠다는 것이니, 이런 법은 세계 어디에도 없는 아주 나쁜 법인 셈이다.

위에서 말한 이런 유의 사람들이 이 사회 속에 살아가면서 오직 자신들의 이익만 챙기려고 하니, 이 세상은 아름다운 천국이 아니고 아귀다툼을 하는 지옥이 되는 것이다. 그러므로 예부터 사람이 늙으면 산속으로 들어가서 귀를 닫고 세상의 소리를 듣지 않은 것이니, 이 세상의 소리를 들으면 오직 아귀다툼하는 소리만 들리기 때문이다.

결론은 하늘과 땅 사이에 살아가는 물체 가운데에 오직 사람만이 욕심으로 인하여 천리(天理)를 어기며 살고, 그 외에 금수(禽獸)나 초충(草蟲) 등은 모두 자연에 순응하며 살아간다. 그러므로 공자께서는,

"천리를 따라 사는 사람은 살고, 천리를 거역하며 사는 자는 죽는다."

고 하였으니, 똑같은 사람이지만 천리를 따라 살면서 욕심을 부리지 않는 사람은 천국에서 사는 삶이 될 것이고, 위에서 말한 대로 사리사욕에 따라 사는 자는 결국 죽음을 맞을 것이다.

사람은 오직 이렇게 아름다운 세상을 살아가면서 욕심을 부리지 않아야 하니, 이렇게 사는 사람은 아침도 천국이고 저녁에도 천국이 될 것이다.

새싹의 웅대한 힘

새싹하면, 언뜻 생각하면 요즘 야채시장에서 판매하는 새싹채소를 연상하게 된다. 물론 그것도 새싹이라 할 수 있으나, 지금 필자가 말하려는 새싹은 새봄에 굳은 땅을 뚫고 뾰족이 나오는 새싹을 말한다.

씨앗이 땅에 떨어지면, 그 다음 해 봄에 싹이 터서 송곳 모양의 새싹이 굳은 땅을 밀치고 나오는데, 그 뚫고 나오는 웅대한 힘은 정말 대단한 힘이라 할 수가 있다. 왜냐면 사람들이 겨울내내 밟고 다닌 단단한 땅도 간단히 뚫고 나오니 하는 말이다.

사실 작은 씨앗에는 태극의 생성원리가 들어있으니, 천지를 운용하는 거대한 이치가 그 안에 들어있으므로, 이를 '인(仁)'[10]이라고

10 인(仁) : 인(仁)은 봄을 뜻하는 말로, 봄이 날씨가 따뜻해지면 땅속에 있는 씨앗들이

하는 것이다.

그러면 인(仁)은 무엇을 말하는가! 곧 '씨앗'을 말하는 것이니, 그 씨의 '씨눈'에 태극(太極)이 들어있는 것이다. 그럼 태극(太極)은 무엇인가! 곧 이 세상의 생성(生成)의 원리가 들어있는 이치를 말하는 것이니, 이 씨앗이 싹을 틔우면 성장하여 꽃을 피우고 열매를 맺게 되고, 그 맺은 열매가 땅에 떨어지면 다시 싹을 틔우고 그리고 꽃을 피워 열매를 맺는 것이니, 이런 활동을 매해 계속하면서 10년이 되고, 100년이 되고, 천년만년이 계속되는 것이다.

위에서 말한 바와 같이 이 세상이 돌아가는 이치가 이 씨앗의 원리에서 비롯하는 것이니, 그러므로 씨앗의 원리는 위대한 것이고, 또한 씨앗이 처음으로 싹을 틔우고 이 세상에 모습을 드러낼 때의 모습은 정말로 위대한 것이니, 이는 하늘과 땅이 돌아가는 힘의 원천이 되는 것으로, 위대한 힘이라고 한 것이다.

그래서 필자가 어렸을 적(1960년대)에는 이른 봄에 새파란 보리밭에 가서 뾰족이 나오는 달래를 깨고 보리보태기, 나승개, 보리싹 등을 뜯어와서 반찬을 만들어 먹은 기억이 난다. 특히 달래는 움이 나오는 곳에 창을 넣어서 뒤집어 올리면 새하얀 달래가 한 움큼씩 나왔으므로 이를 캐면서 즐거워하였고, 요즘의 로또를 당첨된 것처

모두 싹을 틔워서 솟아나온다. 이들 싹이 나와서 온 천지를 푸르게 만들어야 봄이 되는 것이고, 이렇게 되어야 이 지구상에 사는 금수(禽獸)가 그 풀을 뜯어먹고 살아가게 되는 것이니, 그러므로 이 세상을 돌아가게 하는 거대한 원리가 되는 것이고 태극의 원리가 그 안에 있는 것이다.

럼 기뻐한 기억이 지금도 생생하다. 이렇게 올라오는 봄의 새싹은
정말 웅대한 힘이 들어있는 것이다.

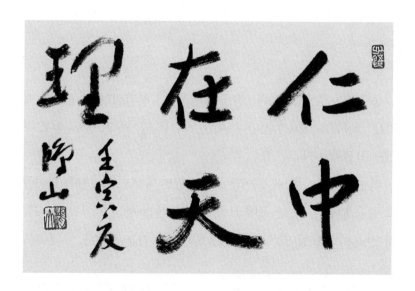

장례문화(葬禮文化)와 빙모님 상(喪)

풍수설은 곽박(郭璞)의 《장경(葬經)》에서 시작되었고, 풍수의 요점은 장풍득수(藏風得水)이니, 이는 바람을 막아주고 물을 얻을 수 있는 곳을 말한다.

이런 풍수학은 원래 《주역》에서 파생된 학문으로 바람을 막아주고 물을 얻을 수 있는 곳에 묘를 쓰면 자손의 하는 일이 잘 된다는 것이니, 이런 묘혈(墓穴)을 명당(明堂)이라고 하는 것이다.

우리나라와 중국과 일본 등 동양 3국은 예부터 풍수학이 많은 발전을 이루었으니, 명당에 묘를 쓰면 살아있는 자손이 복을 받는다는 이론으로, 너나없이 모두 명당을 얻어서 부모님을 모시려고 노력하였던 것이 사실이고, 이는 하나의 종교적인 역할을 담당할 정도로 확산되어서 훌륭한 감여가[堪輿家 : 지관(地官)]가 출현하기도 하였으니, 고려시대의 도선(道詵)은 고려 태조를 도와서 왕권의 안정을 찾도록 도운 국사(國師)이고, 조선의 이태조를 도와 한양으로 천도(遷都)함을 도운 사람은 무학대사이며, 그 밖에 유학자로서 풍수를 잘한 사람으로 토정 이지함 선생이 있고, 《격암유록》을 쓴 남사고라는 사람이 있다. 이 남사고라는 사람이 풍수를 잘했다고 하며, 이 사람에 대한 전설이 전하는데, 어린 시절에 서당에 다닐 때에 이소남(李紹南 : 佰勳) 스승님께 들은 이야기이다.

"이웃의 아이가 남사고집의 감나무에 올라가서 홍시를 따먹으려고 하는데, 남사고의 어머니가 '누가 남의 감을 따먹느냐?' 고 소리를 지르니, 이 아이가 놀라서 감나무에서 떨어져서 죽었다고 한다. 이런 것을 '간접살인' 을 하였다고 하는 것이다.

그 뒤에 조선에서 제일가는 지관인 남사고가 어머니 상(喪)을 당하여 묘를 썼는데, 뒤에 보니, 묘지가 좋지 않은 터임을 알고 이장을 하였고, 그리고 또 뒤에 묘를 살펴보니 명당이 아니어서 다시 이장을 하였으며, 그래도 좋지 않은 자리여서 세 번째로 명당을 잡아 묘혈을 파고 회 다지기를 하는데, 갑자기 어린아이 둘이 나타나서,

'저희들이 회 다지기를 하면 안 될까요!'

하여,

'그래 한 번 해봐라.'

고 하니, 이 아이들이 회 다지기를 하면서,

'남사고야! 남사고야! 비룡승천(飛龍昇天 : 용이 날아 하늘에 오름)
알지 말고 고사괘수(枯蛇掛樹 : 죽은 뱀이 나무에 걸렸다.) 잘 알아라.'

고 하므로, 남사고가 깜짝 놀라 패철을 묘혈에 대보니, 과연 고사괘수(枯蛇掛樹: 죽은 뱀이 나무에 걸렸다.)의 형국이었다. 그러나 풍수의 법칙에 이장은 세 번만 허용하고 네 번은 허용하지 않으므로, 그 고사괘수(枯蛇掛樹: 죽은 뱀이 나무에 걸렸다.)의 혈(穴)에 어머니를 묻을 수밖에 없었다."

고 하는 이야기이니, 이는 살아서 살인을 한 사람은 절대로 명당에 들어갈 수 없다는 것을 단적으로 보여주는 이야기가 된다.

또한 토정 이지함 선생의 명당에 대한 기이한 설화를 말해보겠다.

"선생은 말년에 충청도 보령에 사셨는데, 보령과 홍산현에 솟아 있는 성주산에는 여덟 개의 모란형국의 명당이 있음을 아시고, 매일 이 명당을 찾으러 성주산을 헤매었으니, 하루는 해가 떨어질 무렵에 성주산 안에서 명당을 발견하였는데, 해가 지려고 하므로 급히 옆에 있는 노가지 나무를 꺾어서 그 명당에 박아 표시하고 급히 하산하였고, 다음날 다시 그곳에 가서 박아놓은 노가지 나무를 찾았는데, 도대체 노가지 나무가 보이지를 않아서 결국 지난날 발견한 명당을 찾지 못하였다고 한다. 그 뒤로는 성주산에서 노가지 나무를 한 그루도 볼 수가 없었다고 하며, 현재도 그 흔한 노가지 나무가 성주산에는 한 그루도 보이지 않는다고 한다."
고 하였다.

2022년 5월 22일 오전 3시에, 91세의 장모님이 돌아가셨다고 연락이 왔고, 이어서 아래 동서의 부친도 서거하여 지금 청주의 효성병원 영안실에 안치되어 있으니, 의정부에서 출발하여 청주에 가서 조문을 하고 오라는 처갓집의 부탁이 있어서, 우리 부부는 강남에 있는 호남 고속버스터미널에 가서 버스를 타고 청주에 가서 조문을 하였고, 세종에 사는 작은 아들이 차를 가지고 와서 우리 부부를 태우고 광주광역시에 있는 장모님이 계신 천지장례식으로 갔다.

장모님은 아들 3명과 4명의 딸을 두었으니, 사위와 며느리를 합하여 14명의 자식 부부가 있고, 또한 손자가 15명이며, 손부가 7명이고 증손자가 12명이니, 장모님께 따른 사람이 48명이나 된다. 그리고 손자 중에는 공무원이 3명, 의사가 3명이고, 삼성같은 대기업에 다니는 손자도 있고, 서울대학교 대학원에 다니는 손자도 있으니, 이 정도면 잘 되는 집안이라 말할 수가 있다.

광주 천지장례식장 설루원(雪淚園)이라는 vip실에 영안실을 차리고 조문객을 받았는데, 현재 코로나 정국이지만 많은 조문객이 찾아와서 조문을 하였다. 그리고 조문객에 내는 음식에는 반드시 홍어회를 내놓았으니, 이 점은 다른 지방과는 좀 다른 풍습이라 할 것이다. 홍어회는 비싸기 때문에 전라도 이외의 지역에서는 잔칫집에서 내놓지 않는다. 다만 광주라는 곳은 홍어회가 없으면 잔칫집이 아니라고 할 정도로 홍어회를 좋아한다. 이곳의 홍어 사랑은 정말 대단하다.

장례는 매장을 하였으니, 장인의 묘지 바로 옆에 쌍봉으로 모셨고, 그리고 정식으로 지관을 부르지 않았다고 하였다. 다만 친척 중에 모씨가 패철을 가지고 와서 좌향을 가리키는 말뚝을 박아놓았기에 필자가 가서 좌향이 맞는가를 확인하였다.

하관(下棺)을 하고 매장을 하는데, 화학섬유에 쓴 영정을 관(棺) 위에 놓고 매장을 하려고 하여 필자가 급히 달려가서 그 화학섬유에 쓴 명정을 빼내라고 하였으니, 이유는 화학섬유는 썩지 않는 물건이고, 나중에 그 썩지 않는 섬유의 실올이 유골을 칭칭 감는다는 설이 있으므로, 이렇게 한 것이다. 부언하면 시신(屍身)을 매장할 때에는 절대로 썩지 않는 화학 섬유류의 물건은 넣지 않는 것이다.

요즘은 장수시대이니, 건강한 노인은 대부분 90살을 넘게 사는 사람이 많다. 맹인이 90살이 넘으면 사위는 대략 70살 이상이 된 사람이 많다. 필자는 아내보다 7살이 많으므로 현재 75세이니, 대략 70세가 넘으면 건강이 예전 같지 않아서 외부에서 숙식하는 것에 많은 신경을 쓰는데, 이번에는 자식 두 명과 같이 갔으므로, 밤에 잠자는 것은 주변의 여관에 가서 잤으니, 이렇게 하여 무사히 3일장을 치루고 돌아올 수가 있었다.

북한의 의료실정과 인권상황

본 내용은 북한에서 탈출하여 우리나라에 와서 우리 국민이 된 탈북민들이 '모란봉 클럽'이나 '이제 만나러 갑니다.' 라는 TV 프로에서 밝힌 내용이다.

북한은 세계에서 가장 못사는 나라 중의 한 나라이니, 이는 유엔에서 규제하는 핵을 연구하여 6차에 걸쳐서 핵실험을 하였으므로, 미국을 위시한 유엔에서 북한의 경제를 규제하기 때문에 북한의 경제가 원활하게 돌아가지 않아서 생긴 현상으로, 사회주의 국가의 제도인 배급제가 제대로 이행되지 않은 지는 벌써 십수 년이 되었고, 직장이 있는 남자들과 여성들이 모두 국가가 운영하는 직장에서 일을 해도 월급을 받아서 가정생활을 하지 못한다고 한다. 왜냐면 월급이 북한 돈으로 3,000원 정도인데, 이 돈의 가치는 겨우 쌀 1kg 정도 살 수 있는 값어치 밖에 안 된다고 하니, 이 얼마나 한심한 일인가! 이러므로 집에 있는 부인이 장마당에 가서 장사를 하여 겨우 입에 풀칠을 하며 살아간다고 한다.

그렇기에 돈을 벌려고 이웃 국가인 중국으로 탈출하는 사람이 많다. 그러나 먹고살기 위하여 북한을 탈출한 탈북자를 중국 당국에서는,

"북한의 탈북자는 무조건 체포하여 북한으로 보내라."

고 명을 내렸으므로, 중국 공안 당국에서는 이들 탈북자를 체포하여 다시 북한으로 보낸다고 하며, 중국에서 체포되어 다시 북한에 들어온 사람은 조국을 배반한 죄인이라 하여 약식 재판을 받고 수용소에 수용되는데, 이 수용소의 형편이 너무나 열악하여 10평의 방에 100여 명이 잠을 자며 생활을 해야 한다고 한다. 10평의 방에서 100여 명이 잠을 자려면, 모든 수용인들은 옆으로 누워서 칼잠을 자야 한다고 하며, 여기에 더하여 먹는 음식이 매우 열악하다고 한다.

이곳에 온 수용자들은 이곳에 들어오기 전에는 몸무게가 65kg 정도 나가던 사람이 3개월만 되면 거의 25~30kg 밖에 나가지 않아서 목도 제대로 가누지 못하는 실정이라고 한다. 그렇기에 거의 이곳에서 죽어 나간다고 하니, 이런 나라를 나라라고 말하겠는가!

우리의 동족이지만, 김일성이 사회주의를 표방하여 나라를 세우고 모든 사람이 평등하게 잘 사는 나라를 만들었다고 자랑하던 나라인데, 지금은 3대를 세습하여 김일성의 손자 김정은이라는 젊은 지도자가 통치하고 있는데, 인민들의 삶은 모두 이 정도라고 한다.

이곳은 의료시설도 열악하여 이번에 발생한 코로나19 전염병이

중국에서 발생하니, 북한은 중국과 교통하는 수단인 철도를 중단하고 모든 왕래를 끊었다고 전한다. 사실 북한의 장마당은 중국의 물품을 들여와서, 이를 유통해야만 먹고 살 수가 있는 실정인데, 코로나19로 인하여 북한 정부에서 중국과의 교역 통로를 끊었으므로, 거래할 물건이 들어오지 않아서 물가는 오르고 식량은 부족하여 말 그대로 아비규환이라고 한다.

이쯤 해서 북한의 의료시설을 말하려 한다. 필자가 하는 말은 모두 '모란봉 클럽'이나 '이제 만나러 갑니다.'라는 TV 프로와 유튜브에서 탈북한 사람으로부터 들은 이야기이다. 북한의 병원에는 약품이 없어서 환자가 병원에 가면 의사가 진찰을 하고 나서 하는 말,

"○○의 주사를 맞아야 하니, 약국에 가서 사오시오."

라고 하면, 환자가 약국에 가서 ○○의 주사제를 사오면, 의사는 환자에게 이 주사를 놓는다고 한다. 그런데 중요한 것은 그 주사제가 약국에도 없는 경우가 많다는 것이다.

또한 북한에는 인권(人權)이라는 것 자체가 없다. 어떤 젊은 여인이 중국으로 탈북한 뒤에 중국의 공안에 잡혀서 북한으로 호송되어 왔다. 취조하는 북한의 공안원이 실내에서 그 젊은 여인에게 말하기를,

"힘차게 달려가서 10m 앞에 있는 벽을 머리로 세게 받아라."

고 하여, 이 여인이 힘차게 달려가서 그 벽 앞에 서니, 그 공안원이 다시 말하기를,

"다시 하시오."

고 하여, 힘차게 달려가서 이마로 벽을 받으니, 이마에서 피가 줄줄 흘렀다고 한다. 그리고 일단 탈북자가 잡혀오면, 남녀 구분할 것 없이 '기선을 잡아야 한다.'라고 하면서, 곤봉으로 어깨를 치고 구두 발로 밟고 차는 것이 일차적인 행위라는 것이고, 그리고 이후에는 탈북하여 한 행위를 일자별로 모두 써서 내야 하는데, 혹여 거짓말을 하는 것 같으면, 반드시 바르게 써낼 때까지 잠을 재우지 않아서 결국에는 그 공안원의 마음에 알맞게 써서 내야 한다는 것이다. 이렇게 구타하고 잠을 재우지 않는 것은 그냥 보통의 이야기이고 이보다 더한 형벌이 수없이 많다고 한다. 그러나 이곳에서는 일일이 모두 기록하지 못한다.

이번에는 러시아의 시베리아에 가서 벌목(伐木)하는 벌목공의 이야기를 쓰겠다. 영하 40~50도를 오르내리는 혹한에서 벌목하여 월급을 우리 돈으로 120만 원 정도 받으면 북한 당국에 당(黨)의 자금으로 80%를 바치고 조금 남은 돈도 관리자가 별의별 명목을 대어 모두 털어간다고 한다. 그래서 그 벌목공은 북한에 남아있는 가족에게 돈을 보내야 하는데 돈이 없으니, 남은 시간을 이용하여 다른 곳에 가서 아르바이트를 하여 얼마간의 돈을 벌어서 집에 붙인다고 하니, 이런 생활은 조선시대의 노비(奴婢)만도 못한 생활이다.

사실 북한의 열악한 생활과 인권을 짓밟는 행위를 필자가 글로 쓴다면, 책으로 몇 권을 써도 다 쓰지 못할 것이다. 필자는 여기에서 그냥 생각나는 이야기 몇 개를 말했을 뿐이다.

북한의 모든 시스템이 이 정도이니, 이런 곳에서 무슨 인권을 말할 수가 있겠는가! 세계 어느 곳에도 이런 나라는 없다. 하필 우리의 동족이 2022년의 대명천지에 3대를 세습하는 나라의 국민이 되어서, 이런 비참한 생활을 해야 하는지 분통이 터질 노릇이다.

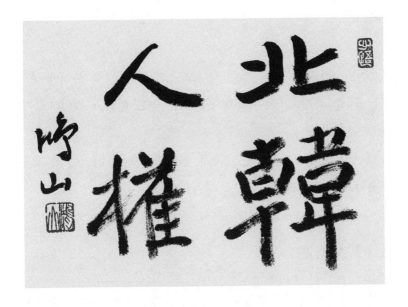

인연(因緣)

인연(因緣)을 국어사전에서 찾아보니, 첫째, 사람들 사이에 맺어지는 관계. 둘째, 어떤 사물과 관계되는 연줄' 이라고 정의하고 있다.

필자가 생각건대, 인연은 필연적 인연과 우연적 인연이 있고, 선연(善緣)과 악연(惡緣)이 있다고 생각한다.

△ 필연적 인연

사람이 부모형제와 조상을 만난 것은 필연적 인연이다. 내가 이 세상에 출생하고 보니, 이미 조상과 부모는 정해져 있었다. 필자를 말한다면, 성(姓)은 전(全)이고, 이름은 규호(圭鎬)이다. 부친은 농부 재관(在寬)공이고, 모친은 창녕성씨 성창희(成昌姬) 여사이며, 조부는 선비 명하(明夏)공이고, 조모는 전주이씨 이원희(李元姬) 여사이다.

조상을 말하면, 시조 전섭(全聶)공은 백제의 개국공신이고, 그리고 33대조인 전이갑(全以甲)공은 고려의 개국공신이다. 그러므로 백제시대와 고려시대에는 우리 전씨(全氏)가 개국공신이었으니, 귀족이었을 것으로 생각한다.

그럼 백제시대의 전씨에 대한 역사적 기록을 찾아보면, '계유명 전씨아미타불비상(癸酉銘全氏阿彌陀佛碑像)'은 1962년 12월 20일 국보로 지정되었다. 높이 43cm, 너비 26.7cm, 옆면 너비 17cm이다.

계유명전씨아미타불비상(癸酉銘全氏阿彌陀佛碑像)

국립청주박물관에 소장되어 있다. 직사각형의 4면석 각 면에 불상과 명문을 조각한 비상(碑像) 형식으로, 1960년 9월 충청남도 연기군 전의면(全義面) 비암사(碑岩寺)에서 발견되었다. 정면·측면에 둥근 기둥을 세워 감형(龕形)을 이루고 그 가운데 테를 둘러 명문을 새겼으며, 그 안에 아미타삼존상을 양각(陽刻)하였다. 본존은 복련(覆蓮 : 아래로 향한 연꽃)의 수미좌(須彌座) 위에 결가부좌한 상이며, 얼굴은 모두 파손되고 옷자락은 대좌의 반을 덮었으며, 의습(衣褶)은 좌우 대칭으로 표현하였다. 머리에는 연꽃과 구슬로 장식된 원형 두광(頭光)이 있으며, 어깨에 걸친 법의(法衣)와 옷 주름 사이에 구슬이 이어져 있다. 손은 설법인(說法印)이고 삼도(三道)는 없는 것 같다. 본존 대좌 좌우에는 안쪽을 향한 사자를 배치하고, 본존 옆의 연꽃 위에 협시보살(脇侍菩薩)을 배치하였다. 정면으로 반듯하게 선 자세의 보살상도 역시 얼굴은 모두 파손되었고, 홑잎 연꽃이 있는 원광(圓光)이 있으며, 목에는 가슴까지 늘어진 짧은 목걸이와 무릎까지 내려오는 긴 달개〔瓔珞〕가 걸쳐 있다. 천의는 길게 늘어져 연대(蓮臺)에 이르고, 앞면에서 X자로 교차되어 있다. 본존과 협시보살의 어깨 사이에는 얼굴만 내민 아라한상이 있고, 협시상 좌우에는 인왕상(仁王像)이 서있는데, 이들 상 밑에 홑잎의 커다란 연꽃잎 9잎을 두드러지게 조각하였다. 윗부분은 2중의 보주형(寶珠形) 거신광(擧身光)이 삼존상을 싸고 있다. 구슬을 이어서 주위 불상을 돌린 가운데 불꽃무늬 속에 5구의 화불(化佛)이 있고, 밖에 9구의 비천(飛天)이 있다. 상단 좌우 사이에는 인동문(忍冬紋)과 탑을 받치고 있는 비천을 1구씩 배치하였다. 양 측면에는 상하 2단에 각각 2구씩 악기를 연주하는

주악천인좌상(奏樂天人坐像)이 있고, 하단에는 용의 머리와 바탕에
명문(銘文)이 조각되었다. 뒷면은 4단인데, 각 단에 5구씩 작은 불상
이 안치되었고 사이에 인명(人名)이 새겨져 있다. 모든 조각이 정교
하고 장엄하며, 세부양식에 고식(古式)을 남긴 점이 국보로 지정된
계유명삼존천불비상(癸酉銘三尊千佛碑像)과 유사하여 673년(신라
문무왕 13)에 만든 것으로 추정된다. (네이버 지식백과에서 게재)

그런데 여기서 '계유명전씨아미타불비상(癸酉銘全氏阿彌陀佛碑
像)'에 전씨(全氏)라는 용어가 나온다. 어떤 사람은 전씨(全氏)는 원
래 왕씨인데, 이태조가 조선을 건국하면서 고려의 국성인 왕씨를 그
냥 살려놓으면 왕씨가 다시 왕권을 잡을 것을 두려워한 끝에 왕씨를
모두 죽이려고 하였으므로, 당시 왕씨들이 모두 전씨(全氏)로 개성
(改姓)하였다고 하나, 673년(신라 문무왕 13)에 만든 이 계유명에 전
씨(全氏)가 나오는 것을 보면, 필자의 조상은 확실히 전씨(全氏)임이
맞다. 그리고 전씨(全氏)라는 성은 왕씨에서 나왔다는 전설도 있는
것이 사실이다.

조상 중에 한 분만 더 이곳에 소개하면, 22대조인 전유(全侑)공은
관직은 판서이고 작위는 관성군〔管城君：옥천의 구호(舊號)〕이니, 이
분이 관성군에 수봉되었기 때문에 옥천전씨가 탄생한 것이고, 조선
숙종조 때에 윤동규[11]라는 선비가 중국 북경에 가서 궁내(宮內)를

---

11 윤동규(尹東奎)：1695(숙종 21)~1773(영조 49). 조선 후기의 학자. 본관은 파평(坡
平). 자는 유장(幼章), 호는 소남(邵南). 명장 윤관(尹瓘)의 24세손으로, 할아버지

관광하다가 용도각(龍圖閣)이라는 곳에 동국십삼현(東國十三賢)의 초상을 걸어놓고 제사를 지내는 곳이 있어서 화원(畫員)을 불러와 초상을 모두 복제하여 가지고 왔다고 한다.

용도각(龍圖閣)의 동국십삼현(東國十三賢)은 문성공 안유(文成公安裕), 관성군 전유(管城君全侑), 문희공 유경(文禧公劉敬), 최유경(崔有慶), 김진손(金振孫), 추수경(秋水鏡), 정다(鄭茶), 전득시(田得時), 문래(文萊), 조대임(趙大臨), 강지(姜漬), 이익재(李益齋), 황면재(黃勉齋) 등이다. 관성군 화상찬(管城君畫像讚)을 보면,

早力文詞 / 일찍이 열심히 공부하여

方駕韓歐 / 바야흐로 한유와 구양수를 능가했네.

는 통덕랑 윤성수(尹聖壽)이다. 아버지는 생원 윤취망(尹就望)이며, 어머니는 통덕랑 이성(李晟)의 딸이다. 어려서부터 총명하여 주흥사(周興嗣)의 『천자문』을 외워 읽되 한 글자라도 그릇됨이 없었다. 9세에 아버지를 여의고, 어머니 이씨(李氏)의 교육을 받았다. 17세에 이익(李瀷)의 문하에서 수업하였다. 그 뒤 과거공부를 버리고 오직 도학에만 열중하였으며, 서울에서 인천으로 옮겨가 이익의 거처 가까운 곳에서 살았다. 지조가 굳고 견해가 분명하며 성실한 성품을 지녀 이익이 항시 말하기를, "나의 도(道)가 부탁할 곳이 있다." 하였고, "성학(聖學)의 공부는 사서(四書)에 지날 것이 없으니, 체험의 공부를 한시라도 가벼이 해서는 안된다."고 하였다. 이익의 가르침은 거의 평생을 두고 그 뜻을 이어받았다. 한편, 안정복(安鼎福)·이가환(李家煥)·권철신(權哲身) 등과 친교를 맺으며, 오로지 독서와 진리 탐구에 몰두하였다. 역법·상위(象緯)·천문·지리·의약 등 실제생활에 필요한 실용적 학문의 수립을 역설하였고, 이기설(理氣說) 등 성리학에도 능통하였다. 찾아오는 사람들에게는 『소학』을 토대로 삼고 수백 번을 읽고 외우도록 가르쳤다. 스승을 위하여 「성호선생행장」을 썼으며, 이익의 시문집이 전해온다. 일찍이 우리나라 사람이 모두 우리나라의 역사에 어두움을 탄식하여 고대사의 위치를 밝히는 자수(紫水)·패수(浿水)·열수(洌水)·대수(帶水)의 『사수변(四水辨)』을 저술하였고, 문집으로는 『소남문집』이 있다.

晚窺聖學 / 만년에 성학(聖學)을 공부하여

宗師程朱 / 정자와 주자를 종사(宗師)로 삼았도다.

知言之微 / 지혜와 말씀은 미묘하고

知德之奧 / 지혜와 덕은 심오하였네.

誠是大儒 / 진실로 이는 대유(大儒)이니

克任斯道 / 능히 사도(斯道 : 유학)를 맡았도다.

고 하였다. 유감이지만 그 외 12현의 화상과 화상찬은 필자에게는 없고, 충남 부여군 외산면 구신리 윤동규공의 후손 윤진사 집에 가면 혹 있을지 모르겠다. 여하튼 필자는 관성군 전유(全侑)공과 필연으로 맺어진 혈연의 자손인 것이다.

△ 우연적 인연

우연적 인연은 스승을 만나는 인연, 또는 아내를 만나는 인연, 친구를 만나는 인연 등 여러 가지가 있다 하겠다.

필자가 우연적 인연 중에서 한두 가지를 말한다면, 서예의 스승인 여초(如初) 김응현(金膺顯) 선생을 스승으로 모신 일과 아내를 만난 인연이라 할 수 있을 것이다.

필자가 당시 서예의 대가인 여초 선생을 만난 것은 정말로 우연적인 만남이었으니, 군대를 제대하고 시골에서 살고 있는데, 충청일보에 부여문화원장이 방학 동안에 신도안에 계시는 유학자이고 서예가인 정향(靜香) 조병호(趙炳鎬) 선생을 초빙하여 부여군 내에 있는 중·고교 선생을 상대로 부여향교에서 서예를 가르친다는 광고를 보고 필자도 참여하였는데, 이곳에서 조병호 선생의 수발을 드는 모임당 조경희라는 여인이 있었으니, 이 모임당에게서 서울에 가면 여초 김응현이라는 서예가가 있다는 말을 들었고, 그 뒤에 종로5가에 있는 모 제약회사에 취직이 되어서 여초 선생을 찾아가서 스승으로 모셨다.

아내를 만난 인연 역시 범인(凡人)은 있을 수 없는 드라마틱한 사연을 가지고 있으니, 필자가 강원도 인제군 서화면 천도리에 있는 모 포병부대에 근무하면서 산문 한 편을 써서 '사랑'이라는 월간지에 투고를 하였는데, 그 산문이 월간 '사랑'지에 게재되었고, 이를 보고 전국의 처녀들에게서 많은 편지가 왔으니, 그중에 한 사람이 전남 광주에 사는 김모라는 처녀였는데, 필자가 답신을 보내면서 인연이 되어서 이후에 결혼을 하였고, 그리고 보잘 것 없는 필자를 내조하여 지금 이 자리에 있도록 만든 사람이다. 참으로 필자와 결혼하여 없는 살림을 일으키고 자식을 낳아 길러서 지금은 큰아들 부부, 작은 아들 부부 모두 공무원으로, 공무원 가족이 되었는데, 이 모두 아내의 공이 가장 크다 할 것이다.

△ 선연(善緣)

'수양산 그늘이 강동 팔십 리'[12]라는 속언(俗言)이 있으니, 이는

12 수양산 그늘이 강동 팔십리 : 수양산 그늘진 곳에 아름답기로 유명한 강동 땅

240

대인(大人)과 부자(富者) 등으로 부터는 덕은 볼 수가 있다는 말씀이다.

필자는 어려운 생활 속에 다년간 서예를 연마하였는데, 나이 고희(古稀)가 되니, 그래도 그럴듯한 '고희전'은 열어야겠다고 생각하였다. 그러나 전시회를 열려면 부대비용이 많이 들어간다. 일례로, 전시장을 대관해야 하고 작품의 표구를 해야 하며, 도록을 만들어야 하고 광고를 해야 한다. 그러므로 평균 이상으로 좋은 전시장에서 전시회를 열려면, 2019년을 기준하여 약 4,000만 원에서 5,000만 원 정도 들어가니, 이렇게 하려면 작품이 많이 팔려야 한다.

그러나 필자는 중·고등학교를 검정고시를 거쳤고 대학은 방송통신대학을 졸업하였기 때문에 주위의 친구가 작품을 사줄 정도로 좋은 편은 아니니, 어떻게 많은 작품을 팔겠는가! 그리고 필자는 공모전을 거부한 사람이니, 이로 인하여 남들처럼 유명세를 타지도 못하였다.

그런데 어느 날 여러 회사를 경영하는 이 회장이라는 사람이 찾아와서 자기와 합작으로 서예전을 열 것을 제안하면서 모든 비용은 자신이 대고 만약 작품이 팔리면 50%씩 나눠갖자고 제안하기에, 필자는 그 자리에서 ok하고 승낙하고 이후부터 전시회 준비를 하여 2019년 3월 7일부터 13일까지 백악미술관에서 전시회를 열었다.

전시회 개원일에는 당진에 사시는 전옥환 원장님이 떡을 두 말

80리가 펼쳐졌다는 뜻으로, 어떤 한 사람이 크게 되면 친척이나 친구들까지 그 덕을 입게 됨을 비유적으로 이르는 말.

해가지고 오서서 축하객들에게 나눠주었고, 유경익 교수의 부인 정 교수가 판소리를 불러주었으며, 그리고 동방연서회의 정상옥 동방 대학원대학교 총장이 오셨고, 동방연서회와 동방서법탐원회 동료들, 그리고 이 회장의 중소기업 모임의 사장들이 많이 와서 축하도 해주고 작품도 많이 사갔다.

결국 기업의 총수인 이 회장의 주선으로 전시회는 성황리에 끝내었고, 작품 30여 점을 팔아서 3,000만 원 이상의 판매고를 올릴 수가 있었으니, 이는 모두 이 회장님의 덕이라 할 수가 있다.

아무것도 바라는 것이 없이 무조건적으로 도와준 이런 인연을 선연(善緣)이라 할 수가 있다. 부언하면, 우리 서예계에서 이렇게 전시회를 연 사람은 아마도 필자가 처음이 아닌가 하고 생각하니, 뭐 내가 전생에 많은 적선을 하지 않았나 하고 생각해 본다.

△ 악연(惡緣)

필자의 지인은 작은 사업을 시작하였는데, 팔자가 이 사업의 초기에 많은 도움을 준 일이 있었다. 그런데 이 지인은 공고(工高)의 동창생 한 사람도 비슷한 사업을 하였으므로, 상호 간에 어음을 빌려주고 빌려와 쓸 정도로 아주 긴밀하게 지냈는데, 어느 날 동창생 사업가가 빌려간 지인의 어음을 결재하지 않고 부도를 내고 도주하였으므로, 이로 인하여 지인 역시 부도를 내고 말았다.

부언하면, 지인의 사업은 정상적 운영으로 앞길이 촉망받는 튼튼한 기업이었는데, 친구 사업가가 뒤통수를 치고 배신을 하는 바람에 같이 천 길 바닥으로 떨어지고 말았으니, 이런 경우를 악연이라고 하지 않을까?

필자의 사업은 한문을 번역하는 사업이었으므로, 욕심을 부려서 할 사업이 아니었기에 고희가 넘도록 사업을 하였지만 크게 뒤통수를 맞은 악연은 만나지 않았다.

반면에 큰돈도 벌지 못하고 그냥저냥 밥 굶지 않을 정도의 영업을 하였다. 지금 생각하면, 이렇게 저조한 영업으로 어떻게 두 아들을 가르치고 결혼시켜서 가정을 꾸미게 하였는지 모르겠다. 아마도 아들들이 모두 공무원이었기에 비록 못사는 집이었지만 무사히 큰일을 치루지 않았나 하고 생각한다. 요즘(2022)같이 집값이 뛴 경우였다면 어찌하였을까를 생각하니 아찔한 생각이 든다.

☆ 2. 전원 수필 ☆

예수가 저주한 무화과나무

이른 봄에 의정부 농협종합영농센타에 가서 퇴비 비료를 사다가 구덩이를 파고 그곳에 퇴비 비료 2삽을 떠서 넣은 다음, 의정부 제일 시장에 있는 경기농원에 가서 수박 1주, 참외 1주, 마디 오이 2주, 노 각 오이 3주를 사다가 심었다.

올봄에는 비록 가뭄이 심했지만, 필자가 이따금씩 물을 떠다 주 었기 때문에 수박과 참외는 별 탈 없이 잘 자랐다. 부언하면 오이는 한초(旱草)[13]이기에 가뭄을 잘 견딘다. 오히려 비가 많이 와서 너무 습한 땅을 싫어한다.

그런데 외와 참외는 수꽃만 피우고 암꽃을 피우지 않아서 두 달 이 지난 지금도 넝쿨은 계속 뻗어나가지만, 열매를 맺지 않는다. 필

---

13 한초(旱草) : 가뭄을 잘 견디는 풀.

자는 매일 이곳에 와서 혹시 오이와 참외가 열렸는가! 하고 보지만, 오늘도 오이와 참외는 보이지 않기에 허탈한 마음에 참외를 뽑아서 버렸다. 그러는 사이에 언뜻 예수님이 열매를 맺지 못하는 무화과나무를 저주한 마태복음의 말씀이 생각나서 수필을 써야겠다는 생각이 별안간 스치고 지나갔다.

《마태복음》 21장 18절에서 22절까지를 보면,

"이튿날 아침에 예수께서 성안으로 들어오시다가, 마침 시장하던 참에 길가에 무화과나무 한 그루가 서있는 것을 보고 그곳으로 갔다. 그러나 잎사귀밖에는 아무것도 보이지 않았으므로, 그 나무를 향하여 '이제부터 너는 영원히 열매를 맺지 못하리라.'고 하였다. 그러자 무화과나무는 곧 말라버렸다. 제자들이 이것을 보고 놀라서, '무화과나무가 어찌하여 그렇게 당장 말라버렸습니까?' 하고 물었다. 예수는 이렇게 말씀하였다. '나는 분명히 말한다. 너희가 의심하지 않고 믿는다면, 이 무화과나무에서 본 일을 할 수 있을 뿐만 아니라 이 산더러 '번쩍 들려서 바다에 빠져라.' 하더라도 그대로 될 것이다. 또 너희가 기도할 때에 믿고 구하는 것은 무엇이든지 다 받을 것이다."

고 하였다.

이 지구상에 살아가는 모든 동·식물은 모두 생식기능이 있어서 동물은 새끼를 낳고, 식물은 열매를 맺어서 다음 세대를 준비한다. 아무리 보잘 것 없는 식물일지언정 꽃을 피우고 열매를 맺고 겨울이 되면 생을 마감한다. 비록 말을 못하고 귀로 듣지 못할망정 동·식물 모두 절기가 돌아가는 데에 따른 기미를 미리 알아서 꽃을 피우고 열매를 맺고, 그리고 열매를 땅에 떨어트려서 다시 이 세상에서 싹을 틔운다. 이런 과정을 영구히 계속하기 때문에 이 세상은 무리 없이 푸르고 아름다운 지구로 돌아가는 것이다.

그런데 만약 초목이 열매를 맺지 못한다면, 이는 쓸모없는 초목이 되기 때문에, 예수께서는 저주하여 시들어죽게 만든 것이 아니었나! 한다.

사람도 예외는 없으니, 아무리 만물의 영장인 사람일지라도 영원히 살 수는 없으니, 반드시 결혼을 하고 자식을 낳아 기른 뒤에 하늘나라로 가야 하는 것이다. 만약 결혼도 하지 않고 자식도 낳지 않는다면, 이는 위에서 언급한 무화과나무와 다름이 없으니, 저주를 받지 않겠는가! 예수는 온 인류가 말하는 4대 성인 중의 한 사람이니, 그가 헛된 말을 하지는 않았을 것이다.

필자가 수필에서 누누이 언급하지만, 결혼을 안 하고 생식을 하지 못하는 사람은 길가에서 자라는 풀만도 못한 사람이다. 하찮은 풀도 아무리 악조건에서 자란다고 해도 모두 꽃을 피우고 열매를 맺는데, 황차 만물의 영장인 사람이 결혼도 못하고 자식도 낳지 못하고 살다가 죽는다고 하면, 이는 너무나 슬픈 일이다. 만약 이런 사람이 이 세상에 가득하다면, 이후에는 이 세상에 사람이 하나도 없게될 것이니, 끔찍한 일이 아닌가!

그리고 예수께서 무화과나무에 말씀하신대로 저주를 받으면 어찌하겠는가! 깊이 생각해 볼 일이다.

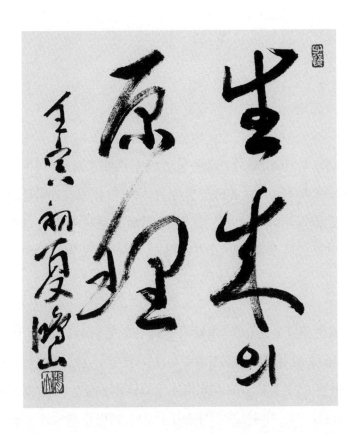

아침은 호박죽을 먹고

필자는 작년(2019) 가을에 누런 호박을 수확한 뒤로부터는 아침 식사는 호박죽을 먹고 출근을 한다. 필자가 직접 길러 수확한 호박 죽을 한 공기 먹고 고구마를 하나 먹으면 금방 배가 부른다. 그런 뒤에 가방을 메고 서울의 종로3가에 있는 '해동한문번역원'으로 출근한다.

필자는 주말농장 100여 평에 각종 채소와 고구마와 고추, 그리고 들깨, 참깨, 감자, 쪽파, 당근, 옥수수, 토마토 등을 심고 밭가에 호박 구덩이를 10개 정도 파고 퇴비비료를 넉넉하게 넣은 뒤에 그 위에 호박을 심는다. 이때에 주위사항이 있으니, 퇴비를 넉넉히 넣은 구 덩이의 바로 위에 호박씨를 파종하면, 퇴비에서 나오는 열(메탄가 스) 때문에 호박씨가 발아(發芽)가 되지 않는다. 그러므로 씨앗을 약간 옆으로 이동하여 심어야 발아가 잘 되는 것이다.

　호박을 심은 주위에는 넓은 공지가 있어야 한다. 왜냐면 호박넝쿨은 옆으로 뻗어나가는 덩굴식물이기 때문에 넓은 공지를 요구한다.

　호박은 버리는 것이 없으니, 봄에 심어서 초여름이 되면 애호박을 따먹을 수가 있고, 그리고 호박잎을 따다가 솥에 쪄서 쌈으로 먹을 수가 있는데, 이 호박잎은 전후의 면(面)이 거칠거칠하기 때문에 요즘 미끄러운 고기 종류를 많이 먹는 현대인에게는 이런 거친 잎이 장(腸)에 들어가서 유산균의 먹이가 되어서 대장의 활동이 매우 원활하도록 하게 한다고 한다. 그리고 호박잎은 맛이 매우 좋아서 쌈으로 밥을 싸서 먹으면 금방 밥 한 사발을 먹을 수가 있다.

　호박의 효능을 살펴보면, 칼로리는 100g당 24kcal으로 칼로리가 낮은 편이니, 비만한 분들이나 다이어트 중인 분들의 음식으로는 아주 좋다. 호박의 주성분은 당질이지만, 비타민A의 함유량이 풍부하고 식물성 섬유와 비타민B1, 비타민B2, 그리고 칼슘과 철분, 인 등의 미네랄이 풍부하게 함유돼 있다. 호박의 효능으로는 고혈압치료, 눈 건강 유지(눈 시력 향상), 감기 예방, 변비탈출 등의 효과가 있다. 또한 호박은 우리 몸에 항이뇨호르몬이 분비되는 것을 억제시키므로, 이뇨작용을 촉진하여 준다고 한다.

　이제 가을에 수확한 호박에 대하여 말하려고 한다.

호박은 가을에 많이 열린다. 왜냐면 날씨가 점차 서늘해지면, 호박은 아무런 감각이 없는 식물 같지만 세월의 변화에 대하여는 사람보다 더 잘 감지한다. 그러므로 가을의 서늘한 날씨가 계속되면 앞으로 얼마 안 있으면 서리가 내리고 눈이 온다는 것을 알기 때문에, 급히 열매를 만들어서 씨앗을 남겨 자신의 씨앗이 다음 해에도 계속 이 지구상에서 영광을 누리며 자라게 하려고 꽃을 피우기를 염원하기에 계속해서 암꽃을 피워서 열매가 열리게 한다. 그러므로 이때가 가장 호박이 많이 열리는 시기이다.

보통 가을에 수확하는 호박은 누렇게 익은 늙은 호박을 수확하고, 나머지 푸른 호박은 수확하지 않고 그냥 밭가에 버려둔다. 때문에 필자는 매년 이를 아깝게 여겼었는데, 작년 가을에 인터넷에서 보니 가을에 누렇게 익지 않은 푸른 호박도 먹는 방법이 있다는 것을 알았다. 이에 푸른 호박도 모두 수확하여 아파트에 가져오니, 아파트 베란다에 가득하였다.

이에 푸른 호박의 절반 정도는 주위에 잘 아는 지인에게 나누어주고, 나머지는 썰어서 태양 볕에 말리기도 하고 또 일부는 두텁게 썰어서 건조기에 절반 정도 건조하여 냉동실에 저장한 뒤에, 이따금 생선을 사온 다음 절반만 건조된 호박을 밑에 깔고 위에 생선을 올린 뒤에 이를 끓여서 먹는데, 마른 호박의 맛이 생선의 맛으로 변하여 마치 생선을 먹는 것처럼 맛이 아주 좋다.

작년 가을, 즉 11월쯤부터는 호박죽을 만들어서 먹기 시작하여 오늘 2020년 2월 26일까지 아침 대용으로 연일 먹었으니, 약 4개월 정도를 아침은 호박죽으로 먹은 셈이 된다. 한 가지 더 말할 것이 있으니, 호박같이 색깔이 노란색의 열매는 모두 소화가 잘 되는 식품이다. 왜냐면 황색은 오행(五行)으로 말하면, 위(胃)와 부합하는 색소이므로 소화가 잘 되는 색깔이기에 이런 황색의 열매를 먹으면 소화가 잘 된다. 일례로, 노란 참외, 노란 콩, 귤, 바나나, 옥수수, 고구마 등의 식품은 모두 소화가 잘 되는 식품들이다. 한 가지 팁을 더한다면, 붉은색 과일도 소화에 많은 도움을 준다. 왜냐면 붉은색은 오행으로 심장과 부합하는 식품으로, 심장은 위장(비장)의 어머니 역할을 하기 때문에 심장으로 들어간 붉은 과일이 심장을 건강하게 하고, 그리고 남는 에너지는 자식이 되는 위장으로 넘겨주기 때문이다. 일례로, 수박 같은 붉은 과일은 아무리 많이 먹어도 소화에 아무런 해가 되지 않고 탈이 나지 않는다. 이러므로 음양의 원리인 오행의 원리를 잘 배우면 건강생활에 많은 도움이 될 것이다.

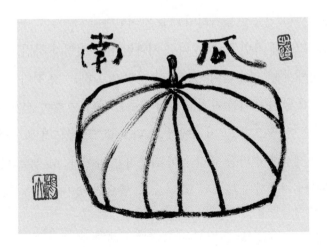

나의 건강과 주말농장

　필자는 언제나 새벽 5시가 되면 일어나서 물을 한 컵 마시고, 밖으로 나가 차를 몰고 주말농장에 간다.

　그곳에는 내가 손수 심고 가꾸는 채소와 옥수수, 그리고 고구마, 오이, 토마토, 가지, 고추, 호박, 참깨, 상추, 강낭콩, 토란, 파, 들깨, 박 등이 파란 잎을 한들거리며 나를 맞이한다.

　또한 그곳에 가면 할 일이 나를 기다린다. 무엇인가 하면, 밭이랑에 즐비하게 난 잡초들이 날보고 뽑아달라고 하는 것 같아서 얼른 긴 자루가 달린 팽이를 가지고 가서 잡초를 하나 둘 뽑아낸다. 이 잡초라는 풀은 뽑으면 그 자리에서 또 나오고, 또 뽑으면 또 나온다. 정말 이 세상에서 가장 질긴 놈이 잡초라는 놈이다. 이 잡초라는 놈은 봄부터 가을까지 뽑으면 또 나오고, 뽑으면 또 나오기를 계속한다.

사실 어떻게 생각하면 잡초도 생명을 가진 풀인데, 내가 이놈한테 너무 모질게 구는 것이 아닌가 하고 생각할 때가 있다. 그러나 잡초를 제거하지 않으면 채소와 곡식을 기를 수가 없다. 사람이 먹고 사는 채소와 곡식은 원래 연약해서 잡초 속에 있으면 그 잡초에게 치어서 제 구실을 하지 못하고 죽고 만다. 그러면 사람은 먹고 살 채소가 없어져서 꼼짝없이 굶어야 한다. 이런 이유로 좀 모질다 생각하면서도 큰 맘 먹고 잡초를 매일 제거하는 것이다.

그러나 필자는 제초제를 써서 잡초를 제거하지는 않는다.

어떤 농부는 논둑이나 밭둑의 잡초를 제거할 때에 제초제를 뿌려서 잡초를 고사시키는데, 필자의 생각으로는 이런 행위는 아무리 하찮은 식물이지만 너무 가혹한 행위가 아닌가 하고 생각한다. 그리고 제초제를 사용하면 그 농약의 잔재가 빗물에 씻겨 내려가서 맑은 냇물을 오염시키기 때문에 결국에는 사람이 남용한 약해(藥害)가 금방 우리들에게 도로 돌아오게 되는 것이다. 비록 이런 이유가 아니라해도 제초제의 남용은 풀에게는 너무나 가혹한 형벌이기에 필자는 제초제를 사용하는 사람을 일러, 자연을 사랑할 줄 모르고 오직 자신의 편안함만 챙기는 욕심쟁이가 아닌가 하고 생각한다.

지금은 2019년 5월의 초순이다. 고추 이랑에 퇴비 비료를 뿌리고 비닐을 덮은 다음에 고추 모종 50포기를 심었다. 이 고추가 자리를 잡기까지는 10여 일이 지나야 한다. 일단 이식한 그 땅에 자리를 잡으면 줄기와 잎 사이에서 새순이 나오는데, 이 새순은 모두 제거해

야 한다. 왜냐면 고추는 자라면서 반드시 삼지(三枝)가 나오는데, 이
삼지 아래에 난 새순은 모두 제거하고, 삼지 위에 나온 새순에서 꽃
이 피고 열매가 열며, 이 열매가 일정기간 지나면 붉게 물드는데, 이
고추를 말려서 양념재료로 쓰는 것이다.

　6월 15일쯤에 고추에 진딧물이 보이기에 작년에 쓰다가 남은 살
충제를 뿌렸다. 예년 같으면 진딧물 같은 연약한 해충은 살충제를
한 번 뿌리기만 하면 없어지는데, 올해는 다음날 가서 살펴보니, 어
쩐 일인지 진딧물이 죽지 않고 아직 살아남은 놈이 많아서 살충제를
또 뿌렸다. 왜 계속적으로 뿌리느냐 하면, 아무리 하찮은 진딧물이
라도 이를 잡지 않으면 계속 옆의 고추로 번지고, 그리고 진딧물이
계속하여 고추 줄기에서 진액을 빨아먹으므로 고추가 자라지 못하
고 결국에는 고추나무가 말라죽고 마는 것이다.
　이렇게 계속 살충제를 뿌려도 아직도 박멸이 되지 않아서 종로5
가에 있는 농약 가게에 가서 문의하니, 무슨 농약을 썼냐고 물으면
서 다른 회사에서 나온 살충제를 뿌려보라고 권하면서 하는 말이,
　"올해는 진딧물로 전국에서 야단법석입니다. 면역이 생겨서 그
러는 것이니, 5일 정도의 간격으로 다른 살충제를 뿌려보세요."
고 하였다. 그래서 오늘도 (7월 6일) 새벽 5시 반에 고추밭에 가서
살충제를 뿌렸다.

　올해의 장마는 예년에 비해 다소 늦은 6월 하순에 시작하였으니,
제주도와 충청도 이남에서는 많은 비를 뿌렸으나, 필자가 사는 경기

도 의정부에는 이슬비 정도 내리다가 그쳤는데, 장마전선은 다시 제주도 남쪽으로 내려가서 아직까지(7월 6일) 올라오지 않아서 오늘은 영상 36도를 오르내릴 것이라는 일기예보이다.

이에 아침에 주말농장에 가니, 옥수수 잎이 햇볕에 말라 시든 잎이 보였고, 토란도 잎이 시들었고 강낭콩 역시 콩깍지가 여물다가 시들어가는 것이 보였다.

나는 얼른 조루를 들고 냇가에 가서 물을 떠다가 뿌렸다. 이렇게 농장과 냇가를 왕복하기를 7~8번 했는데 옆에서 농장을 운영하는 아줌마가 와서,

"고추밭에 물을 주려고 왔습니다."

고 하기에, 나는 물주는 것을 포기하고 말았다. 왜냐면 냇물에 고인 물이 많지 않아서 곧 마를 것 같았기에, 그 아주머니에게 아직 조금 남은 냇물을 양보한 것이다.

농사라는 것은 10일에 한 번씩은 하늘에서 비가 내려야 하고 밭의 지질도 비옥해야 농사를 잘 지을 수가 있는 것이다. 만약 영상 30도 이상 올라가는 여름의 날씨가 15일~20일 정도 계속되고 비가 내리지 않으면 농장에 심은 작물은 모두 성장을 중단하고 오직 비가 오기만 기다리게 되는 것이다.

그래서 주말농장에는 반드시 샘을 파서 물이 나오게 한 뒤에 농장을 분양해야 한다는 법령이 있다고 한다.

필자가 짓는 농장은 주인이 누구인지도 모르는 밭을 필자가 밭을 일구어서 짓고 있으므로 샘이 없다. 그냥 하늘만 쳐다보는 천수전

(天水田)인 것이다.

그래도 4일 뒤에는 비가 내린다는 일기예보가 있기에 그때까지 이 가뭄을 이기려고 날마다 냇가에서 물을 퍼다 주는 것이다.

그래서 예부터 '자연을 벗 삼아 산다.'고 하는 말이 있는 것 같다. 우리들이 사는 세상은 자연과 조화를 이루어야 살아갈 수 있는 세상이다. 만약 아프리카의 어떤 나라처럼 비가 오지 않으면, 사람이 살 수가 없는 것이다.

그래서 필자는 자연을 벗 삼아서 하늘이 비를 내려주면 고맙게 생각하고, 만약 비가 내리지 않아도 필자는 실망하지 않는다. 왜냐면 주말농장은 나의 건강을 위하여 작물을 재배하는 곳이기 때문이다. 그리고 내가 심은 채소로 반찬을 해서 먹으면 건강에 좋고, 그리고 채소의 이력을 알고 먹으니, 더욱 건강에 좋은 것이다.

더욱이 싱싱하게 자라는 활기찬 새싹들을 키우면서 이들과 동고동락하니, 건강에 더욱 좋은 것이다.

텃밭 건강

텃밭이란 집 근처에 있는 남새밭〔菜田〕을 말한다. 이를 넓은 의미로 해석하면, 요즘 우리들이 건강한 음식을 먹으려고 노력하면서 짓고 있는 '주말농장'도 텃밭이라 말할 수가 있다.

필자의 어린 시절인 1950년대와 1960년대에는 거의 모든 가정이 보리밥을 먹던 시절이었는데, 무더운 여름 어느 날 농사일을 하고 집에 들어와서 점심을 먹을 때에 반찬이 없으면 어머니는 채전에 가서 싱싱하게 잘 자라고 있는 비름나물의 순을 뚝뚝 꺾어 와서 곧바로 뜨거운 물에 데치고 기름과 된장을 넣고 버무려서 반찬을 만들어서 내었으니, 이 비름나물을 보리밥에 넣고 고추장을 넣어 비벼먹으면 단숨에 밥 한 사발을 뚝딱 먹었던 것이 생각난다.

그러면 비름나물의 효능을 알아보자.

이 비름나물에는 단백질, 인, 칼륨, 칼슘 등과 각종 비타민이 다량 내포되어 있다고 하며, 어린 순을 나물로 무쳐먹거나 국을 끓여서 먹으면 해독작용이 있고 종기가 쉽게 아무는 효과가 있다고 하며, 이외에도 칼슘이 풍부하여 골다공증에 좋고, 고혈압을 예방하며 눈 건강에도 탁월한 효능이 있고, 특히 대장과 변비에 효능이 있다고 하니, 대단히 인체에 좋은 식품이 된다.

텃밭을 지으면 무엇이 좋은가! 내가 좋아하는 채소를 심어서 먹을 수가 있어서 좋다. 비타민이 풍부한 고추는 고추장을 찍어서 먹으면 훌륭한 반찬이 된다. 그뿐인가! 상추, 케일, 파, 마늘, 오이, 토마토, 가지, 들깨, 고구마, 쑥갓, 아욱, 무, 배추, 당근, 감자, 옥수수 등 수많은 채소를 심고 싱싱한 채소를 금방 따다 먹을 수가 있으니 좋다.

필자는 몸이 냉한 편에 속하므로 몸을 따뜻하게 해주는 파, 대파, 고추, 마늘 같은 열이 많은 채소를 많이 심어서 나물을 해서 먹는다. 아내 역시 체질이 냉한 소음 체질이므로, 필자와 거의 같아서 음식을 해서 먹는데 전혀 이견이 없어서 좋다, 만약 부부 중에 남편은 열이 많은 체질이고 아내는 몸이 허약하고 차다면, 이는 서로 반대가 되므로 음식을 해서 먹는데 많은 제약이 따를 수가 있다. 몸에 열이 많은 사람은 따뜻한 성질의 음식을 가능하면 피해야 하고, 몸이 찬 사람은 반대로 성질이 찬 음식은 피하는 것이 좋다.

이 텃밭 건강이라는 것은 단순하게 내가 먹을 음식은 내가 직접 심고 키워서 먹는다는 것 외에 이보다 더 건강에 좋은 것이 있다고 본다. 그것은 무엇인가! 즉 마음의 수양이 됨은 물론 텃밭에서 자라고 있는 파란 작물을 보고 있노라면, 곧바로 나의 마음에 평화가 찾아온다. 이렇게 되면, 이 세상의 이해득실과 스트레스에서 벗어나게 되고, 자연적으로 마음에 호연(浩然)한 기운이 들어와서 건강한 생활을 하게 되는 것이다.

조선조는 계급사회였으니, 즉 사농공상(士農工商)이라는 계급이 있었다. 언제나 학문 속에 묻혀서 사는 사(士) 계급을 제일로 쳤고, 다음은 농사를 짓는 농부를 둘째로 쳤으니, 이는 왜인가! 왜 아무런 힘도 없고 배움도 없는 농부를 두 번째에 넣었는가! 농사는 심은 대로 거두는 직업으로 남을 속이거나 거짓말을 하지 않아도 되는 직업이기 때문이고, 그리고 마음을 기르는 직업, 즉 양성(養性)이 되는 직업이기 때문이다.

농부가 작물의 상태를 잘 파악하여 습기가 부족하면 물을 주고, 거름이 부족하게 보이면 거름을 주며, 작물이 혹 병에 걸렸으면 약을 주어서 그 병마를 퇴치해주어야 그 작물이 잘 자라서 많은 결실을 맺는 것이다. 만약 위에서 말한 대로 하지 않고 그냥 버려둔다면, 그 작물은 잘 자라지 못해서 반드시 결실이 적을 것이다.

농부는 농사에 대한 지식에 대해서는 모두 박사라고 해도 과언이 아니다. 학위만 없을 뿐이다. 생각해 보라. 70평생을 오직 농사에 종사하면서 어떻게 하면 많은 수확을 올려서 부모님을 봉양하고 처자식을 편안히 부양하려고 노력하였으니, 누가 이보다 더 많은 노력을 하였겠는가! 그렇기에 이런 농부는 매년 농사를 잘 지어서 많은 수확을 올리는 것이다. 농부가 부지런히 일을 하면 그만큼 많은 수확을 올릴 수가 있기에, 그 농부는 부지런히 밭에 나가서 일을 하는 것이고, 그렇게 부지런히 밭에 나가서 일을 하고 돌아다니므로 건강에도 좋은 것이다.

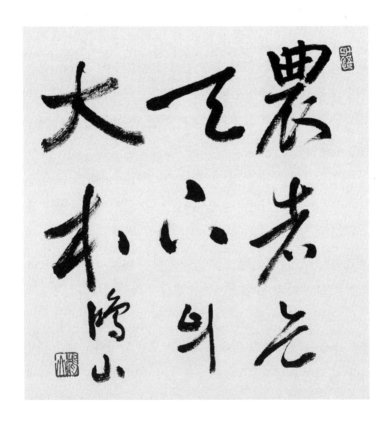

작농(作農)과 치국(治國)은 동일하다

옛말에,

"농부의 농사짓는 것은 천하(天下)의 커다란 근본이 된다.〔農者
天下之大本.〕"

고 하였다. 무슨 말인가 하면, 사람은 음식을 먹고 사는데 그 음식의
재료를 농사를 지어서 세상에 내놓는 사람이 농민이니, 이 사람이
짓는 농사가 이 세상의 근본이 된다는 말씀이다. 그러므로 이 수필
에서는 농사와 정치를 비교하여 몇 마디 하려고 한다.

농사를 짓는 농부는 비록 많은 공부를 하지 않았다 하더라도 평
생을 통하여 농사를 지었으므로, 이 분야에서는 그 누구보다도 훨씬
노력을 많이 한 사람이다.

농부가 하나의 작물을 밭에 심어서 꽃을 피우고 열매를 맺고 수

확하기까지는 1년이라는 세월이 걸린다. 그러므로 만약 농부가 작물을 심어서 잘 키우지 못하고 실패한다는 것은 1년의 농사를 망치는 것이므로, 그 농부는 정신을 똑바로 차리고 자세히 관찰하면서 농사를 지어야 한다.

　농부가 논밭에 곡식을 심어 키우는 데는, 퇴비를 뿌리고 김을 매고 논밭에 물을 공급하며, 또한 비료를 주기도 하고 만약 벼에 멸구가 생겼다면 살충제를 뿌려서 그 멸구를 죽여야 하는 것이고, 비료를 너무 많이 주어서 열병이 생겼다면, 항균제를 주어서 그 열병에서 벗어나게 해야 열매를 맺어서 수확을 할 수가 있는 것이다.

　또한 농부가 더 많은 수확을 하려고 비료를 많이 주면, 벼가 새끼를 많이 치고 무성하게 자라는 것까지는 좋은데, 너무 무성하면 바람이 통하지 않기 때문에 도열병에 걸리게 되고, 그리고 벼가 너무 무성하게 잘 자라면 줄기가 약해져서 약간의 바람만 불어도 논바닥에 쓰러지게 되는 것이니, 쓰러진 벼에서는 많은 수확을 기대하지 못하는 것이다. 반대로 비료를 너무 적게 주면 벼가 자라지 않아서 많은 수확을 기대하기 어렵다. 그러므로 농부는 이러한 이치를 잘 헤아려서 벼가 도열병에 걸리지도 않고 땅에 쓰러지지도 않게 키우는 것이다. 이렇게 해야 가장 이상적인 수확을 기대하게 되는 것이다.

　국가를 다스리는 정치도 꼭 농사를 짓는 것과 같으니, 일례로 대통령이 어떤 정책을 펴서 실행하고 있는데, 도중에 벼에 도열병이 걸리는 것과 같은 폐해가 생기면, 반드시 왜 이런 폐해가 생겼는가를 면밀히 관찰하여 그 제도에 문제가 있다는 결론이 나오면, 속히 다른 정책으로 변경하여 피해를 줄여야 하는 것이다. 만약 잘못된 정책임을 알고도 계속 밀어붙이면, 그 피해의 규모는 확대되어서 국가에 심대한 피해를 주기 때문에 국가를 경영하는 자는 정신을 바짝 차리고 정치를 해야 부국강병의 정치가 되는 것이다.

정치의 기본은 무엇인가! 반드시 '부국강병(富國强兵)'의 정치를 하여 국민들이 아무 걱정 없이 배부르게 먹고살게 해야 하는 것이다.

대통령은 국민으로부터 국가의 안위(安危)를 위임받은 사람이다. 공평무사한 마음으로 오직 국민을 위해서 정치를 해야 하는 것이다. 만약 대통령이 공평무사하게 정치를 하지 않으면, 그 아래에 있는 장관이나 정당의 책임자가 잘못된 것을 정확히 고(告)하여 정치가 올바르게 갈 수 있도록 해야 국민의 신뢰를 받게 되는 것이다.

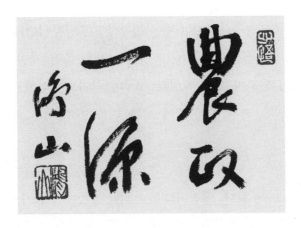

원시 농사

2020년 경자년은 참으로 이상한 해이다. 장마가 53일간 계속되더니, 그 뒤에는 가뭄이 계속되어서 10월 말까지 계속되었다. 그리고 11월 1일이 되어서야 이곳 의정부에 비가 조금 내려서 땅을 적시었다.

필자가 주말농장을 100여 평을 경작하면서 봄부터 가을까지 25종의 채소와 곡식을 기르는데, 그 종류는 상추, 쑥갓, 케일, 호박, 하늘 마, 오이, 도라지, 고추, 토마토, 고구마, 감자, 팥, 검정콩, 강낭콩, 봄 무, 가을 무, 배추, 참깨, 들깨, 쪽파, 대파, 가지, 마늘, 옥수수, 토란 등이다.

뭐 이정도의 채소와 곡류를 기르면, 마트에서 사서 먹는 것은 거의 없다고 봐야 한다. 아침저녁으로 식탁에 앉아서 식사를 하면서 반찬을 쳐다보면 10분의 8은 필자가 주말농장에서 기른 채소로 만든 반찬이고, 겨우 10분의 2 정도가 마트에서 사온 반찬이다. 이러므로 우리 집 반찬은 거의 기른 사람이 누구인지 아는 족보가 있는 반찬이라 할 수가 있다.

그런데 필자의 주말농장에는 샘물이 없는 것이 흠이다. 원래 주말농장을 분양하려면 밭에 샘이 있어야 한다. 그러나 우리 주말농장은 땅 주인이 땅만 사놓고 농사를 짓지 않는 밭을 그냥 주워서 경작하는 밭이므로, 샘이 없을 뿐만 아니라 땅도 척박하여 퇴비를 많이 주어야 생산이 가능한 땅이다.

주말농장을 오랫동안 짓다 보니, 해마다 배우는 것이 많다.

올해는 서두에서 말한 바와 같이 장마가 53일간 계속되니, 참깨는 대가 물러서 쓰러지고, 고구마는 잎은 무성한데 땅속에 있는 고구마는 썩었으며, 대파는 처음에는 잘 자라서 무성하였지만 오랜 장마로 인하여 대가 주저앉아서 나중에는 아주 못생긴 대파로 변하였으며, 호박은 비가 매일 내리니 벌이 수정작업을 하지 못해서 꽃을 피우고 금방 떨어졌으며, 고추 역시 처음에는 무성하게 자라서 빨간 고추도 딸 수 있었지만 오랜 장마에 시달리다가 결국 역병에 걸리고 말았다. 그러므로 옆 밭의 주인이 하는 말씀이,

"올해는 토란 밖에 잘 된 것이 없어요."

고 하였으니, 토란은 습기가 많은 곳에서 사는 식물이므로, 우리 밭에도 토란 대는 튼실하게 자라서 토란잎이 족히 어린아이들의 우산

으로 써도 될 수 있을 것 같았다.

가을이 되면 타작이라는 과정을 거쳐야 하는데, 물론 많은 농사를 전문으로 짓는 사람은 탈곡하는 기계를 사서 타작을 하지만, 필자 같이 취미로 하는 농사는 기계를 갖추지 못하였으므로, 결국 원시적 방법으로 타작을 할 수밖에 없었으니, 참깨와 들깨는 베어서 조그만 단을 만들어서 바싹 말린 뒤에, 왼손에는 깻단을 들고 오른손에는 막대기로 마구 때려서 깨가 떨어지게 하여 타작을 하였고, 팥과 콩은 손으로 하나하나를 따가지고 와서 밤에 TV를 보면서 손으로 까내는 방식으로 수확을 하였다. 필자가 이렇게 콩깍지에서 콩을 하나하나 빼내면서 언뜻 뇌리에 스치는 것이 있었으니, 지금 나는 '원시적으로 농사를 짓네!' 하고 생각하였다.

여기서 한 가지 덧붙일 말이 있으니, 밭의 넓이가 50평에서 100평 정도면 돈을 주고 농기계를 부르기도 뭐해서 그냥 삽이나 쇠스랑으로 파서 파종을 하는 경우가 많으니, 이 역시 원시농법이 아니고 무엇인가!

작물에 물을 주는 것 역시 전문적으로 농사를 짓는 사람들은 물을 뿌리는 자동장치를 설치하고 스위치 하나만 누르면 물이 작물에 뿌려지지만, 필자처럼 소규모의 주말농장은 샘물이 없으면 냇가에서 물을 떠다가 뿌려야 한다. 올해는 가을에 한발이 2달 정도 계속되어서 작물이 자랄 수 있는 환경이 아니었으니, 필자는 아침 일찍이 농장에 가서 조루에 물을 가득 담아가지고 와서 작물에 물을 뿌

리기를 계속하면서 좀 어려워도,

　"아침에 운동을 하니, 건강에 좋구나!"

고 생각하면서 연일 물을 주었기에, 오늘 아침에 무를 수확하여 와
서 김치를 담글 수가 있었다.

임도 보고 뽕도 따는 도라지 재배

도라지는 다년생 식물이니, 한 해살이 채소처럼 주말농장에서 키우기는 어렵고 다년간 계속적으로 짓는 전답이어야 가능한 작물이므로, 필자도 수십 년간 농장을 운영하지만 주인이 누군지 모르는 남의 땅에서 농장을 운영하기에, 언제 갑자기 주인이 나타나 땅을 회수할지 모른다.

그래서 도라지나 더덕 같은 다년생 작물은 심지 않고, 비교적 당년에 수확하는 작물을 재배하였다. 그런데 옆에서 같은 땅을 짓는 어느 부인은 모퉁이 땅을 이용하여 도라지도 심고 더덕도 심었으며, 금년에는 마늘도 심어서 수확하는 것을 보고 필자도 밭의 가에 도라지를 심기로 작심하였다.

왜 하필 도라지인가! 필자가 강원도 인제군 서화면 천도리에서 군대 생활을 하였는데, 그곳은 높은 산이 사방을 외우고 있고 산 사이에 내가 흐르며, 그 내 옆에 길이 있어서 겨우 차와 사람만이 왕래할 뿐이고, 그 외에 전답은 찾아보기 어려울 정도로 산이 많은 곳인데, 산에는 온통 도라지뿐이어서 꽃이 피는 봄이면 산에는 온통 파란 도라지꽃으로 장관을 이루는 곳이다.

그곳에서 조금 더 들어가면 민통선이 있고, 그 민통선을 넘어가면 군인만 출입할 수 있는 지역이고, 민간인은 통행증을 받은 사람만 통행할 수 있다. 필자는 군에 있을 때 보선(補線) 작업을 나갔는데, 사방이 모두 도라지와 더덕 밭이었으니, 그 도라지와 더덕을 캐어서 고추장에 찍어서 점심을 먹었던 일이 지금 고희의 나이에도 기억이 생생하다.

도라지는 껍질을 베끼고 잘 다듬어서 반찬을 만들어서 먹는데, 이 도라지의 반찬은 아주 고급 음식에 속한다. 맛도 좋아서 필자는 이 음식을 많이 좋아하지만, 값이 비싼 것이 흠이다.

그리고 도라지를 심으면 파란 꽃과 흰 꽃이 피는데, 너무 아름다워서 길을 가는 행인들의 마음을 즐겁게 해주기도 한다.

그 외에 도라지는 약으로 쓰이는 약초이니, 기관지에 썩 좋은 효능이 있다고 한다. 그럼 전문가가 쓴 도라지의 효능을 인용하여 써 보겠다.

1. 기관지 건강에 좋다.

도라지에 함유한 사포닌은 기관지의 점액 분비를 촉진하고 기관지 점막을 튼튼히 하여 기침, 가래, 천식 등의 질환을 예방하고 개선하는데 많은 도움을 준다. 또한 도라지에 함유한 이눌린은 기관지에 나타나는 염증을 완화하고 가래와 기침을 완화하며, 특히 환절기와 추운 겨울에 도라지차를 끓여 마시면 호흡기질환을 완화하는데 많은 효과가 있다고 한다.

2. 당뇨 예방에 좋다.

도라지에는 혈당 수치를 정상으로 만들어주는 효능이 있고, 당뇨를 예방하고 개선하는데 효과적인 식품이다. 특히 도라지에 함유한 이눌린의 단 성분은 천연 인슐린이라 불릴 만큼 혈당조절 효과가 뛰어나 당뇨 예방과 개선에 많은 도움이 된다고 한다.

3. 면역력을 강화한다.

도라지 효능 중의 하나인 트립토판 아르기닌 등의 아미노산 성분은 체내의 면역세포 활성화에 많은 도움을 주며, 사포닌 성분은 면역력 강화가 뛰어나다. 또한 도라지의 비타민C 성분은 혈액순환과 신진대사를 촉진하거나 외부에서 들어오는 바이러스와 질병 등으로부터 면역력을 높이는데 도움이 된다고 한다.

4. 혈관 건강에 좋다.

도라지에 함유한 사포닌과 이눌린은 혈관 내 노폐물과 독소를 없애주고 콜레스테롤 수치를 내려주는 효과가 월등하여 고혈압, 동맥

경화, 심근경색 등의 혈관질환을 예방하는데 도움을 준다. 또한 도라지의 불포화지방산은 혈액을 맑게 해주며, 칼륨 성분은 우리 몸의 나트륨과 노폐물의 배출을 도와주고 혈액순환을 원활하게 하여 혈관건강에 많은 도움을 준다.

5. 항암효과에 좋다.

도라지의 사포닌 성분은 몸에 좋지 않은 성분이 위장과 접촉하지 않도록 도와주고, 과산화지질을 분해하여 암세포의 증식과 발생을 막는데 도움을 준다. 특히 사포닌 성분은 간을 독성물질로부터 보호해주고 면역력을 높여 암 발생을 억제하고, 암세포의 소멸을 도우며 폐암 등을 예방하는데 도움을 준다.

6. 빈혈을 예방한다.

도라지에 들어있는 철분은 헤모글로빈의 구성 성분으로 체내에 산소를 공급해주는 역할을 하며, 적혈구의 생성을 도와주고 혈액순환을 원활하게 하여 빈혈 증상을 개선하는데 도움이 된다.

7. 골다공증을 예방한다.

도라지에 함유한 칼슘, 철분, 인 등의 미네랄 성분은 뼈를 튼튼하게 해주며 골밀도를 강화하여 골다공증 등 뼈 관련 질환을 예방하는데 많은 도움을 준다.

8. 피부미용에 좋다.

도라지에 함유한 비타민C는 콜라겐의 생성을 촉진하고 피부를 검게 만드는 멜라닌이 피부에 침착하는 것을 방지하여 깨끗한 피부를 유지하는데 도움을 준다. 또한 도라지의 사포닌 성분은 이뇨작용을 하여 피부와 모공에 축적된 오염물질을 제거하여 아토피 피부염과 기미제거에도 도움을 준다.

9. 치매를 예방한다.

도라지에 함유한 사포닌은 기억력과 관련이 있는 아세틸콜린을 분해하는 효소를 억제하는 작용을 하여 학습능력 및 기억력을 높여주며 치매를 예방하는데 도움을 준다.

10. 다이어트에도 좋다.

도라지는 식이섬유와 각종 비타민과 무기질이 풍부하며 단백질, 칼슘, 사포닌 등이 함유한 알칼리성 식품으로 다이어트에 도움을 준다. 또한 도라지의 이눌린 성분은 체지방을 분해하고 체내 중성지방의 농도를 줄여주는 효과가 뛰어나서 기능성 식품으로도 많은 인기 있는 식품이다.

위에서 10가지로 그 효능을 말한 것처럼, 우리에게 많은 도움을 주는 식품인 동시에 가격도 비싸서 이를 시장에 팔 경우에 많은 돈을 벌 수도 있어서 좋다. 한마디로 말해서 도라지 재배는 꽃을 볼 수 있어서 좋고, 건강에 많은 효능이 있어서 좋으며, 또한 많은 돈을 벌 수 있게 해주니, 일석삼조(一石三鳥)의 작물이 되는 것이다.

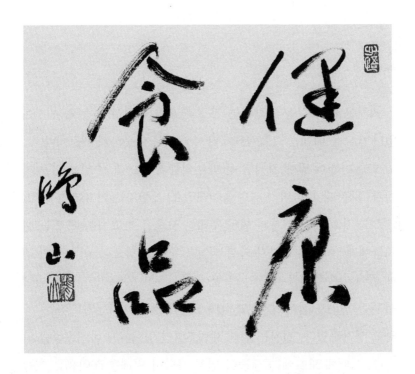

씨앗이 땅에 떨어지면

씨앗은 이 세상을 지탱하는 가장 중요한 물체이다. 만약 씨앗이 없다면 다음 해에는 그 종(種)이 다시 태어나지 못하기 때문이다.

오늘 아침에 밭에 가서 가을 배추씨를 뿌리는데, 주위에 있는 까치가 '때깟때깟' 하면서 계속 울어대었으니, 필자는 이 소리를 듣고,

"아! 저 까치가 필자의 씨앗 뿌리는 모습을 보고 주위에 있는 까치들에게 '이곳에 농부가 와서 씨앗을 뿌리고 있으니, 이 농부가 집에 돌아가면 우리들이 빨리 그 밭에 가서 씨앗도 빼먹고, 또한 밭에서 나온 벌레도 잡아먹자.' 고 하며 울어대는 것이 아닌가!'

하고 생각하였다. 필자는 원래 새벽 5시면 일어나서 아침운동을 하는데, 이때에 도로에는 새들이 먼저 나와서 벌레를 쪼아먹는 것을 보면서 걷기운동을 한다. 사람의 눈에는 아무것도 보이지 않는데, 새들은 연신 무엇을 쪼아먹고 있으니, 아마도 밤에 밖에 나와서 활

동하는 작은 벌레를 쪼아먹는 것으로 생각한다.

사실 씨앗이 돌더미 위에 떨어지거나 시멘트 위에 떨어지면 싹을 틔우지 못한다. 바위 위에 떨어져도 싹을 틔우지 못하고, 아스팔트 위에 떨어져도 싹을 틔우지 못한다. 그럼 어디에 떨어져야 하는가! 반드시 흙 위에 떨어져야 싹을 틔우는 것이다.

그런데 흙에 떨어져도 모두 싹을 틔우는 것은 아니다. 왜냐면 그 씨앗을 새들이 쪼아먹고, 또는 짐승들이 주워 먹으며, 또는 벌레가 파먹기도 한다. 사실 벌레가 파먹는 씨앗이 가장 많을 것으로 생각한다.

씨앗을 한자로는 '인(仁)'이라고 하니, 살구씨를 행인(杏仁), 삼씨를 마자인(麻子仁), 복숭아씨를 도인(桃仁) 등으로 쓰는데, 여기서 인(仁)은 씨앗이라는 말이다. 이 씨앗을 자세히 보면 한쪽의 끝에 조그만 핵이 붙어있는데, 이것이 씨의 핵이다. 이 핵이 온전해야 싹을 잘 틔우는 것이다.

공자께서는 '인(仁)'을 주장하셨는데, 이 인(仁)은 씨앗을 말하는 것이고, 씨앗에 싹이 나오는 시기는 봄이니, 봄이 또한 인(仁)이 되는 것이고, 봄이 되어야 생명이 살아 움직이니, 이렇게 생명이 살아서 움직이는 봄은 피안(彼岸)이고 천국이 되는 것이니, 이런 피안을 만드는 가장 중요한 요소가 씨앗이라는 것이고, 그리고 인(仁)이 활력이 넘치는 봄처럼 사람들이 살아가는 가운데서 없어서는 안 될 생명의 원천이 된다는 것이다.

이를 뒤집어서 씨앗이 없는 세상을 생각해보자. 씨앗이 없으면 산천초목이 모두 없어지고 말 것이니, 이는 죽음의 세상이 되는 것이다. 죽음의 세상은, 곧 파멸이다. 생명을 가진 세상에서는 도저히 상상할 수도 없는 세상인 것이다. 그러므로 아기를 낳지 못하는 여인을 석녀(石女)라 하고, 생식을 못하는 남자를 고자(鼓子)라고 한다.

요즘의 젊은이들은 혹 결혼을 안 한다는 사람도 있고, 혹은 결혼은 해도 고의적으로 자식을 낳지 않는 사람도 있다고 한다. 이런 유의 사람이 생긴 이유는 자식을 기르는데 너무 많은 돈이 들어가고, 또한 아기를 기르는 동안의 긴 시간을 정성을 들여서 돌보고 키워야 하기 때문이다. 그러나 이는 참으로 못난 자의 생각이 아닌가 생각한다. 자신은 천국 같은 생명이 넘치는 이 세상에서 꿀보다도 더 달콤한 세상을 살아가면서도 자식은 만들지 않겠다는 것이니, 이런 사람처럼 모든 동·식물이 모두 그렇게 자식을 낳지 않는다면, 당장 이 아름다운 천지는 죽음의 삭막한 곳으로 화하고 만다. 무섭지 않은가!

구일득신(九日得辛)

구일득신(九日得辛)은 음력으로 정월 초9일에 천간(天干)의 신(辛) 자가 든 것을 말하니, 이렇게 득신(得辛)의 일자가 멀면 가을에 곡식의 결실이 부실하다고 예부터 전해 내려왔다. 그러므로 필자가 어렸을 시절, 1950~1960년대에는 농민들이 새해가 되면 우선 알아보는 것이 '득신(得辛)[14]이 며칠에 들었는가?' 이었다.

그도 그럴 것이 당시 우리나라는 농업국가로서 우리나라 전체 인구에서 농민이 차지하는 비중이 90%를 넘었으니 하는 말이다. 필자 역시 농민의 아들로 태어나서 초등학교를 졸업하고 서당에서 한문을 수학하던 시절이었으니, 새해가 되면

---

14 득신(得辛) : 민속에서, 음력 정월에 처음 드는 신일(辛日)을 득신(得辛)이라 하는데, 그 날짜에 따라 풍흉을 점쳤다. 1일 득신이면 벼꽃이 피어 있는 동안이 하루이고, 10일 득신이면 그 기간이 열흘이라 한다.

"금년은 며칠 득신(得辛)인가!"
고 하고, 달력과 책력을 들쳐보았던 옛날이 생각난다.

그리고 어느 해는 가을이 되어도 볏목이 누렇게 익어서 고개를 숙이지 않고 그냥 뻣뻣하게 서있었으니, 이런 모습을 본 어른들은 말씀하시기를,

"여름에 곡식에 해로운 바람이 불어서 이런 것이다."
고 하였는데, 올해가 꼭 그런 해로운 바람이 불어온 해가 아닌가 하고 생각한다.

금년은 2019년이니, 실로 많은 세월이 흘렀다. 그 당시 필자 역시 농업에 종사하지 못하고 도회지로 나와서 제약회사에 다닌 시절도 있었고, 한약업에 종사한 때도 있었으며, 그리고 관인 '하담서예한문학원'을 열고 학생들에게 서예와 한문을 가르치던 시절도 있었다. 아마도 필자가 가르친 학생의 수를 합하면 수천 명이 될 듯싶다. 이후에 종로구 낙원동에 '해동한문번역원'을 열고 전국에서 난해한 고문서의 번역을 문의하면, 이를 번역하여 주는 업무를 담당하고 있다. 또한 번역 작업을 하면서 남는 시간이 있으면 서예, 문인화, 한문, 수필 등의 장르의 책을 출판하였으니, 전국의 서점에서 판매하는 필자의 책이 무려 40여 권이 넘으니, 촌놈이 서울에 올라와서 꽤 많이 성공했다고 생각한다.

△ 밤

가을이 되어 산밤을 주우려고 하여, 양주군 남면 황방리에서 부동산을 운영하는 송 선생에게 문의하니,

"이곳으로 오시오."

고 하여 단숨에 차를 몰아 그곳에 가니 송선생이 하는 말이,

"올해는 밤이 많이 열리지 않았습니다. 작년에는 밤나무를 쳐다보면 밤송이가 누렇게 익어서 보기가 매우 좋았는데, 어쩐 일인지 금년에는 누렇게 익은 밤송이가 보이지 않습니다."

고 하였다. 그래도 우리들은 밤나무가 많은 산에 들어가서 땅에 떨어진 밤을 주어서 배낭에 넣어 짊어지고 와서 솥에 쪄서 먹었다. 그런데 누런 밤이 어쩐지 예년 산밤의 맛이 나지 않았으니, 이도 또한 득신(得辛)과 연관이 있는 것인가! 하고 생각한다. 오늘도 산에서 주운 찐 밤을 사무실에 가져와서 먹었는데, 산밤 특유의 달고 고소한 맛이 나지 않는다.

필자의 고향 부여는 밤의 산지로, 산에 밤나무를 심어서 이를 수확하여 꽤 많은 수익을 올리는데, 올해는 작년의 3분의 1밖에 수확하지 못했다고 하니, 이 역시 득신의 영향이 아닌가 하고 생각한다.

△ 대추

필자가 사는 아파트의 정원에는 대추나무가 곳곳에 있기 때문에 가을이 되면 주인이 없는 이 대추를 필자는 주워서 먹기도 하고 따서 먹기도 한다.

부언하면, 필자는 대추를 매우 좋아한다. 왜냐면 맛이 달기도 하거니와 영양학적으로 보면 몸에 보(補)가 된다고 하고, 그리고 한약을 지을 때는 한약 한 첩에 대추 2개를 넣어서 짓는데, 이렇게 하는 이유는 무엇인가! 이에 전문가의 말을 빌어보면,

"대추는 「본초강목(本草綱目)」에 '비경혈분약(脾經血分藥)이다.' 라고 하니, 즉 소화기능에 도움을 주는 일종의 보혈제로 기술되어 있다. 대추를 적당량을 달여서(한번 복용시 5~6개 정도) 계속 장복하면 혈액순환과 변비에 아주 좋다. 특히 만성변비로 고생하는 사람들은 당귀와 대추를 함께 넣어 달여 먹으면 보혈작용과 변비치료에 큰 도움이 된다."
라고 하였다. 그런데 금년의 대추는 나무에 매인 채로 말라 있다가 요즘 초겨울에 바람이 불면 하나씩 떨어지는데, 웬일인지 대추가 실(實)하지 않고 쭈글쭈글하고, 도대체 맛이 없고 거기에 더하여 벌레 먹은 대추가 많아서 잘 골라서 입에 넣어야 한다. 부언하면 많이 열리지도 않고 잘 익지도 않았으며, 그리고 어쩌다 익은 대추로 보여도 실(實)하지 않으니, 이 역시 득신(得辛)의 영향을 받은 것으로 생각하게 한다.

△ 벼

음력 10월 10일이 우리 집안, 즉 부여 내산에 있는 옥천전씨 홍산파의 시제(時祭)일이다. 필자는 아침에 의정부를 출발하여 남부터미널에 가서 부여행 고속직행을 타고 2시간 만에 부여터미널에 도착하니, 12시가 되어서 점심을 먹기 위해 순댓국집에 들어갔는데, 나

이 70이 넘어 보이는 할머니가 주인이었다. 꽤나 오랜 세월동안 식당을 운영해서 그런지는 몰라도 음식이 무척 맛이 있었다.

필자의 자리 옆에 나이가 지긋한 노인 두 사람이 음식을 먹기에 필자 왈(曰),

"올해 농사는 잘 지었습니까? 또한 결실은 어떻습니까!'

고 하니,

"올해의 농사는 결실이 좋지 않아서 작년의 3분의 2도 안됩니다. 그리고 쭉정이가 너무 많습니다."

하였으니, 이에 필자는 시제를 잘 지내고 서울에 돌아와서 사무실에서 책력을 펴고 득신을 알아보니, 9일 득신이 아닌가!

"아! 이래서 올해의 농사가 흉작이로군!'

고 하였다.

△ 고구마

필자는 매년 주말농장에 고구마를 심는다. 왜냐면 고구마는 뿌리 작물이기 때문에 약해가 전혀 없는 순수 작물이다. 그리고 고구마는 잎이 나온 줄기를 따서 나물을 해서 먹으면 무척 맛이 있다. 그러므로 조선의 대문호 정철 선생은,

쓴 나물 데운 물이 고기 두곤 맛이 있어
초옥(草屋) 좁은 줄이 그 더욱 내 분(分)이라.
다만 임 그린 탓으로 시름겨워 하노라.

라고 하여, 나물 맛의 아름다움을 노래하였다. 그리고 고구마의 줄기는 건조시켜서 소나 염소 같은 가축에게 사료로 주면 좋고, 그리고 뿌리는 수확하여 집안에 저장하여 두고 찌거나 구워서 먹으면 아주 맛있다. 특히 오븐에 구워서 먹으면 꿀보다 더욱 맛이 있으니, 이런 맛을 천상의 맛이라 할 것이다. 이렇게 고구마는 버리는 것이 하나도 없는 식물이다.

그런데 올해는 땅속에서 자라는 고구마까지도 흉년이 들었다. 예년에 비해 3분의 2정도 밖에 수확하지 못하였으니, 9일 득신(得辛)의 해에는 지상의 곡식에만 영향을 주는 것이 아니고, 땅속의 뿌리식물에까지 그 영향이 미치는 듯하여 쓸쓸함을 금하지 못한다. 천지이기 (天地理氣)의 작용이 이렇다는 것을 고희(古稀)가 넘은 오늘에야 알았다는 것이 부끄럽기 짝이 없다.

이용후생(利用厚生)

《서경》의 〈대우모(大禹謨)〉에 보면,

"덕은 정치를 착하게 잘하는 것이 중요하고, 정치는 백성을 기르기 위한 것이니, 수·화·금·목·토와 곡식이 잘 조화하며, 정덕(正德)과 이용(利用)과 후생(厚生)이 화협하여, 구공(九功)[15]을 펴고 아홉 가지 정책의 펴진 것을 노래한다.〔德惟善政, 政在養民, 水火金木土穀惟修, 正德利用厚生惟和, 九功惟敍, 九敍惟歌.〕"

라고 하였으니, 오늘 말하려는 이용후생(利用厚生)의 이용(利用)은 오늘의 문명을 이롭게 사용하고, 후생(厚生)은 사람들의 생활을 넉넉하고 윤택하게 하는 것을 말한다.

15 구공(九功) : 천자(天子)의 아홉 가지 선정(善政). 백성들 생활의 근본이 되는 화(火)·수(水)·목(木)·금(金)·토(土)와 곡물(穀物)의 육부(六府)를 잘 다스리고, 정덕(正德)·후생(厚生)·이용(利用)의 삼사(三事)를 정비하는 것을 이른다.

오늘 이른 아침에 주말농장에 가서 채소와 감자에 물을 주고 들깨의 씨앗을 모부어놓은 곳에 물을 주었는데, 날씨가 연일 가물고 햇볕만 쨍쨍 쬐니, 도저히 싹이 트지 않을 것 같아서 개울가에 무성하게 자란 풀을 베어다 모부어놓은 위에 덮었으니, 이는 풀로 햇빛을 가리면 습기가 증발하지 않으니, 싹을 틔우게 하려는 하나의 몸짓이었다.

이렇게 열심히 일하다가 개울 옆에 있는 주말농장의 주인이 보이기에,

"안녕하시오."

고 하고 인사를 하니, 반갑게 답례를 한다. 그 사람이 짓는 주말농장에 가보니, 그 사람은 이랑에 비닐을 씌우지 않고 옥수수를 심었는데, 이번 가뭄으로 인하여 옥수수가 크지 못하였으니, 이곳에 영양제가 들어간 물을 주면서 하는 말이,

"마누라가 절대로 밭에 비닐을 씌우지 못하게 하여 비닐을 씌우지 않았더니, 이번 가뭄에 이랑에 습기가 없어서 옥수수가 크지 못하였습니다."

고 하였다.

밭이랑에 비닐을 씌우고 곡식을 심으면 옆에서 싹을 틔우고 나오는 잡초가 자라지 않아서 농부는 식물을 편하게 기를 수가 있으니, 이러한 이점이 있기에 요즘의 농부들은 모두 이랑에 비닐을 씌우고 농사를 짓는다. 그런데 이 사람의 부인은 왜 비닐을 절대로 씌우지 못하게 하는 것인가? 필자가 곰곰이 생각해 보았으니, 이랑에 비닐

을 씌우면 그 이랑에서 싹을 틔우는 잡초들이 자랄 수가 없으므로, 그 잡초들에게 엄청난 형벌을 가하는 행위가 되니, 비록 잡초에 불과한 생물이지만 이렇게 해서는 안 된다는 자비의 마음에, 절대로 비닐을 씌우지 말라고 하는 것일 것이다.

수년 전에 김 교수라는 시인이 필자의 농장 옆에서 농사를 지었는데, 김 교수 역시 절대로 비닐을 이랑에 씌우지 않고 농사를 지었었다. 그래서 필자는 위에서 말한 대로 잡풀의 씨도 자라도록 자비의 마음을 베푼 것이라고 생각하였다. 그러나 비닐을 씌우지 않으면 이랑의 습기가 쉽게 증발하여 금년 같은 가뭄에는 작물이 잘 자라지 못하는 단점이 있다.

그리고 비닐을 씌우는 것에 대한 필자의 생각은 좀 다르니, 유가(儒家)의 경서인 《서경》의 〈대우모(大禹謨)〉에서도 이용후생(利用厚生)하라고 하였으니, 본인이 살아가는 시대의 문명을 이롭게 사용하여, 많이 수확한 곡식을 가지고 사람들의 생활을 윤택하게 한다면 되는 것이라고 생각한다.

다만 어떤 농부는 자기 밭의 옆에서 자라는 풀에까지 제초제를 주어서 그 풀들이 모두 시들어죽게 만드는 사람이 종종 있는데, 이런 행위를 해서는 절대로 안 된다고 생각한다.

아무리 말 못하는 잡초라 할지라도 이 지구상에서 사람과 같이 살아가는 하나의 구성원체가 아닌가! 또한 잡초이지만, 그들이 이 땅에 자라면서 이 지구에 많은 유익함을 줄 것이라고 필자는 생각한다. 그리고 이 지구에서 같이 살아가는 동물들은 잡초를 뜯어먹고 살아가니, 잡초에 제초제를 주어서 마구잡이로 죽인다면, 바로 우리의 이웃에서 살아가는 동물들은 먹이가 없게 되니, 그 동물들이 농부가 키운 곡식을 뜯어먹으려고 대들지 않겠는가! 이렇게 되면 결국 농부에게 손해가 찾아오는 것이다.

그러므로 사람은 나만 살려고 하지 말고, 주위에 있는 동물과 초목과 더불어 같이 살아가려고 노력해야 살만한 세상이 찾아오는 것이다. 깊이 생각하고 주위를 한 번 돌아보는 여유를 가져야 하지 않겠는가!

2022. 5. 19

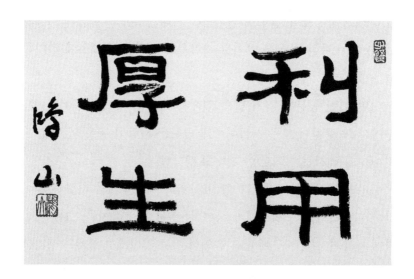

비, 비, 비, 태풍이라도 불었으면

　옛적 중국 은(殷)나라에 칠년대한(七年大旱)의 큰 가뭄이 들었다.
당시 제왕이던 은(殷)의 태조 탕왕(湯王)은, 칠년대한의 모든 책임을
자신의 잘못으로 돌리면서 자기 몸을 희생으로 삼아 상림(桑林)에
나아가 상제(上帝)께 기도를 올렸으니,

　　"정사(政事)에 절도가 없었습니까!
　　백성이 직업을 잃었습니까!
　　궁실이 사치스럽습니까!
　　부녀자의 청탁이 성합니까!
　　뇌물이 행해지고 있습니까!
　　참소하는 자가 출세합니까!
　　〔政不節歟, 民失職歟, 宮室崇歟, 女謁盛歟, 苞苴行歟, 讒夫昌歟.〕"

고 하는 여섯 가지 일로 자신을 책망하며 기도하였으니, 기도가 채 끝나기도 전에 수천 리에 큰비가 쏟아져 내렸다는 고사가 전한다. 《여씨춘추 순민(呂氏春秋 順民)》

　요즘 세계적으로 나타나고 있는 가뭄의 원인에 대하여는 지구의 온난화 효과, 엘리뇨 현상이라는 주장들이 있으나 확실하게 밝혀지지는 않고 있다. 1년의 강수량이 예년에 비하여 10~20%가 적고, 비가 오지 않는 날이 최소한 1개월 이상 되는 경우를 가뭄이 든다고 한다. 심한 경우에는 몇 년씩 이런 현상이 계속되고 있다는데 문제의 심각성이 있다.

　1981년 아프리카의 에티오피아에서 가뭄으로 피골이 상접하고 커다란 눈망울만 껌뻑거리며 죽어가는 사람들에 대한 생생한 TV보도가 아직도 인상 깊게 남아 있다. 말로만 전해 내려오던 7년 대한(大旱)이다. 10년 대한(大旱)이다 하는 말이 실제로 20세기에도 발생하고 있는 현재형이라 할 수 있다.

　올해(2022)는 이른 봄에 비교적 많은 비가 내려서 겨울에 얼어붙은 동토(凍土)를 녹여주었는데, 필자가 주말농장에 씨앗을 뿌린 뒤로는 한 달이 넘도록 비가 내리지 않았으니, 씨앗이 고르게 싹을 틔우지 못하였다.

　농작물은 하늘에서는 비를 뿌리고 땅에서는 습기가 상승해야 씨앗도 잘 싹을 틔우고 작물도 무성하게 크는 법인데, 연일 비가 오지 않으니, 필자는 새벽에 일찍 일어나서 농장에 가서 조루에 물을 떠다가 남새밭에 뿌리는 것이 일과 중의 하나이고, 항상 핸드폰을 꺼내어 일기예보를 보는 것이 버릇이 되었다.

10일 전의 일기예보는 오늘 새벽에는 비가 내린다고 되어 있어서, 열흘 내내 오늘 내린다는 비를 기다렸는데, 그 예보가 갑자기 '구름만 낀다.' 로 바뀌었으니, 비를 기다리는 필자의 마음은 허탈함을 금할 수 없게 되었다.

그래서 필자는 항상 '비, 비, 비가 와야 할 텐데' 라는 생각만 하다가 그래도 계속 비가 오지 않으면, '어디 태풍이 온다는 소식은 없는가!' 고 하면서 인터넷을 열어서 태풍의 경로를 확인하기도 한다.

당장 태풍이 오면 농작물뿐이 아니고 홍수를 몰고 와서 국가적으로 큰 피해를 입히는 것을 너무나 잘 알지만, 비를 기다리는 마음이 얼마나 간절하였으면, 태풍이라도 속히 찾아와서 이 태풍이 비를 몰고 오기를 기다리겠는가!

그리고 필자 같은 주말농장을 운영하는 사람은 심어놓은 작물에 대한 수확이 하나도 없이 모두 폐농이 된다고 해도 가계에 큰 피해는 오지 않는다. 그러나 기왕 작은 농사라도 일단 씨앗을 뿌려놓았으니, 많은 수확을 올려야 한다는 욕심이 앞서기 때문에, 비를 기다리다가 지치면 태풍이라도 불어 비를 몰고 오기를 기다리는 것이다. 그러므로 농민들은 예부터 항상 우순풍조(雨順風調)[16]하여 풍년이 들기를 고대하는 것이다.

---

16 우순풍조(雨順風調) : 비가 때맞추어 알맞게 내리고 바람이 고르게 분다는 뜻으로, 농사에 알맞게 기후가 순조로움을 이르는 말.

그래서 필자는 올해 필자가 속해있는 사단법인 동방서법탐원회전에, 소동파의 시 여지탄(荔支歎)의 시구(詩句) '雨順風調百穀登 民不飢寒 爲上瑞 : 비와 바람 순조로워 풍년이 들어야 할 것이니, 추위와 굶주림을 면하는 게 백성의 최고의 복일지라.'를 서예작품으로 만들어서 지난 2022년 6월 22일부터 6월 28일까지 인사동에 있는 갤러리 라메르의 전시회에 출품하였다.

여기서 우순풍조(雨順風調)라는 문구가 나오는데, 옛적에는 농사가 정치의 기본이었으므로, 왕정이 잘 돌아가려면 비가 10일에 1번씩 오고 바람이 알맞게 불어야 과일이나 곡식이 꽃을 피우고 열매를 맺고 잘 익어서 많은 수확을 올려서 백성들이 편안하게 살 수가 있었으니, 그러므로 관민(官民) 모두 언제나 우순풍조(雨順風調)하기를 기원하였던 것이고, 천하의 시인 소식(蘇軾) 같은 사람도 여지탄(荔支歎)에 우순풍조하기를 비는 마음으로 이 시를 지었지 않았나 하고 생각한다.

우순풍조백곡등

뿌리에 붓 주기

  '뿌리에 붓을 준다.' 는 말은 식물의 뿌리가 흙 위로 나온 것을 옆의 흙을 당겨서 뿌리를 덮어주는 것을 말한다.

  일례로, 봄에 대파의 종자를 심으면, 며칠 있으면 대파는 자리를 잡고 크기 시작하는데, 원래 심은 하나의 촉만 크는 것이 아니고 옆에서 새끼를 쳐서 여러 촉이 올라온다. 이때에 옆에 올라온 새끼 친 대파는 옆으로 쓰러지는 경우가 있는데, 이럴 때에 붓을 주어서 그 새끼 친 대파가 위로 곧게 자라게 유도해야 좋은 상품의 대파가 탄생하는 것이다. 그러므로 채소이건 곡식이건 처음에는 붓을 주어서 곧게 자라게 하는 것이 농부가 하는 일이고, 이렇게 정성을 들여서 길러야 좋은 상품이 되어서 비싼 값에 팔리는 것이다.

  농사라는 것은 아무나 하는 직업으로 생각하는 경우가 많으나,

실제로 농사를 지어보면 배울 것이 너무 많다. 작물을 파종하는 시기와 옮겨 심는 시기 등도 잘 알아야 하고, 작물이 크는 온도와 꽃을 피우는 시기 등도 알아야 하며, 그리고 작물을 수확하는 시기도 잘 알아서 적당한 시기가 오면 수확을 하여야 많은 수확을 얻을 수가 있는 것이다.

거름을 주는 것도 아주 중요하니, 거름을 너무 많이 주면 웃자라서 상품이 되지 않고, 그렇다고 반대로 거름을 조금만 주면 이것 또한 너무 자라지 않아서 상품이 되지 않는 것이다. 그러기에 적당히 키우는 방법을 터득해야 하는 것이다.

일례로, 벼를 논에 옮겨 심으면 벼가 물 논에서 자라는데, 빨리 자라라고 비료를 많이 주면 벼가 너무 무성하게 자라게 된다. 벼가 너무 무성하면 바람이 잘 통하지 않아서 도열병에 걸리는데, 이 병에 한 번 걸리면 농사를 망치고 만다. 그러므로 비료를 적당히 주어야 하는데, 농군은 작물을 키우면서 너무 웃자라지도 않고 그렇다고 비료를 너무 적게 주어서 적당한 수준에 미치지 못하면 도열병에 걸리지 않아서 좋기는 하나 수확은 줄어드니, 잘 지은 농사는 아니다.

사람을 양육하는 것도 작물을 기르는 것과 같을 것이니, 작물은 거름을 주어서 기르는 반면에 사람은 교육을 잘 시켜서 올바른 사람으로 길러야 하는 것이다.

그런데 여기서 알아야 할 것이 하나 있으니, 사람의 뿌리는 조상이고 현세에 살아서 활동하는 사람은 지엽(枝葉)이라고 보면 된다. 지엽이 무성하려면 뿌리에 붓을 주어야 한다는 것은 누구나 잘 아는 상식이지만, 현대인들은 사람의 뿌리는 알지 못하고 식물만 뿌리가 있다고 생각하는 사람이 너무 많다. 그러나 사람도 뿌리가 있고 줄기가 있고 가지와 잎이 있는 법이다.

그러면 어떻게 해야 사람의 뿌리에 붓을 줄 수가 있는가! 이를 아는 것은 간단하다. 즉 조상의 영령께 제사를 잘 올리고 살아있는 부모님을 잘 봉양하며, 형제간에 우애하고 종족을 구휼하는 것이, 식물에 붓을 주는 것과 같다고 본다. 그래서 예부터 우리의 조상들은 언제나 조상께 제사를 올려 추원(追遠)[17]의 정을 보내고 살아계신 부모님께 정성껏 효도하였던 것이다. 그리고 옛적 성현(聖賢)들 역시 이렇게 사는 것이 가장 잘 사는 것이라고 가르쳤던 것이다.

《주역》곤괘(坤卦) 문언(文言)에 보면,

"덕을 많이 쌓은 집안에는 반드시 뒤에 남겨진 경사(慶事 : 좋은 일)가 있다."

고 하여, 착한 일을 많이 한 사람은 그 자손이 반드시 많은 복을 받는다고 하였으니, 이 말씀은 공자(孔子)의 말씀이다.

그러므로 현세에서 재물도 많고 권세가 있는 사람은 반드시 그 조상이 많은 덕을 쌓았기에 현세에 와서 그 자손이 영화를 누린다고 봐야 한다. 아래에 실제로 착한 일을 한 사람의 실례를 소개한다.

소사(少師 : 관직명)인 양영(楊榮)[18]은 중국 복건성 건녕 사람인데,

---

17 추원(追遠) : 조상의 덕을 생각하여 제사에 정성을 다하다.

18 양영(楊榮, 1371~1440) : 명나라 건문제 때에 진사가 되고, 영락제 때 문연각(文淵

그 집안은 대대로 뱃사공으로 강가에서 왕래하는 길손들을 건네주는 일을 해왔다. 한 번은 비가 많이 와서 강물이 불어 넘쳐서 마침내 제방이 무너져서 민가가 온통 물에 잠겼다.

물에 빠져죽은 사람들과 재물들이 급히 흐르는 물살을 따라 하류로 떠내려오자, 다른 배의 주인들은 모두 떠내려오는 재물만 건지느라 정신이 없는데, 오직 양소사의 증조(曾祖)와 조부(祖父)만은 사람을 구하는데 힘쓰고, 재물은 하나도 건지지 않았다. 그래서 동네사람들이 그들을 비웃었다. 그러나 소사의 아버지가 태어날 때에 이르자 집안이 점점 부유해졌다. 어떤 신선이 도인으로 변화하여 그 아버지에게 알려주었으니,

"그대 할아버지와 아버지께서 음덕(陰德)을 많이 쌓아서 자손들이 틀림없이 부귀영달을 누릴 것이니, 어느 곳에 묘지를 쓰는 것이 좋겠소."

마침내 그가 가르쳐준 곳에 묘를 썼는데, 바로 지금의 백토분(白土墳)이다. 그 뒤에 소사(少師)를 낳았는데, 스무 살의 약관(弱冠)에 과거에 급제했다. 그리고 그 지위가 삼공에까지 이르렀고 삼대(三代)의 조상이 관직에 추증(追贈)이 되었으며, 그 자손들이 몹시 부귀하고 홍성하여 지금도 유명한 자가 많다. (운명을 뛰어넘는 길에서)

■

閣)에 들어갔다. 지략이 뛰어나고 과단성이 있어서 성조(成祖)의 총애를 받았다. 여러 차례 황제의 북방 순행을 수행했으며, 문연각 태학사에까지 이르렀다. 인종(仁宗), 선종(宣宗), 영종(英宗) 초년까지 계속 조정에서 정치를 보살폈으며, 영종 즉위 후에는 양사기(楊士奇), 양부(楊溥)와 함께 삼양(三楊)으로 일컬어졌다. 《북정기(北征記)와 양문민집(楊文敏集)》이 있다.

손순(孫順)¹⁹이 집이 가난하여 그 아내와 같이 남의 집에 품을 팔아서 어머니를 봉양하였는데, 아이가 매양 늙은 어머니의 음식을 빼앗아 먹는지라. 순(順)이 아내에게 말하기를,

"아이가 늙은 어머니의 음식을 빼앗아 먹으니, 아이는 다시 낳을 수 있거니와 어머니는 다시 구할 수 없다."

고 하고 곧바로 아이를 업고 취산의 북쪽 기슭에 가서 묻으려고 땅을 파니, 홀연 심히 기이한 석종(石鐘)이 나왔다. 놀라고 괴이하여 시험적으로 그 종을 쳐보니, 용용(舂容)²⁰하여 심히 아름다운지라. 아내가 말하기를,

"이런 기이한 물건을 얻은 것은 자못 아이의 복이니, 땅에 묻는 것은 옳지 않다."

고 하니, 순(順)이 그렇게 여겨서 아이를 업고 석종을 가지고 집에

---

19 손순(孫順) : 일명 '손순(孫舜)'이라고도 한다. 모량리(牟梁里) 사람으로 아버지는 학산(鶴山), 어머니는 운오(運烏)이다. 아버지가 죽자 아내와 더불어 남의 집에 품을 팔아 얻은 곡식으로 늙은 어머니를 봉양하였다. 어린 자식이 늘 어머니의 음식을 빼앗아 먹으므로 민망히 여긴 그는 부인에게 이르기를 "아이는 또 얻을 수 있으나 어머니는 다시 얻기 어렵다."고 하면서, 자식을 버려서 어머니의 배를 부르게 하려 했다. 아이를 업고 취산(醉山) 북쪽 교외로 가서 묻기 위해 땅을 파다가 기이한 돌종[石鐘]을 얻었다. 부부가 이상히 여겨 나무 위에 걸고 두드려보았더니 그 소리가 은은하였다. 이 이물(異物)을 얻음은 아이의 복으로 생각한 그들은 자식을 업고 종을 가지고 집으로 돌아왔다. 종을 들보에 달고 두드리니 그 소리가 대궐에 들리었다. 왕이 종소리를 듣고 사자를 보내어 조사하여 그 사유를 자세히 알고는 "손순이 아이를 묻으려 하매, 땅이 석종을 솟아내었으니 효는 천지에 귀감이 된다."라고 하였다. 효행에 대한 포상으로 집 한 채와 해마다 벼 50석을 받았는데, 뒤에 그는 옛집을 희사하여 절을 삼아 홍효사(弘孝寺)라 하고 석종을 안치하였다.

20 용용(舂容) : 한가한 정취가 우러나면서 전아(典雅)한 분위기를 풍기는 것을 말한다.

돌아와서 들보에 달아매고 쳤는데, 왕이 그 종의 맑은 소리가 멀리 울림을 듣고 이상하게 여기었다. 이에 그 사실을 조사하여 듣고 말하기를,

"예전에 곽거가 아들을 땅에 묻음에 하늘에서 금 솥을 주었는데, 오늘은 손순이 아이를 묻음에 땅에서 석종(石鐘)을 내니, 전후의 병부가 한 가지이다."

고 하고, 나라에서 집의 한 구역을 주고 해마다 쌀 쉰 석을 주었다고 한다. 《명심보감》

도(都)씨 성을 가진 사람이 집은 가난하나 지극히 효도한지라 숯을 팔아서 고기를 사서 어머니께 반찬을 만들어서 봉양하였더니, 하루는 시장에서 늦은 시간에 바삐 돌아오는데, 솔개가 갑자기 고기를 움켜잡아 날아가거늘, 도씨는 울면서 집에 이르니, 솔개가 이미 그 고기를 뜰에 던져놓았다고 하였다.

하루는 어머니께서 병에 들어서 때아닌 홍시가 먹고 싶다고 하니, 도씨는 감나무 밑에 가서 감을 찾기에 바빠서 날이 어두운 것을 깨닫지 못하였더니, 호랑이가 여러 번 앞길을 막고 타라는 뜻을 보인지라, 도씨가 호랑이 등에 올라타니, 호랑이가 백여 리 밖의 산촌에 이르러서 내리라 하는지라. 곧바로 내려서 인가(人家)를 찾아 투숙하였는데, 조금 있으니 주인이 제사를 지내고 제삿밥을 내놓으며 홍시도 같이 내놓았다. 도씨는 기뻐하여 홍시를 내어준 내력을 묻고, 또한 자신의 뜻을 말하니 대답하기를,

"돌아가신 부친께서 홍시를 좋아하셨기 때문에, 매년 가을이면

감 200개를 선택하여 굴 속에 저장하고 이 5월에 이르면 완전한 홍시는 7~8개에 불과했는데, 금년에는 완전한 홍시 50개를 얻었기 때문에 마음으로 이상하게 생각하였더니, 이는 하늘에서 그대의 효도에 감동한 것이다."

고 하고, 홍시 20개를 주거늘, 도씨는 사례하고 문 밖에 나오니, 호랑이가 아직도 엎드리고 기다리는지라. 타고 집에 이르니 새벽닭이 울고 있었다. 뒤에 어머니는 천명을 다하고 돌아가심에, 도씨는 피눈물을 흘렸다고 한다. 《명심보감》

위의 사례에서 보듯이 사람이 착하게 살면 반드시 하늘에서 복을 내려주는 것이니, 이는 뿌리에 붓을 준 그 자손이 영화를 누리는 실례를 기술한 것이다. 물론 이런 실례는 부지기수로 많지만, 본편에서는 위의 4편으로 줄이려고 한다.

들깨 모 때우기

필자가 어려서(1960년대) 시골에 살 때의 일이다. 당시 우리나라는 농업인구가 90%를 넘었을 때의 일이니, 논에 물을 대고 모내기를 하는 일이 아마도 가장 큰일 중의 하나였을 것이다. 왜냐면 농사에는 쌀을 생산하는 일이 가장 중요한 일이고, 또한 가장 돈을 많이 버는 일이었으니 말이다.

지금은 모내기를 할 때에는 기계를 이용하여 이앙(移秧)을 하지만, 1960년대에는 논에 물을 대고 쓰레질을 하여 논을 평평하게 고른 다음 못줄을 띄우고 여러 사람이 한 줄로 서서 모를 심는 것을 '모내기 한다.' 고 하는 것이다.

이렇게 모내기를 한 뒤에 그 논의 주인은 모가 물 위에 둥둥 떠 있는 곳에 가서 그 모를 다시 심는 것을 '모를 때운다.' 고 말하는 것이다.

오늘(2022. 6. 14)은 비가 온 뒤이기 때문에 차를 타고 주말농장에 가서 들깨 모를 때웠다. 사실 올해는 약 2달 동안 비가 내리지 않아서 감자밭의 감자는 시들시들하고 상추 역시 씨를 뿌려도 씨가 잘 나지 않고, 이미 싹이 터서 자라고 있는 상추도 밭에 물기가 없으니 매일 냇가에 가서 물을 길어와서 물을 주었지만, 그렇게 흡족하게 잘 크지를 않았다.

며칠 전에 비가 약간 왔기에 깨 모를 심고 물을 주었는데, 오늘은 심어놓은 깨 모가 시들어 죽은 곳에 다시 깨 모를 쪄다가 두 개씩 가지런히 심고 물을 주었으니, 이런 일을 '때운다.'고 하는 것이다.

필자가 주말농장을 수십 년 동안 운영하면서 느낀 것이 있으니, 하늘이 비를 내려주지 않으면 농사를 지을 수가 없다는 것이고, 농사를 짓지 못하면 사람들은 음식을 사서 먹을 수가 없으니, 아무리 돈이 많은 사람일지라도 굶을 수밖에 없다는 것이다.

그래서 본 난에는 우리가 살아가는 지구상에 없어서는 안 될 가장 중요한 것 몇 가지를 말하려고 한다.

공기가 가장 중요한 것이니, 공기가 없으면 숨 쉬고 사는 동물은 살 수가 없는 것이고, 다음은 물이 중요한 것이니, 물이 없으면 식물이 살 수가 없으므로 그 식물을 먹고 살아가는 동물들 역시 모두 죽을 수밖에 없다는 것이다.

그럼 불이 없으면 어떻게 될까? 사람과 동물 모두 온기가 있어야 사는데, 사람은 36도의 체온이 유지되어야 살 수가 있다. 또한 불이 있어야 음식을 익혀서 먹고사는데, 하지만 익히지 않아도 날 것을 먹고도 살아갈 수는 있는 것이니, 원시시대 불이 없을 때에는 사람도 음식을 날 것으로 먹고 살았다고 하니, 아마 불이 없다고 해도 금방 죽지는 않을 것이다. 그러나 잠을 자거나 집에 기거할 때에 온기가 없다면 적당한 체온을 유지하기가 어렵지 않나 하고 조심스럽게 생각해 본다. 그러므로 불도 또한 우리가 살아가는데 없어서는 안 될 중요한 요소 중의 하나인 것은 분명하다.

다음은 우리가 딛고 살아가는 땅이 있어야 한다. 사실 하늘과 땅은 첫 번째로 중요한 요소이다. 그러므로 땅이 있어야 사람이 딛고 설 수가 있는 것이고, 그 땅에 집도 짓고 곡식과 채소도 심어서 먹고 사는 것이니, 이 땅을 일컬어서 어머니에 비유하는 것이다. 왜냐면 땅은 싫다고 하는 일 없이 무조건 사람과 동·식물을 품어주기 때문에 어머니의 품과 같이 따뜻한 것이다. 반면에 하늘은 아버지에 비유하니, 하늘에서는 비를 뿌리고 공기를 주며 바람이 불고 구름을 만들며 번개가 치고 우레를 울린다. 혹 태풍이 오기도 하고 또는 가뭄이 찾아오기도 하는데, 이 역시 하늘의 셈법에는 이 우주를 운영하기 위한 어떤 타당한 이치가 있을 것이다. 그러므로 우리들 사람은 하늘에 순응하면서 살아갈 수밖에 없는 것이다.

그렇기 때문에 필자는 오늘 비가 오기를 기다려서 깨 모를 내고 또한 깨 모가 죽은 곳에는 다시 깨를 쪄다가 때운 것이니, 이 역시 순천(順天)하는 것이 아니고 무엇이겠는가!

건강하게 살기

지난 일요일에 시간을 내어 수락산 중턱에 있는 약수터에 올라갔다. 그런데 약수터에 약수가 한 방울도 나오지 않았다. 그래서 계곡에 있는 약수터에 내려갔는데 그곳에도 약수가 한 방울도 나오지 않았다.

필자가 서울 신림동에 살다가 의정부에 이사 와 산지가 21년인데, 그동안 이 약수터는 한 번도 물이 안 나온 적은 없었으니, 금년(2019)의 가뭄은 그만큼 혹독한 가뭄인 모양이다. 그래도 시민들의 삶은 하나도 불편함이 없다. 왜냐면 집안의 수도에서는 항상 물이 꽐꽐 나오니, 이런 가뭄도 걱정할 필요가 없는 것이다.

필자는 주말농장을 운영하면서 많은 종류의 채소 등 작물을 심었기에, 항상 날씨에 정신이 곤두서있다고 해야 할까!

요즘은 강낭콩의 열매가 한창 여물고 있는데, 영상 30도가 넘는 무더위가 20여 일간 계속되니, 밭에 습기가 고갈되어서 모든 작물이 시들시들하다. 그래서 매일 아침에 일찍 일어나서 냇가에 가서 물을 떠와서 뿌렸다.

오늘은 가뭄에 시달리는 작물이 어떤가를 보기 위해 이른 새벽에 차를 몰고 주말농장에 가보니, 그렇게도 싱싱하게 자라던 옥수수가 한 잎 두 잎 시들기 시작한다. 그래서 오늘도 어제처럼 졸졸졸 흐르는 냇물을 막아 만든 웅덩이에서 물을 떠다가 옥수수에도 뿌리고 강낭콩에도 뿌렸다.

그러나 가문 날씨에 조루로 물을 뿌리면 물이 땅속으로 쑥 들어가지 못하고 밭의 표면만 축축하게 적시고 만다. 이렇게라도 뿌리면 시들지는 않을 것 같고, 그리고 이틀 뒤에는 장맛비가 북상하여 내린다는 날씨예보를 들었으니, 오늘만이라도 시들지 않고 살아있으면, 그 뒤에는 장맛비로 인하여 해갈이 될 수 있다는 희망이 있다.

오늘 필자가 글을 쓰는 본의는 옥수수와 강낭콩의 풍성한 열매가 아니고 건강한 삶을 논의하려는 것이다. 초목이 건강하게 사는 것은 하늘과 땅이 조화로움을 유지하여 때때로 비가 내리고 바람이 솔솔 불어대면 되는 것이고, 사람이 건강하게 사는 것은 건전한 생각에 섭생(攝生)을 잘해야 하는 것이다. 물론 천지(天地)는 조화로워서 우순풍조(雨順風調)하고, 사람은 탐욕을 버리고 자연에 순응하면서 살아야 함은 물론이다.

건강한 생활은 물론 병이 없어야 하나, 나이가 들고 몸이 쇠약해지면 면역력이 부실해져서 병균이 따라붙는 것인데, 필자 역시 이제 고희(古稀)를 넘기고 2년이 되었으니, 늙은 노인이다.

전에는 1년에 한두 번을 병원을 찾았던 내가 이제는 연일 병원의 문을 두드리며 살아간다. 그도 그럴 것이 가래가 많이 나와서 병원에 가고, 피부에 발진이 되어 병원에 가며, 전립선이 부어서 병원에 가고, 녹내장으로 병원에 간다. 또한 오른쪽 어깨에 벌레가 기어가는 것처럼 스물 대어서 한의원에 가서 침을 맡는다.

그래도 침상에 누울 정도는 아니고 삼시 세끼 잘 먹고 사니 힘이 솟는다. 그래서 이른 새벽이면 중랑천을 따라 걷다가 운동기구가 있는 공원에 들러서 역기도 들고 철봉도 하며 30분 정도 운동을 한 뒤에 집에 돌아오면 6,000보쯤 걸었다고 만보기가 말해준다. 아침을 먹고 지하철역까지 걸어가서 전철을 타고 종로3가역에 내려서 이곳에서 또 걸어서 사무실에 가고, 퇴근할 때도 출근 때의 반대 코스를 밟으면 하루에 10,000보 이상을 걷는다. 이렇게 운동을 하니, 아직은 근육이 탄탄하고 힘이 불끈불끈 난다.

또한 건강한 삶은 잠을 잘 자야 하는 것이니, 음기(陰氣)가 주장하는 밤에는 잠을 푹 자서 하루의 피로를 풀어주어야 하고, 양기(陽氣)가 주장하는 낮에는 열심히 움직여서 튼튼한 근육을 유지해야 하는 것이다. 그래서 필자는 밤 10시가 되면 잠에 들고 아침 5시가 되면 일어나니, 하루에 꼭 7시간 동안 수면을 취한다. 이렇게 사는 것이 천리(天理)를 따라 생활하는 것이니, 공자께서 말씀하기를,

"천리를 따르는 자는 살고, 천리를 거역하는 자는 죽는다.〔順天

者存, 逆天者亡.〕"
고 하였다.

　그리고 필자는 봄부터 가을까지 주말농장에서 작물을 기르면서, 채소와 곡식들이 싹을 틔우고 어린잎이 나와서 자라는 모습을 매일 관찰하면서 사니, 그 작물에서 발산하는 싱싱하고 풋풋한 기운이 나도 모르는 사이에 나의 몸에 들어오는 것을 느낀다. 이도 또한 건강에 많은 도움이 되는 것으로 안다.

　사람이 나이가 많으면 몸은 쇠퇴하지만, 마음은 하나도 쇠퇴하지 않아 청춘의 마음을 지니고 있으니, 그러므로 몸과 마음이 밸런스가 맞지 않아서 건강에 해가 되기도 한다. 마음은 태산을 넘을 기세인데, 몸은 쇠약하여 마음을 따라가지 못하니, 이를 어쩌겠는가! 그러나 이를 걱정만 한다고 해결되는 것은 하나도 없다. 그러므로 섭생을 잘하고 수시로 운동을 하여 건강한 몸을 유지해야 하는 것이다.

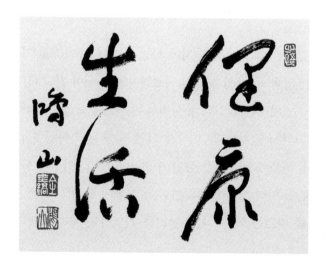

☆ 3. 여행 수필 ☆

중국 항주 및 황산 여행기

2019년 5월 31일

오늘은 드디어 중국 여행을 하는 날이다.

산 중의 산이라는 황산!

작년 봄에 성균관부관장과 약속이 있어서 택시를 타고 성균관에 가니, 여유시간이 있어서 유교의 본산인 대성전(大聖殿)을 관람하고 그 옆에 있는 명륜당으로 갔다.

그곳에는 어떤 묘령의 젊은 여인이 혼자 명륜당에 걸려있는 현판을 보고 있었다. 나는 현판에 쓰인 글씨를 보려고 마루에 오르려는데, 마침 오르지 못하도록 줄이 쳐져 있어서 갑자기,

"어! 여기 올라오지 못하게 했네."

라고 혼자 중얼거리니, 묘령의 여인이 가까이 와서 영어로,

"저는 중국인입니다."

고 하였으니, 이렇게 하여 자연스럽게 종이에 필사(筆寫)하는 방법으로 이야기를 나누게 되었는데, 이 여인은 중국 안휘성에서 관광하러 온 허윤방(許潤芳)이라는 23세의 처녀이었으니, 이 여인이 필사(筆寫)하여 적기를,

"중국 안휘성은 중국 국내의 추로(鄒魯)[21]이고, 한국은 해빈(海濱)의 추로(鄒魯)입니다."

고 하였고, 또 말하기를,

"저는 중국 안휘성 황산에 사는 사람으로 직업은 공무원인데, 공무원시험에서 수석으로 합격하였습니다."

고 하였다. 그리고 또,

"앞으로 국제문화교류를 하면 좋겠습니다."

고 하여, 이후부터 이메일을 주고받으면서 많은 대화를 나누었으니,

"우리 서예가들이 황산에 가서 문화교류를 하면 좋겠구나!"

고 생각하고, 이후부터 '황산 여행'을 기획하게 되었으니, 우선 모두투어 종각점 문현주 대표에게 부탁하여 3박 4일의 일정으로 여행지를 선정하고 여행경비를 뽑아보니, 경비는 비자 경비 40,000원, 가이드 경비 50,000원, 안마 30,000원, 여행보험 10,000원, 송성(宋城) 가무쇼 50,000원을 포함하여 모두 780,000원이었으니, 실제 순수 여행비는 60만 원이다. 이를 지인들에게 연락하여 총 인원 14명이 중국 황산 여행의 장도에 오른 것이었다.

---

21 추로(鄒魯) : 추나라는 맹자의 출생지이고, 노나라는 공자의 출생지인 데서 공자와 맹자를 달리 이르는 말.

아침 7시에 콜택시를 타고 온 유의상 교수와 서예가 김순환씨와 나 셋이서 의정부 회룡역 아래에 있는 스타벅스 앞에서 같이 탑승하고 신나게 달려서 인천공항에 도착하니 아침 8시였다. 너무 이르기에 우리 셋은 지하에 있는 스타벅스에서 커피 한 잔씩을 마시고 3층으로 올라오니 많은 사람들이 와 있었고, 모두투어 종각점 문현주 대표도 와 있었다. 12시 25분에 아시아나 oz359기를 타고 중국 절강성 항주에 도착하니, 13시 45분이었다.

항주공항에서 약간의 입국수속을 마치고 나오니, 가이드 고홍매씨가 '홍산 여행단' 이라는 피켓을 들고 서있기에 만나서 최신식으로 꾸민 28인승 버스를 타고 황산으로 향했다.

가이드 고홍매씨는 길림성 도문에서 출생한 교포 출신으로 나이 39세의 미모의 여인이니, 원래 필자가 여행사에 여자 가이드를 붙여 달라고 부탁한 그 사람이었다.

이제 우리는 중국에서 고홍매 가이드의 인솔 하에 황산으로 이동하여 황산천도국제호텔에 여장을 풀고 저녁식사를 하고 친구 네 사람이 휘안강변으로 나왔다. 강변은 시원하기도 하거니와 야경이 너무 아름다웠다. 우리들은 이곳에서 강변의 멋진 야경을 사진에 넣고 한참동안 왕래하면서 여유(旅遊)를 즐기다가 호텔에 들어와서 잤다.

6월 1일, 현지 시간 오전 4시 반에 기상하여 룸메이트와 여행에 대한 이야기를 나누고, 6시에 호텔의 식당에서 식사를 하고, 7시 30분에 황산으로 출발하였다. 버스를 타고 1시간 30분쯤 달려가 황산관광풍경구에 도착하였고, 이내 옥병케이블카를 타고 황산에 올랐

중국 안휘성의 휘안강 야경

는데, 우리들은 모두 '으아!' 하고 입만 쩍 벌리고 있었으니, 이는 황산의 아름다운 풍광을 보니, 무엇이라 말로 표현하지 못할 정도로 아름답고 장엄한 산의 모습에 그만 입만 벌리고 말았던 것이다.

우리나라의 금강산과 설악산 등은 여성적인 아름다움을 지녔다고 한다면, 이곳 황산은 모두 하나의 바위로 이루어져 있어서 남성적인 미(美)를 가진 산이라 할 수가 있다. 그리고 바위의 모형이 가지각색으로 보였으니, 혹 도사가 산 정상에 서있는 것 같기도 하고, 혹은 하늘에서 뚝 떨어진 바위 같기도 하며, 또는 중이 장삼을 입고 지팡이를 짚고 길을 가는 것도 같았다.

황산서해대협곡에 내려가는데, 어제부터 감기에 걸려 밥을 먹지 못한 신경식씨가 다리가 후들거려서 내려가지 못하겠다고 한다. 부인은 그 옆에서 안절부절 어쩔 줄을 모르고 있었으니, 난감한 일이 생겼다. 일행은 먼저 가버리고 필자는 환자를 두고 혼자 갈 수가 없었으니, 이런 상황 속에서 만약 이 협곡에서 환자가 넘어지기라도 한다면 큰 일이 아닐 수가 없었다. 그래서 나는 앞에서 환자를 이끌고 부인은 뒤에서 돌보면서 겨우 협곡 아래에 있는 모노레일을 타는 곳까지 와서 모노레일을 타고 다시 산상(山上)으로 올라갔다. 가이드가 환자에게,

"가마를 타야 합니다."

"네, 가마를 타고 가야겠네요. 도저히 이대로는 다리가 후들거려 못가겠어요."

이렇게 하여 신경식씨는 가마를 타고 케이블카가 있는 곳으로 가고 우리들은 걸어서 가는데, 환자 때문에 지체한 시간을 포함하여 6시간 정도를 걸었으니, 필자도 다리의 힘이 한계점에 온듯하였다.

여행 중에 황산(1,860m) 같이 높은 산 중턱에서 환자가 발생하면 어떻게 해야 할지 당황하게 된다. 더구나 타국에서 이런 곤란함을 만남이랴! 우리나라 같으면 헬기라도 부르면 되지만, 이곳은 중국이므로 그렇게 헬기를 부를 수도 없다. 단지 환자의 이동 수단은 가마꾼이었으니, 이들 가마꾼들이 분주히 움직이며 환자를 이송하고 있었고 이 중에 신경식씨도 한 사람이었다. 불행 중 다행인 것은 후들거리는 다리로 걸어가면서도 넘어지지 않아 다치지 않았으니, 이는 하늘이 우리 '홍산 여행단'을 도운 것으로 생각하고 싶다.

312

하산하여 저녁을 먹을 때에는 중국 술 15,000원짜리를 사서 마시기 시작하였는데, 주당(酒黨)이 많아서 그런지는 몰라도 45도나 되는 술을 다섯 병이나 먹고 호텔로 향하였다.

오후 9시 경에 필자와 메일을 주고받는 허윤방 양이 4촌동생과 같이 나를 찾아와서 가이드의 통역에 의지해서 많은 이야기를 나누었다. 그리고 많은 선물을 사왔으니, 안휘성의 특산물인 벼루, 붓, 도자기, 12가지의 색을 넣어서 만든 그림 색상의 먹, 과자 등을 주면서,

"다음에는 부인과 같이 와서 1주일 정도 자기의 집에서 먹고 자면서 관람하고 가세요."

고 하였으니, 24세의 어린 사람이 이렇게 속 깊은 이야기를 한 것이 대건하게 느껴졌다. 나는 '홍산 이제 쓰다' 전의 도록과 '추로지향(鄒魯之鄕)'이라고 쓴 작품 1점을 선물했다.

다음날 대전에서 올라온 전완하 선생의 부인이 남편에게 화를 내면서,

"이기지도 못하는 술을 먹고 호텔에 들어와서 이리 쓰러지고 저리 쓰러져서 혹 다치지나 않나 하여 혼났다."

고 하면서, 남편에게,

"앞으로는 절대로 술을 마시지 마시오."

하니, 남편은,

"술 취해서 기억나는 것이 하나도 없다."

고 하면서 부인 앞에서 다소곳하게 있으니, 부인도 더는 뭐라 하지

않았다.

6월 2일, 오전 4시 30분에 기상하고 6시에 호텔에서 조식을 먹고
버스를 타고 라텍스 가게에 가서 체험행사를 하였는데, 일행 중 몇
사람이 라텍스로 만든 침대 매트리스와 베개 등을 샀다.

다음에는 차(茶) 가게를 방문하여 16년 된 보이차 등을 마시면서
체험을 하였는데, 필자도 보이차를 마시고 나니 속이 편안함을 느
낄 수가 있었다. 이곳에서도 이의종 회장 등 몇 사람이 보이차를
샀다.

원래 중국 여행에서 하루에 한 곳의 가게를 들러야 하는데, 우리
는 어제 황산에서 모든 시간을 다 썼으므로, 대신 오늘 두 곳을 들른
것이다. 그래도 물건을 사는 사람이 있어서 상호 간에 품위 있는 여
행을 할 수가 있었다.

점심을 먹은 뒤에 당모(唐模)라는 주택을 관람하였으니, 이곳의
집에는 모두 유가(儒家) 성현들의 말씀을 붓글씨로 잘 써서 붙이고
있었다.

이어서 잠구주택(潛口住宅)으로 왔는데, 이곳은 꽤나 규모가 큰 곳
으로 마을 중앙에는 작은 내가 흐르고 있고 냇가에 집을 지었는데,
모든 집이 대문 옆에는 주련을 붙이고 위에는 현판을 달았는데, 글
씨가 모두 명필의 글씨 같았다.

이곳에는 잠구진(潛口鎭)의 진규민약(鎭規民約)이 있으니,

잠구의 민택에는 현판과 주련이 걸려있다

古潛口是寶地 / 예부터 잠구진은 보배로운 곳이니

山川好景秀美 / 산천의 좋은 경치 뛰어나게 아름다워

歷史悠人輩出 / 역사 유구하게 인물을 배출하고

民風淳人和氣 / 백성의 풍습에 순수한 사람들 화합한다네.

和家庭睦隣里 / 가정이 화목하니 이웃도 화목해

　이상의 민약이 40행(行)으로 되어있는데, 모두 기록하지는 않는
다. 그리고 당모촌(唐模村)의 촌규민약(村規民約)도 있었으니,

愛故鄕 / 고향을 사랑하니

以村榮 / 이러므로 마을이 영화롭다네.

揚傳統 / 전통을 드날리니

孝義德 / 효도와 의(義)와 덕(德)이라네.

勤耕作 / 부지런히 경작하고

儉持家 / 검소함으로 가문을 지키세

美環境 / 아름다운 환경에서!

이상의 3자로 된 글이 63행이나 되었다. 필자는 이렇게 세 글자로 이루어진 문장의 글은 아직 보지 못한 것 같아서 이채롭게 생각했다.

2시 15분에 당모촌을 출발하여 항주에 와서 석식을 하고 송성가무쇼를 관람했다. 4가지 주제의 짧은 연극이었는데, 우리의 고유문화인 아리랑을 연극에 올렸으니, 필자는 생각하기를,

"이 사람들이 남의 나라의 고유문화를 마치 자기네의 문화로 여기고 연극에 올려서 이곳을 관광하는 세계인들에게 보이는 것이 아닌가 하고 생각하였다."

중국에는 장예모 감독의 연극이 최고인데, 오늘의 송성가무쇼는 장예모 감독의 연극이 아니어서 다소 실망을 했으나, 스케일이 크고 장대한 것은 이채로웠다. 다만 연극이 모두 중국어로 되어 있어서 우리 같은 사람은 보아도 도통 알아들을 수가 없었으니, 이것이 아쉬운 점이었다. 또한 극장 좌석이 5,000석이고 하루에 5회에 걸쳐서 연극을 하는데 우리는 마지막 회에 가서 구경을 하였다. 관람자가 5,000석을 꽉 메운 것을 보고 놀라웠다. 쇼가 다 끝나기도 전에 우리들은 일찍 일어나서 밖으로 나와서 차를 타고 마르코가든에 들어가

서 여장을 풀고 잤다.

6월 3일, 아침에 일어나서 여장을 정리하고 6시 30분에 호텔식당에서 아침을 먹고 버스를 타고 출발하여 9시 10분에 서호(西湖)에 도착하여 배를 타고 2층에 올랐는데, 마침 '항일투쟁'이라는 주제로 중국에 와서 역사탐방을 하는 사람들을 만났다. 이들이 한참 왜정 때의 의병들에 대하여 토론하고 있을 때에 우리들이 들어갔는데, 이들은 혹 좌파에 속한 친구들이 아닌가! 의심하게 하는 언사들이 많았다. 이들은 1주일간 역사탐방을 한다고 하였다.

서호(西湖)는 오래전 전당강(錢塘江)이 동해로 흘러들기 전에 옅은 해안이 변화 발전하여 형성된 호수로 저장성(浙江省) 항저우(杭州) 서쪽에 위치하며, 삼면이 산으로 둘러싸여 있고 남북 3.3km, 동서 2.8km, 수면 면적은 약 5.66k㎡로 호수 가운에의 섬을 포함하면 6.38k㎡에 달하며, 호안(湖岸)의 총길이는 15km이다. 호수의 평균 수심은 2.7m, 최대 수심은 5m이며, 호수는 호수 가운데 위치한 구산(孤山, 고산)과 백거이(白居易, 772~846)가 항저우 태수로 있을 때 쌓은 제방인 백제(白堤), 북송의 소동파(蘇東坡)가 1089년 항저우자사로 있을 때 준설한 2.8km의 소제(蘇堤)로 인해 외시호(外西湖, 외서호), 이시호(裡西湖, 리서호), 후시호(后西湖, 후선호), 샤오난호(小南湖, 소남호) 및 웨호(岳湖, 악호)로 구분되며, 이 중 외시호(外西湖, 외서호)의 면적이 가장 넓다. 구산(孤山, 고산)은 서호 중의 가장 큰 섬이며 소제(蘇堤), 백제(白堤)는 제방이며 소영주(小瀛洲), 호심정(湖心亭), 완공돈(阮公墩)의 3개 인공 섬이 외시호(外西湖) 호심에 위치해 있어

하나의 산, 2개의 제방, 3개의 섬, 5개의 호수의 형상을 이루고 있다. 〈네이버 백과사전〉

　서호(西湖)를 나와서 서호 10경의 하나인 화항관어에 갔으니, 이곳은 하나의 옛날 장터거리로 별의별 잡것을 모두 팔고 있는 곳이다. 1시간에 걸쳐서 가게 하나하나를 구경하고 이곳에서 조금 떨어진 식당에서 점심을 먹고 항주소산공항에 도착하여 탑승수속을 밟은 뒤에 아시아나 oz360기를 타고 오후 3시에 출발하여 인천공항에 도착하니 오후 6시 10분이었다. 이곳에서 3박 4일간의 항주 황산여행을 마치면서 아쉬운 작별인사를 나누었다.

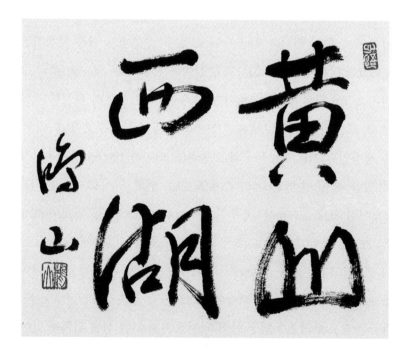

코로나19 오미크론 바이러스에 확증되고 완치되기까지의 일기

{2021년 3월 24일 목요일}

충북 옥천에서 '옥천전씨 판서공파종회'가 열렸으니, 이 회는 2019년과 2020년에는 코로나19로 인하여 종회(宗會)를 열지 못하였고, 금년에는 종회장이 서거하였으므로 유고(有故)이기 때문에 부득이 종회를 열어야한다고 하였다. 그래서 아내에게 말하니, 아내는 '코로나19가 창궐하니 참석하지 않는 게 좋겠다.'고 하였다.

그러나 나는 대전에 사는 모 종친에게 전화하여, 대전에서 같이 만나서 종회에 참석하기로 약속하고 KTX를 타고 대전까지 가서 모 종친의 차를 타고 옥천으로 가서 종회에 참석하여 새로운 종회장을 뽑았으니, 이름은 전재영(全在英)이다.

폐회를 한 뒤에 종회에서 점심을 마련해놓고 식사를 하라고 하였으나, 대전의 종인과 나는 음식을 먹으면서 코로나19에 전염될 것을 걱정하여 밖으로 나와 한적한 식당에 가서 점심을 먹었다. 그리고 KTX를 타고 서울로 돌아왔다.

{25일 금요일}

오늘은 대학 동기인 평암(平菴) 전창환(全昌煥)이 찾아온다는 날이다.

요즘은 일할 것이 없어서 사무실에서 그냥 시간을 보내다가 집으로 돌아가는 때가 많다. 평암(平菴)이 왔기에 점심을 송죽헌(松竹軒)에 가서 먹고 사무실에 돌아와서 커피를 마셨다. 평암(平菴)이 공부하는 서예를 도와주고 집으로 돌아왔다.

{26일 토요일}

오늘은 목이 컬컬하고 몸이 으스스하여 감기가 온 것으로 알고 타이레놀 한 알을 먹었는데, 조금 나은 듯한 기분이 들었다. 밭에 가서 일을 하였다.

{27일 일요일}

오늘은 내가 모시고 있던 어머니께서 일산에 사는 동생네 집으로 가시는 날이다. 동생이 10시쯤에 차를 가지고 와서 모시고 갔다.

사실 어머니는 동생이 모시고 있었는데, 제수씨가 코로나에 걸렸다고 하여, 어머니께서 같이 지내면 코로나에 걸릴 것 같아서, 둘째 아들인 필자가 우리 집에 모시어 와서 약 한 달 동안 모시고 살았는데, 제수씨의 코로나19가 완쾌되어서 다시 모시고 간 것이다.

우리 어머니는 현재 98세이니, 1925년 을축년 음력 9월 18일에 출생하였고, 1940년 경진년 16세가 되던 해에 우리 아버지와 결혼하여, 우리 8남매를 낳아 길렀다.

몇 년 전까지 충남 부여군 내산면 마전리에 사셨고, 뒤에 가형의 부부가 고향에 내려가서 모시고 살았는데, 중간에 형수님이 위암에 걸려서 서울에 있는 고려대학병원에서 수술을 받고 치료 중이므로 어머니를 모실 수가 없어서, 일산에 사는 동생과 제수씨가 자기네가 모시고 살겠다고 하여 일산에서 사시게 된 것이다.

밤에 자는데 목이 아프고 가래가 끓고 코가 막히고 이따금 기침이 났다. 제일로 괴로운 것은 목이 아파서 침을 삼킬 수가 없는 것이었다.

{28일 월요일}

아침 일찍 진단키트를 사다가 자가진단을 해보니, 코로나19에 확진이 되었다는 표시인 빨간색 두 줄이 선명하게 그어져 있었다. 이내 의정부 보건소에 가서 pcr 검사(유전자 증폭 검사)를 받았으니, 확진 여부는 내일 휴대전화로 알려준다는 연락을 받고 집으로 돌아왔다. pcr 검사에서 확진 판정을 받지 않았지만, 내 눈으로 두 줄이 선명한 것을 보았기에 사무실에 나가지 않고, 밭에 나가서 밭두둑을 손보고 비닐을 밭두둑에 덮었다.

{29일 화요일}

보건소로부터 코로나19에 확진되었다는 통보를 받았다.

목이 아파서 죽겠는데, 약을 금방 먹을 수 없으니 괴로웠다. 코로나 취급 병원인 마스터플러스병원에 전화를 하여 증세를 이야기하고 빨리 처방을 약국에 내려달라고 하였으나 감감무소식이었다. 그래서 우리 아파트 뒤에 있는 조현정 소아과에 전화하여 병증을 이야기하고 코로나 취급 병원인 마스터플러스병원에 전화한 사실을 이야기하고 약을 지을 수 있냐고 하니, '전화 잘했습니다.'고 하면서, 약을 잘 처방하여 아래에 있는 덕영 약국에 내려보낼 것이니, 가져다 복용하라고 하여, 10시쯤에 처음으로 코로나19에 대한 약을 복용하였다.

점심을 먹고 두 번째 약을 먹으니, 목구멍의 통증이 내리고 가래도 많이 덜하였다. 나의 병을 맡은 병원에서 전화가 와서 자기네가 하루에 두세 번씩 병증에 대하여 확인할 것이니, 전화를 잘 받아달라고 하였다. 보건소에서 e-mail이 와서 동거하는 사람도 3일 내로 pcr 검사를 받아야 한다고 하였다.

필자는 평생 동안 일하면서 1주일간을 편안히 쉬어본 적이 없었는데, 코로나19에 확진이 되어서 본의 아니게 외부에 나가지 못하고 푹 쉬면서 편안한 시간을 갖는 것 같다. 시간이 나는 대로 유튜브를 틀어서 정치, 시사, 전쟁, 사건 등의 이야기를 들었고, 오후에는 따뜻한 물을 받아서 목욕을 하였다.

{30일 수요일}

동생네 집에 가신 어머니께 전화하니, 어머니께서도 당분간은 기거하는 방에서 나오지 않고 계신다고 하였고, 마누라는 오늘 의정부 보건소에 가서 pcr 검사를 받았다.

오늘은 혼자 집에 있으면서 지금 쓰고 있는 '코로나19 오미크론 바이러스에 확증되고 완치되기까지의 일기'를 썼고, 대한민국 행정 안전부장관인 전해철 장관이 우리와 같은 옥천전씨라고 하여, 옥천 전씨 판서공파종회에서 한 번 방문하기로 결심하고 방문하는 절차 와 목적을 생각해보고 그 요점을 정리하여 보았다.

{3월 31일 목요일}

오늘 아침에 내자(內子)도 코로나19 오미크론바이러스에 확진되 었다는 연락을 받았다. 그리고 큰 아들네의 큰며느리와 손녀 채연과 자연이가 코로나19에 감염되었다는 소식을 전해왔다.

오늘은 대변이 약간의 설사 증세가 있어서 조현정 소아과의원(내 과 포함)에 전화로 문진하여 약을 타 왔다. 코로나 확진자는 문진을 하거나 약을 타올 때에 직접 병원이나 약국에 들어가지 못하고 전화 를 이용하거나 문 밖에서 크게 소리를 질러서 소통을 하였다.

어제 의정부 보건소에서 pcr 검사를 받은 마누라는 오늘 코로나 확진이라는 통보를 받았고, 일산 동생네 집으로 가신 어머니께서는 코로나19 음성이라는 통보를 받았다고 하였으니, 어머니께서는 귀 가 잘 들리지 않기 때문에, 매일 필자가 옆에 앉아서 큰 소리로 대화하였는데, 코로나19에 확진이 안 되었다고 하니, 이는 하늘이 우리 어머니를 코로나19에 걸리지 않도록 도운 것으로 밖에 설명할 수가 없다. 여하튼 이는 반가운 소식이다.

{4월 1일 금요일}

밖에 나가지 못하고 집안에만 있으니, 갑갑하여 죽을 지경이다.

이제 목의 통증과 가래가 끓는 것은 어느 정도 치료된 듯하나, 대변이 굳지 않고 약간의 설사증에 대한 약인 지사제(止瀉劑)를 복용 중이다.

나의 병증을 담당하는 병원에서 매일 오전, 오후로 구분하여 '병세가 어떠하냐' 고 전화가 온다. 방금 전화가 왔기에, '확진이 된 뒤로 1주일이 되면 격리 기간이 끝난다고 하는데, 그때에도 pcr 검사를 받아서 코로나19 음성이 나와야 되는 것이냐' 고 하니, 그 병원 관계자는 '아닙니다. 그냥 외부로 나가서 활동하면 됩니다.' 고 하였다. 그래서 필자는 생각하길, '코로나19 음성(완쾌 판정)이 나오지 않았는데 외부에 나가 활동하면, 나의 병증이 남에게 전파되지 않겠는가' 고 의심이 생겨서, 나는 질병관리청에 전화하여 확인하니, 그 사람도 똑같이 '코로나19 확진 후 1주일이 지나면 자가 격리를 해제합니다.' 고 하면서, '이때가 되면 코로나19 음성이 나오지 않아도 타인에게 병증을 전염하지는 않으니 걱정하지 않아도 되고, 격리 해제되고 약 3일정도 지나면 누구나 음성이 나오게 됩니다.' 고 하였다.

오늘 한국미술협회에서 전화가 왔으니, 오는 4월 21일에 대한민

국 서예대전의 감수위원으로 위촉이 되었으니, 감수하는 일자에 목
동에 있는 협회에 와서 서예작품 감수를 해달라고 하였다. 그래서
필자는 즉시 승낙을 하였다.

작품 감수라는 것은 서예 심사위원들이 심사하여, 입, 특선에 올
려놓은 작품에 대한 오, 탈자를 보고 문장의 연결이 제대로 되었는
가를 심사하는 행위를 감수라고 부르는 것이니, 한 번 심사한 작품
을 다시 심사한다고 하면 이해가 될듯싶다.

{4월 2일 토요일}

오늘은 나의 판단으로 코로나19에 걸린 지 8일이 되는 날이다.

질병관리청의 말에 의하면,

"코로나19 오미크론 확진을 받고 1주일이 지나면 격리가 해제되
고 외부활동을 해도 된다."

고 하였다. 그러나 필자는 확진이 되기 전 토요일에 병세가 있었기
때문에 토, 일요일은 쉬는 날이므로 검사를 받지 못하였고, 겨우 월
요일이 되어서야 의정부 보건소에 가서 pcr 검사(유전자 증폭 검사)
를 받고 다음날 화요일이 되어서 확진 판정을 받았으니, 나 나름대
로 따져보면 병에 확진되고 4일이 지난 뒤에 확진 판정을 받은 셈이
다. 오늘이 꼭 8일째가 되는 날이니, 오늘이 격리에서 해제되는 날이
다. 그러나 질병관리청의 지침대로 하면 월요일에 해제된다.

오늘 오전까지 대변이 쾌하게 나오지 않고, 목에는 가래가 약간
끓으며 이따금씩 기침을 하기에 조현정 소아과에 전화하여 처방을

다시 받아서 약을 받았다. 약을 인수하러 약국에 가서 약국 안에는 들어가지 못하고 밖에서 '약 타러 왔어요.' 하고 소리를 지르니, 약사가 약을 가지고 나와서 약을 주었다. 왜 이렇게 하냐면, 코로나19 오미크론은 전염병이기 때문에 약국에서 코로나19 오미크론 환자는 들어오지 못하게 하기 때문이다.

오늘 처방한 약을 먹으니 대변이 평상시와 같이 잘 나왔다. 쾌변을 보니 기분도 좋고 건강도 좋은 듯하였다.

{4월 3일 일요일}

오늘까지가 격리일이고 내일부터는 격리가 해제된다고 담당 병원의 간호사가 가르쳐주었다.

아침에 기상하였는데, 마누라는 목이 아프다고 하면서 왜 이렇게 낫지 않는지 모르겠다고 하였으니, 은근히 걱정이 되었다. 밤에 잠을 자다가 목이 너무 아파서 일어나서 거울에 목구멍을 비춰보았다고 하였으니, 필자는 생각하기를, '이러다가 목구멍에 혹 이상이 생기지 않을까!' 하고 걱정을 하였다. 그러나 오후가 되니 목구멍의 통증이 한결 부드럽다고 하였으니, 이제는 걱정을 놓을 수 있었다.

낮에는 마누라가 너무 고생을 하는 것 같아서 토종닭을 사다가 인삼과 약초를 넣고 푹 고아서 먹었다. 마누라가 좋아하는 것 같아서 좋았다.

필자가 전염병[역병(疫病)]에 걸린 것은 꼭 두 번째이다. 한 번은 아주 어린아이였을 때에 홍역에 걸린 것이고, 그리고 이번에 코로나 19 오미크론에 걸린 것이다.

필자가 사회에 나온 뒤로 거의 쉬는 날 없이 계속 일을 하였는데, 74세가 되어서 1급 전염병인 코로나19 오미크론에 확진이 되어서 꼭 1주일간 집에 격리되어서 밖에 나가지 못하였으니, 비록 타의에 의한 격리이나, 나로서는 푹 쉬어서 좋았다. 목과 어깨가 아픈 것도 싹 가라앉아서 좋았다.

어떤 사람은 후유증으로 인하여 고생하는 사람도 있고, 어떤 사람은 혹 사망하는 자도 있는데, 필자는 죽지도 않고 후유증도 없으니, 이도 또한 천지신명의 가호(加護)가 아닌가 하고 생각한다. 내일이면 코로나19로 인한 격리 기간이 풀린다.

✬ 4. 서법 수필 ✬

'홍산(鴻山) 이제 쓰다' 전(展)을 마치고

2017년 음력 5월 초3일이 필자의 고희가 되는 날이다. 그래서 2016년 봄에 '고희 서예전'을 열려고 아내를 설득하여 이해를 구하고 '한국미술관'에 전시 계약을 했다. 그런 뒤에 한참 전시 준비를 하고 있었는데, 아내가 하는 말이,

"당신 꼭 서예전을 열어야겠어요! 내 생각에는 아무래도 우리 형편에는 무리가 아닌가 생각해요. 지금이라도 전시 계약을 해지하고, 당신의 고희 기념으로 외국여행이나 갔다 오면 어떻겠어요."

고 하였으니, 사실 필자의 생각에도 '고희전'은 꼭 필요하긴 하지만, 우리 집의 형편에는 하나의 사치에 불과한 일 같았다. 왜냐면 나는 아직 노년의 준비가 되어 있지 않기 때문에 수천만 원의 경비가 들어가는 전시회는 무리(無理)이다 생각하고 아내의 말에 쾌히,

"그렇게 합시다."

고 하고, 전시 계약을 파기하고, 2017년 5월에 아내와 같이 베트남의 하노이와 하롱베이를 다녀왔다. 그리고 아들네 두 집의 아들 며느리와 손자 손녀와 같이 충남 보령시 성주산 중턱에 있는 '위스토피아'라는 콘도에서 1박을 하면서 재미있게 유람하고 돌아왔다. 이렇게 두 명의 아들들 덕분에 1년에 두 번의 여행을 할 수가 있었다.

2018년 봄 어느 날, 주식회사 베타젠 이의종 회장이 찾아와서 서예작품 5점을 부탁하고 같이 저녁식사를 하면서 이야기하는 중에 위에 쓰인 바와 같이 '고희전'을 하려고 전시 계약을 했다가 파기한 일이 있다고 했더니, 이회장께서 하는 말씀이,

"저와 같이 서예전을 열면 어떨까요? 이익이 나면 서로 반반씩 나누는 것으로 하고 우선 전시회 비용은 제가 다 대겠습니다."
고 하였으니, 필자는 이 말을 듣고 즉시,

"예 그렇게 합시다."
고 하여, 2018년 초여름쯤에 이 회장과 같이 '백악미술관'에 전시 계약을 하고 즉시 전시 준비에 돌입했다.

서예로 전시를 한다는 것은 사실 어떤 문장(文章)을 뽑아서 글씨를 쓰느냐가 중요하고, 또한 어떤 서체(書體)로 쓰는가도 중요한 것인데, 필자는 유학의 경서를 공부한 사람이고, 그리고 우리 선인들의 많은 서책을 번역한 사람으로, 그 범위 안에서 문구를 뽑아서 쓰려고 하였고, 이 회장이 이따금 문장을 뽑아서 핸드폰으로 송고(送稿)했는데, 다행히 이 회장이 뽑는 문구는 옛적 법가(法家)[22]의 문구

를 많이 뽑아주었으므로, 유가(儒家)의 문장과 법가(法家)의 문장을
절반씩 안배하여 작품을 만들었다.

이렇게 하여 유가(儒家) 문구의 작품과 법가 문구의 작품이 구비
되었고, 그리고 필자가 십수 년간 연마한 문인화를 작품화하고, 또
한 한글작품을 포함하였으며, 그리고 작품을 만드는 서체도 상형문
(象形文) · 종정문(鐘鼎文) · 전서(篆書) · 예서(隷書) · 인체(印體) · 한
간(漢簡) · 행서(行書) · 초서(草書) · 행초(行草) · 한글판본체 · 문인
화(文人畵) · 죽필(竹筆) 등으로 썼으니, 매우 다양한 서체로 작품을
만들게 되었다.

2019년 3월 7일부터 13일까지 전시를 여는데, 전시의 제목은 이
회장이 만들어주었으니,

　"'홍산 이제 쓰다' 가 어떻습니까!"
고 하므로, 필자는,

　"예 좋습니다."
고 하고, 쾌히 승낙하였다. 왜냐면 전시회의 이름이 매우 참신하게
느껴졌기 때문이다. 사실 서예가가 짓는다면 고작 '전규호 고희전'
등의 말이 고작인데, '홍산 이제 쓰다' 라는 제목은 일반인의 생각으
로는 감히 생각할 수 없는 고상한 이름이 아닌가 하고 생각하였으
며, 이 회장도 말씀하기를,

---

22 법가(法家) : 중국 전국시대의 제자백가 가운데에 관자(管子), 상앙(商鞅), 신불해
　(申不害), 한비자 등의 학자, 또는 그들이 주장한 학파. 도덕보다도 법을 중하게 여
　겨 형벌을 엄하게 하는 것이 나라를 다스리는 기본이라고 주장하였다.

"'홍산 이제 쓰다' 라는 용어 중에 이제라는 말이 포인트가 됩니다. 왜냐면 '저도 이제 감히 씁니다.' 의 겸사가 들어가서 좋습니다."

고 하였다. 표구는 '청산표구사' 에 맡기고, 사진과 도록은 '이화문화사' 에 맡겼으며, '월간 서예와 서예문인화' 의 잡지에 광고를 맡기었다. 그리고 쥬피터 디자인 대표인 김금화 대표가 모든 디자인을 담당했다.

도록 서문은 초정 권창륜 선생께 부탁하였는데, 필자가 보기에 매우 흡족한 서문을 받았으니, 초정 선생은 필자 같은 촌부를,

"鴻山 全圭鎬 大仁은 그 성품이 沈密安詳하고 介潔한 선비의 風度를 지닌 분으로서 儒學의 法統을 계승하고 있는 當代에 보기 드문 書家이다. 필자와는 오랫동안 互惠롭게 지내온 처지이다. 인격이나 修學의 역량 및 연조는 두터워 萬人의 欽仰을 한 몸에 지닌 현대의 선비이다. 정히 溫良恭儉讓의 師表가 아닐 수 없다."

고 하여, 몸 둘 바를 모를 정도의 찬사를 써서 주었다. 이 지면을 통하여 감사드린다.

개막식을 앞두고 방송국과 신문사에 알려야 하는데, 이 일이 가장 어려운 일 중의 하나이다. 왜냐면 방송과 신문사는 아무나 쉽게 응해주지 않는다. 그래서 고민 끝에 조카사위가 연합통신사의 국장이니, 이 사람을 만나서 부탁을 해야 하는데, 하고 차일피일 미루고 있는데, 어느 날 야외에서 우연히 만나게 되어서 부탁을 하였다. 그

렇게 되어서 연합뉴스에 나오고 기타 3개 신문사에서 '홍산 이제 쓰다' 전시회를 기사화하여 주었으니, 참으로 고마운 일이다. 이에 필자는 생각하기를,

"앞으로 전시회가 잘 될 징조이다."

고 생각하였다.

2019년 3월 7일, 전시회를 오픈하는 날에는 당진에 사시는 족장(族丈)이신 전옥환 원장님이 오픈 케이크의 대용으로 가래떡 1박스, 시루떡 1박스를 해오셨고, 박병선 국제서법예술연합 한국본부 총무가 사회를 맡았으며, 참석인사 소개에서 기업인 소개는 김금화 대표가 맡았고, 서예가 소개는 박병선 선생이 맡았으며, 유경익 교수의 부인 정유진 교수가 판소리를 너무 잘 불러주어서 전시를 한층 빛나게 해 주었다.

그리고 동방서법탐원회 후배들 중 비교적 젊은 여성 회원 몇 사람이 와서 카운터를 봐주었고, 필자의 지인들이 많이 참석했으니, 예산의 강희진 관장, 서각가 정경세 선생, 대전에 사는 족장인 전완하 선생, 홍성에 사는 유경익 전 성균관대 석좌교수, 정상옥 전 동방대학원대학 총장, 성균관대학교 유학대학원 동기인 이창렬 삼성그룹 비서실장, 김징완 전 삼성중공업 회장 등이 참석했고, 특히 국제서법예술연합 이사장인 권창륜 선생과 동부이사장인 심재영 선생, 동 부이사장 송신일 선생, 전 동방서법탐원회 총회장인 안종익 선생, 이종완 전의이씨 청강공파 화수회장, 고재봉 화가 등이 참석했으며, 그리고 서예가로는 강정숙 선생, 서정민 선생, 김종선 선생, 최

용준선생, 박찬경 선생, 박정숙 선생, 김일용 선생 등이 참석했고, 기업가로는 이의종 회장의 지인들이 다수가 참석했으며, 이분들은 모두 튼튼한 회사를 운영하는 회사의 오너들이다. 대학 친구로는 전창환 전 서울은행 지점장과 이장원 전 태권도장 관장이 왔고, 이명희 전 약국장이 왔으며, 고향 친구로는 김영렬 선생과 최봉기 선생, 김영길 선생, 김택수 선생, 김영필 선생, 조교환 선생이 참석했다. 그리고 권오창, 김엔장 변호사가 화분을 가지고 왔다.

우리 집에서는 대전시에서 큰아들이 채연이를 데리고 왔고, 세종시에서 작은 아들 내외가 왔으며, 형님과 건호 복호, 그리고 외사촌 성운학이 왔고, 처가에서는 춘자 처제가 대표로 왔고, 사돈 문학규 사장 내외가 왔으며, 신재국 사돈은 아들을 보내어 축하해주었다.

오픈 뒤 6일간은 필자와 알바 2인이 전시장을 지키며 방문객을 맞이했다.

전시회의 원뜻은 작가가 공부한 것을 일정한 장소에 전시해 놓고 여러 사람들에게 보인다는 것이니, 이는 작가의 하나의 통과의례와 같은 것이다. 그러나 서예나 미술품은 작가가 오랜 세월 속에 연마하여 만들어진 작품이므로, 이 작품을 작가는 팔아야 하고 참가자는 사줘야 하는 것이니, 이렇게 되어야 작가도 힘을 얻어서 더욱 열심히 연마하여 미래에 더 좋은 작품을 전시하게 되는 것인데, 그러나 그 비싼 작품을 아이들 눈깔사탕 사듯이 살 수는 없는 일이므로, 여기에 딜레마가 있는 것이다.

그래도 이의종 회장이 많은 작품을 각 회사의 대표들에게 팔아서 30여 점의 작품을 팔수가 있었으니, 가뭄에 거둔 대 수확이었다. 그러나 이 작품을 배달하는데 100만 원이 넘게 들어갔고, 표구 값이 1,000만 원이 들었으며, 도록비가 800만 원이 들었고, 대관비가 600만 원이 들었고, 그 외에 현수막도 걸고 개막식 준비에도 많은 비용이 들어갔다.

도록은 700부를 하였는데, 전시 중에 나간 도록은 300부에 불과하다. 그래서 이의종 회장이 200부쯤 가져가고, 필자가 200부를 가져와서 앞으로 번역 사무실에 오시는 손님들에게 1권씩 드릴 예정이다.

다산 선생이 쓴 글씨로 《다산행초첩(茶山行草帖)》을 한국최초로 출간하다

생각하면, 필자는 1975년 초에 종로5가에 있는 ○○ 제약회사에 다니면서부터 인사동에 있는 '동방연서회'에 입회하고 여초 선생님께 '석고문'을 지도받기 시작하였다.

예서는 '장천비'를 배웠고, 해서는 '장맹룡비'를 배웠으며, 행서는 '홍복사 단비'를 배웠고, 초서는 필자 혼자 법첩을 보면서 썼으니,

다산행초첩

손과정의 '서보(書譜)'·안진경의 '제질문고, 쟁좌위첩'·지영의 '초서천자문'·회소의 '초서천자문'·왕희지의 '십칠첩'·장욱의 '두통첩', 그리고 우우림의 '초서천자문'에 이르기까지 실로 수많은 초서첩을 쓴 것으로 기억한다.

예도 1

실은 필자가 1963년에 충남 부여군 내산에 있는 '녹간서당'에 들어가서 한문을 공부하면서부터 매일 시간을 내어 서예를 연마하였으니, 당시 스스로 '격몽요결'을 필사하여 책을 만들었고, 그 책으로 선생님께 공부하였다. 그 필사본 '격몽요결'이 아직도 우리 집에 보관되어 있는 것으로 알고 있다. 그때 서당에서는 구양순의 해서 '구성궁예천명'을 공부한 것으로 기억한다.

1972년 7월에 군대를 제대하고 부여 내산의 시골집에서 지내는데, 충청일보에,

"부여문화원 원장이 서예와 한문의 대가인 정향(靜香) 조병호(趙炳鎬) 선생을 초빙하여 부여군 내에 있는 초·중·고의 선생을 대상

으로 서예를 가르친다."

고 한 광고를 보고, 필자는 곧장 부여문화원을 찾아가서 해서를 공부한 것으로 기억한다. 당시 정향 선생님을 모시고 있던 모임당 조모가 하는 말이,

"서울에 가면 여초 김응현 선생이 계신데, 수년 전에 정향 선생과 같이 대만에 다녀오셨다."

고 하였으니, 필자는 이때부터 서울에 여초 선생님이 동방연서회에서 서예를 가르친다는 것을 알았고, 마침 서울에 취직이 되어서 동방연서회에 입회하여 공부를 하게 된 것이다.

서예를 공부하는 순서를 말하면, 다른 서예학원에서는 모두 처음에는 해서(楷書)를 배우는데 반하여, 오직 동방연서회만 처음에 전서인 '석고문'으로 시작하여, 다음은 예서를 배우고, 다음은 해서, 그리고 행서를 배운 다음에 초서를 배운다.

왜 이렇게 순서를 잡아서 교육하는가 하면, 글씨가 만들어진 순서에 따라 공부해야 한다는 원리이다.

아주 먼 옛적 주(周)나라 때에 '석고문'을 쓸 당시에도 붓으로 글씨를 썼고, 한(漢)나라 때 예서를 쓸 당시에도 붓으로 글씨를 썼기 때문에, 자연적으로 붓글씨의 흐름이 전(篆)·예(隸)·해(楷)·행(行)·초(草)로 이어졌다. 그러므로 이런 순서로 공부해야 순리라는 것이 동방연서회에서 주장하는 이론이고, 필자도 그 이론이 전적으로 옳다고 생각한다.

다음 한 가지는 서예를 공부하는 서첩에 대한 이야기인데, 조선 시대부터 오늘날까지 우리들 모두가 중국 서법가의 서첩으로 공부하였고, 우리나라 선대 서법가의 서첩으로 공부한 사람은 한 사람도 없다. 왜냐면 우리나라의 선대 서예가는 많지만 출판된 서첩은 하나도 없었고, 근래 들어와서 추사 선생의 서첩 정도가 서점에서 판매되는 것으로 알고 있다. 부언하면, 필자도 추사 선생의 서첩 4권을 출판하였고, 지금 시중의 서점에서 판매하고 있는 것으로 안다.

예도 2

필자가 올해(2021) 4월에 '다산행초첩'을 출간하였으니, 어떻게 다산 선생의 서본(書本)을 입수하게 되었느냐 하면, 이사를 하면서 책장을 정리하는 중에 7, 80년대에 누가 만들었는지는 모르나 복사본 다산첩을 발견하고 필자가 생각하기를,

"아! 이 필사본을 다시 번역하여 출판해야겠다."

고 하고, 도서출판 '명문당'의 김동구 사장님과 상의하여 출판사에 상재(上梓)하기에 이른 것이다.

이 서첩은 다산 선생이 20대에 쓴 글씨인데, 유려하여 예술성이 탁월하다는 것이었으니, 예도 1과 2에서 보이는 것과 같이 너무 큰 글씨가 보이다가 갑자기 작아지고 또 다시 크게 쓰기를 반복한 것으로, 이는 글씨를 쓰면서 흥이 나면 갑자기 붓을 눌러서 크게 쓰고 흥이 가라앉으면 작게 쓴 것으로, 이는 자연적으로 쓴 글씨이지 절대로 본인이 미리 글자의 대소를 예정해놓고 쓴 것은 아니다.

그리고 이 서첩의 절반 정도는 7언 율시를 쓴 것으로, 이는 행서체이고, 후반부는 서간문으로 초서로 쓴 글씨이다.

그리고 한 가지 덧붙일 말씀은, 이제는 우리도 서예공부를 우리나라 선대 서예가의 글씨로 공부할 때가 되지 않았나 하고 생각한다.

우리 선대의 훌륭한 서예가를 말한다면, 신라의 김생 선생을 빼놓을 수가 없고, 조선에서는 훌륭한 서예가가 너무 많지만 그중에 미수 허목 선생의 전서, 아계 이산해 선생의 초서, 추사 김정희 선생의 예서, 자하 신위 선생의 행서 등이 있고, 그리고 이 밖에도 수많은 서가들이 있다. 이들은 결코 중국의 유명한 서가에 뒤지지 않는 것으로 안다.

그러므로 한국의 서예를 이끌고 있는 서가들은 이쪽 출판계에도 잠깐 눈을 돌려서 우리 선대 서가들의 좋은 글씨를 발굴하고 출판하여 시중서점에 내놓는다면, 서예를 공부하는 후생들이 좀 더 쉽게 우리 선인들의 글씨를 골라서 공부할 수 있는 길이 열리지 않을까 하고 생각한다.

부언하면, 필자는 서첩 17권을 명문당에서 출판하여 현재 서점에서 판매하고 있다. 필자가 지금까지 출간한 서첩은 아직 시중에서 판매되지 않는 서첩만을 찾아서 편집하는 데에 중점을 두었다. 그리고 필자가 쓴 서첩은 모두 국역을 겸하여 낸 책으로 한문을 잘 이해하지 못하는 사람도 이 책으로 공부하게 되면 서예의 오묘함도 맛볼 수 있고 뜻도 이해할 수 있어서 일석이조(一石二鳥)의 이익을 주고, 또 편리함을 제공하는 서첩이라 말할 수가 있다.

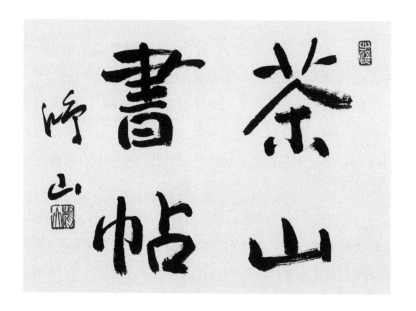

서법(書法)과 격물치지(格物致知)

격물치지(格物致知)는 유학의 경서인 《대학》에 나오는 말씀으로, 옛적 유학자들의 공부하는 방법이었으니, 하나의 물체를 보고 또 궁구하여 앎에 이르러야 한다는 것이다.

부언하면, 자연의 현상을 자세히 궁구하여 나의 지식으로 삼아야 한다는 말씀이다. 그러므로 송나라 학자 정명도(程明道) 선생의 추일우성(秋日偶成)이라는 시(詩)에 보면,

한가하매 조용하지 아니한 일이 없고,
잠 깨니 동창(東窓)에는 해 이미 붉다네.
만물을 자세히 살펴보니 나름대로 삶 즐기어
사시(四時)의 좋은 홍취 사람과 똑같구나.
도(道)는 천지로 통하니 우주 밖에 있는데

생각은 풍운(風雲)에 들어가 변화하는 중이라네.
부귀해도 안 넘치고 가난해도 즐겁나니,
남아가 이에 이르면 영웅호걸이라네.

閑來無事不從容 한래무사불종용
睡覺東窓日已紅 수각동창일이홍
萬物靜觀皆自得 만물정관개자득
四時佳興與人同 사시가흥여인동
道通天地有形外 도통천지유형외
思入風雲變態中 사입풍운변태중
富貴不淫貧賤樂 부귀불음빈천락
男兒到此是豪雄 남아도차시호웅

고 하였다. 이는 도통(道通)한 대철인의 시이니, 필자 같은 속유(俗
儒)가 무슨 말을 할까마는 그래도 필자는 함연구(頷聯句)의
　"만물을 자세히 살펴보니 그 나름대로 삶 즐기어 사시(四時)의 좋
은 흥취 사람과 똑같구나."
의 구절을 무척 좋아한다. '만물을 자세히 살펴보니, 사람이 보기에
미미한 초목이지만 그들의 세계에도 나름대로 즐거움이 있고 사시
(四時)에 따라서 흥취를 즐김이 사람과 똑같다.' 고 한 이 말씀을 읊
으면 나름의 즐거움이 생긴다.

　필자는 올해 주말농장에 고구마 250포기를 심고 수일 전에 이를

캐었는데, 느낀 바가 있으니 무엇인가 하면, 봄에 고구마 순을 이랑에 심으면 모두 사는 것이 아니고 이따금씩 죽는 포기가 있다. 그러면 약 15일 뒤에 그 죽은 자리에 다시 고구마 순을 사다가 심었다. 이후 고구마 넝쿨은 서로 이리저리 엉키어서 푸른 고구마 밭이 되었다.

가을이 되어서 고구마를 캘 때에 보면, 먼저 심은 포기는 모두 굵은 고구마가 달려있는데 반하여, 보름 뒤에 심은 포기에는 모두 굵은 고구마가 달려있지 않고 필자의 엄지손가락만한 작은 고구마 세 개가 달려있는 것을 볼 수가 있었으니, 이는 웬일인가! 위의 정명도 선생의 시처럼 자세히 관찰하여 보니, 이는 옆에서 먼저 착근한 고구마의 뿌리가 나중에 심은 고구마의 지역까지 지배하기 때문에 나중에 심은 고구마는 이곳에서 전혀 힘을 쓰지 못한다고 봐야 한다. 그러나 식물의 습성은 모두 꽃을 피우고 열매를 맺어서 씨앗을 남기는 성질이 있으므로, 이 고구마는 겨우 필자의 엄지손가락만한 작은 고구마를 달고 있다고 봐야 하고, 그리고 고구마 세 개가 열린 것은 삼(三)의 수를 보면, 1+2로 3이 되는데 1은 양(陽)의 수이고, 2는 음(陰)의 수이니, 양과 음이 합한 수가 3이 되므로 고구마 3개가 달린 것은 음양을 모두 포함하고 있는 것이니, 음양을 모두 갖춘 완전한 수가 된다. 그러므로 늦게 심은 이 고

구마도 비록 작은 고구마를 생산했을지언정, 할 일은 다했다고 말하는 것이다.

우리들 서법을 연마한 서예가 역시 남의 작품을 보면, 왜 이렇게 썼는가를 연구해야 한다. 즉 글씨를 보는 안목이 있어야 한다는 말이다.

우선 서예가는 글씨의 획을 보고 원필(圓筆)인지 방필(方筆)인지, 편필(偏筆)인지를 알아야 하고, 그리고 전서(篆書)는 원필이 기본이고, 예서는 원필과 방필을 혼합하여 쓰는 것이며, 해서는 방정하게 써야 하고, 행초는 원필이 기본이지만 이따금 편필도 허용하며, 그리고 또 상하의 흐름을 보는 것이다. 이러한 서법의 기본을 충실하게 익힌 다음에 작품을 만드는 것이니, 이런 뒤에야 비로소 남의 작품을 보는 눈이 생기는 것이다.

글씨란 모름지기 자연에 부합한 글씨를 써야 한다. 그러면 자연에 부합하는 글씨는 어떻게 쓰는 것인가! 산에 가서 나무를 보면 키가 큰 나무가 있는가 하면 키가 작은 나무가 있고, 굵은 나무가 있는가 하면 가는 나무도 있으며, 오래 묵은 나무는 껍질이 투박하고 어린 나무는 껍질이 미려하며, 봄에 보는 나무와 여름에 보는 나무가 다르고, 가을에 보는 나무가 다르고, 겨울에 보는 나무가 다르게 보이는 것처럼 우리의 글씨도 봄처럼 촉촉하게 할 것인가! 여름처럼 무성하게 할 것인가! 가을처럼 거칠게 할 것인가! 겨울처럼 마르게 할 것인가!를 생각하고 붓에 먹을 찍어서 작품을 만들어야 한다.

추사의 예서

　서성(書聖) 왕희지 선생의 《난정서》를 자세히 보면, 글자의 획이
많은 글자는 크게 썼고, 획이 작은 글자는 작게 쓴 것을 볼 수가 있
다. 이는 천리(天理)를 따른 것이니, 천지와 부합한 글씨가 되는 것이
다. 이를 우리 서가들이 말하는 대소(大小)의 원리라고 하는 것이다.

위에 게재한 예서 "大烹豆腐瓜薑菜, 高會夫妻兒女孫.(두부와 채소를 삶아 놓고 부부와 자녀 손자가 모였다네.)"은 조선조에서 제일의 서법가로 일컫는 추사 김정희 선생이 쓴 글씨이고, 협서(夾書)는 "此爲村夫子第一樂上樂, 雖腰幹斗大黃金印, 食前方丈, 侍妾數百, 享有此味者幾人, 爲古農書, 七十一果.〔이는 마을선생이 제일로 즐기고 최상으로 즐기는 것이니, 비록 허리에 커다란 황금인(黃金印)[23]을 차고 식사하는 곳에는 시중드는 여인이 수백 명이 되더라도 이맛을 누리는 자가 몇 명이나 되겠는가! 고농(古農)을 위하여 썼다.〕"라고 썼고, 다음의 대련구 왼쪽 중간에 칠십일과(七十一果 : 일흔한 살을 말함)가 썼다고 했다.

이 글씨는 예서이나 파책(破磔)이 많지 않다. 그리고 高, 烹, 豆의 口와 會의 日, 薑의 田자를 쓰면서 붓을 전(轉)하여 연결시켜 내리지 않고 한 획 한 획을 끊어서 쓴 것이 특이하고, 兒자는 臼의 좌측 획을 掠획에 대어 썼고 우측은 띄워서 써서 소밀(疏密)의 구성을 하였으며, 大자는 人의 다리는 짧게 쓰고 위에서 내려 그은 몸통을 길게 그었으며, 菜의 초두 아래의 '采'는 전서의 획을 차용하여 썼는데, 위 ++와 아래 木은 크게 쓰고 가운데의 '爪'는 작게 써서 이채롭게 하였다. 또한 妻의 윗부분인 '圭'는 왼쪽의 전(轉)하여 내려 긋는 획을 생략하여 전혀 특이하게 하였으므로, 이를 관상하는 자가 무슨 글자인가? 하고 잠시 생각할 시간을 주었다고 생각한다. 물론 대련

---

23 황금인(黃金印) : 고관이 차는 인장.

전체의 글자가 굵은 획과 가는 획을 수시로 넣고 썼으므로, 볼거리를 제공했다 할 수 있다. 또한 女자의 옆으로 그은 一도 파(破)를 하지 않아서 이채롭게 하였고, 孫자의 좌측에 있는 子자도 윗부분을 넓고 크게 쓰고 아랫부분은 짧고 작게 써서 이채롭고, 그 옆의 糸자 아래의 세 점을 위에서 내려 그어서 연결하여 이채롭게 하였으니, 이도 또한 볼거리를 제공한 것이다.

협서에서 大烹豆腐瓜薑菜의 양 옆에는 행서로 작게 써서 균형을 맞췄는데, 서두 부분은 큰 글씨 大자에서 약간 내려써서 왼쪽의 대자(大字)와 차별을 두었고, 왼쪽 高會夫妻兒女孫의 부분은 왼쪽에 七十一果만 써서 71세의 노과(老果)라 하여 본인의 호(號)를 쓴 것이다. 여기서 호를 큰 글씨의 중간 글자인 처(妻)자의 옆에 썼으니, 이는 호만 쓸 적에는 중간의 글자에서부터 시작한다는 것을 보여준 것이고, 그리고 인장은 찍지 않은 작품이다.

이렇게 우리들 서가(書家)가 선현들의 글씨를 감상해 보면 배울 점이 무궁무진하니, 이도 또한 격물치지의 학문과 연결되지 않겠는가! 배우는 자는 분발해야 한다.

2021년 10월 15일

☆ 5. 한시(漢詩) ☆

손녀 전채연(全綵妍)의 돌에 붙여

(2016. 5)

계미년 꽃소식에 좋은 바람 불더니

고고(呱呱)[24]의 좋은 소식 해동에서 나왔다네.

너의 모습은 항아(姮娥)[25]이니 지덕(智德)을 잡아야지

천진하게 노는 모습 방안에서 본다네.

다만 바라는 것은 장성하여 사임당[26]을 모방하고

또 원하는 것은 서왕모[27] 같이 예쁜 것이네.

정성스럽고 해맑고 우미(優美)한 자태에

---

24 고고(呱呱) : 아이가 태어나면서 처음 우는 소리.

25 항아(姮娥) : 달 속에 있다는 전설 속의 선녀. 즉 예쁜 여자를 지칭한다.

26 사임당 : 이이(李珥)의 어머니인 평산(平山) 신씨의 호(號).

27 서왕모 : 중국 도교 신화에 나오는 신녀(神女)의 이름. 사람의 얼굴에 호랑이의
이(齒), 표범의 꼬리를 가진 산신령이 아름다운 여인으로 변했다고 한다.

온순한 마음으로 절조 잡고 자연과 합해야 하리.

青羊花信吹仁風 청양화신취인풍

好聞呱呱出海東 호문고고출해동

爾貌姮娥秉智德 이모항아병지덕

天眞遊戱見堂中 천진유희견당중

但望立後模師任 단망입후모사임

又願儀容西母同 우원의용서모동

敬誠淑貞優美姿 경성숙정우미자

順心持操理心融 순심지조이심융

국당의 서전(書展)을 축하하다(祝菊堂書展)²⁸

(2020. 4. 10)

오회(午會)²⁹의 때에 서천에서 출생하여
서울에 올라 서예를 먼저 배웠다네.
각도(刻刀 : 전각)를 더욱 연마하였는데
오늘 여는 전시회 원만하다네.

午會出舒川 오회출서천

---

28 국당(菊堂)은 서예가 조성주(趙盛周) 형의 호이니, 필자가 그의 서전(書展)에 지은 축시이다.

29 오회(午會) : 북송(北宋) 소옹(邵雍)의 원회운세(元會運世)에 의거하면, 천지는 12만 9600년이라는 1원(元) 안에서 봄, 여름, 가을, 겨울의 개벽(開闢)이 진행된다. 1원 은 12회(會)로 나누어지므로, 1회는 1만 800년이다. 소옹은 요(堯)임금 때를 사회 (巳會)의 끝으로 보고 우(禹)임금 때부터 오회가 시작되는 것으로 보았다.《소강절 (邵康節) 지음, 노영균 옮김, 황극경세서(皇極經世書), 대원출판사, 2002》

尋京學書先 심경학서선
刻刀尤琢磨 각도우탁마
今日展示圓 금일전시원

왕인(王仁)과 천자문

옛적에 현사(賢士)가 우리 동방에서 나왔으니
어려서부터 범인과 다르고 진취함도 다르다네.
경서와 제자백가의 책이 나의 가슴속에 가득한데
천자문과 논어를 일본에 전한 공 크다네.
오늘날 영암에서 위대한 업적 선양하는데
옛적 왕공의 마음을 헤아린 것이라네.
이를 인연하여 한국과 일본이 우의가 좋아진다면
서로 간에 좋은 일이 무궁할 것이네.

古時賢士出吾東 고시현사출오동
自少超凡進就同 자소초범진취동
經書百家豊我腸 경서백가풍아장

356

千文論語大傳功 천문논어대전공

現今靈巖揚偉業 현금영암양위업

往昔王公計意中 왕석왕공계의중

因此日韓友誼好 인차일한우의호

互相祥事實無窮 호상상사실무궁

금정기(琴亭記)

금정(琴亭)[30]은 곧 입산한 뒤에 유유자적하는 모습이고, 또한 속세를 초월하여 시를 읊고 그림을 그리며 함께 즐기는 것이다. 그러므로 아래에 율시 한 수를 대신하여 읊는다.

청계산 아래 어진 사람 사는데
숲속 봉황의 우는 소리 청아하다네.
이 땅에 세거하니 일가친척 화목한데
대대로 농사지으니 향리가 정겹다네.
옛적 완당이 붓글씨 쓰던 곳인데
지금 금정의 설계함은 바르다네.

30 금정(琴亭) : 현대인 김세원의 아호. 한옥의 건축사이니 경기도 과천시에 대대로 거주한다. 본관은 상주이고, 대학에서 강의한다.

유순하게 근무하니 형세는 장대할 것인데
오동나무 아래서 거문고 타니 취기가 깬다네.

淸岳山低賢良生 청악산저현량생
林中鳴鳳其聲淸 임중명봉기성청
世居此地姻宗穆 세거차지인종목
代代所耕鄕里情 대대소경향리정
古昔阮堂揮筆處 고석완당휘필처
至今琴亭設計正 지금금정설계정
柔純服務勢長大 유순복무세장대
梧下吹彈我醉醒 오하취탄아취성

윤 대통령 취임을 축하하다(祝尹錫悅大統領就任)

(2022. 4. 22)

임인년(2022) 총선에서 군자를 맞이했으니

윤씨 대인(大人)은 공의(公義)가 억양된 사람이네.

근역(槿域)의 호랑이해에 수령이 되었고

해동(海東)의 3월에 나라가 풍성하고 창성하길 바란다네.

군병이 강대하니 만국에서 뽐내는데

경제가 구름처럼 일어나니 내외에 드날리네.

모든 법이 물같이 흐르니 국민들 편안한데

우리나라 좋은 운수 연속되기를 바란다네.

壬寅總選迎君子 임인총선영군자

尹姓大人公義昂 윤성대인공의앙

槿域虎年爲首領 근역호년위수령

海東三月企豊昌 해동삼월기풍창
軍兵剛健奮千國 군병강건분천국
經濟雲興內外揚 경제운흥내외양
萬法水流安士民 만법수류안사민
我邦好運續連望 아방호운속연망

만화방창(萬化方暢)

(2022. 4. 26)

신록의 봄에 코로나는 만연한데

동서남북에는 따뜻한 바람이 새롭다네.

농군은 씨 뿌려 부유하게 되기 기대하는데

소객(騷客)은 참 좋은 시 읊으려고 한다네.

처처에 꽃 피니 멀리 향기 퍼지는데

이웃사람들 함께 나와 꽃구경 한다네.

소나무 숲길의 시원한 그늘이 상쾌한데

복사, 오얏꽃 핀 많은 집에는 한 해의 계획 세운다네.

和氣滿街挑嫩春 화기만가도눈춘

東西南北暖風新 동서남북난풍신

農者播種期成富 농자파종기성부

騷客吟詩節好眞 소객음시절호진

處處發花連馥遠 처처발화연복원

人人探賞共比隣 인인탐상공비린

松杉濕路淸陰爽 송삼습로청음상

桃李家家歲計伸 도리가가세계신

| 전규호 에세이 제5집 |

깡촌놈 이야기

초판 인쇄 2022년 9월 15일
초판 발행 2022년 9월 20일

지은이 | 전규호
발행자 | 김동구
디자인 | 이명숙·양철민
발행처 | 명문당(1923. 10. 1 창립)
주 소 | 서울시 종로구 윤보선길 61(안국동)
       우체국 010579-01-000682
전 화 | 02)733-3039, 734-4798, 733-4748(영)
팩 스 | 02)734-9209
Homepage | www.myungmundang.net
E-mail | mmdbook1@hanmail.net
등 록 | 1977. 11. 19. 제1~148호

ISBN 979-11-91757-64-4 (03810)
18,000원